Les cœurs imparfaits

Éditions Eyrolles
61, bd Saint-Germain
75240 Paris Cedex 05
www.editions-eyrolles.com

Cet ouvrage est paru pour la première fois en 2020
dans la collection « Aparté ».

Éditrice externe : Frédérique Martin

ISBN : 978-2-416-00245-8

Gaëlle Pingault

Les cœurs imparfaits

Roman
EYROLLES

À Vincent,
parce que c'est un mec bien,
et que c'est une raison suffisante.

1

Elle est magnifique. Superbe. Belle à en couper le souffle. Il faudrait inventer des mots rien que pour elle, des mots nouveau-nés. Ceux qui existent ont déjà trop servi pour cette vie toute neuve.

— C'est une petite fille ! déclare la sage-femme enthousiaste en déposant le nourrisson contre le flanc de sa maman.

Rose avait imaginé que, peut-être, elle pleurerait d'émotion. À d'autres moments, elle avait eu peur de ne rien ressentir. Montagnes russes de fin de grossesse. Finalement, c'est une joie infinie qui la traverse. Une exaltation folle – non, pas folle, elle déteste ce mot, incroyable, plutôt – qui s'empare d'elle. Elle a envie d'une danse tribale, physique et rythmée, ses pieds nus foulant le sol.

— Bonjour, Barbara, murmure Rose en se penchant sur l'enfant, bienvenue, ma jolie puce.

La petite n'a pas crié. Cela n'inquiète pas la sage-femme, elle dit que tout va bien, et que, non, tous les bébés ne pleurent pas à la naissance. Barbara a de grands yeux sombres, qui observent déjà autour d'elle. De bonnes joues, des cheveux noirs, fins et soyeux, avec deux mèches plus longues, bouclées. Elle est grande. Cinquante-deux centimètres, ce n'est pas rien. Grande et belle. Puisse ta destinée l'être aussi, pense sa mère.

Rose est émerveillée. Le premier jour à la maternité ressemble à un voyage en apesanteur. Le contraste est net et délectable, avec son interminable et parfois douloureuse fin de grossesse. Elle n'était pas folle, quoi qu'aient pu en penser certains, elle était juste lasse d'être grosse. Désormais elle sent à peine le sol sous ses pieds, elle a l'impression de léviter. Elle marche pieds nus pour capter le maximum de sensations. Ce n'est pas très bien vu par le personnel, elle s'en fiche. Elle dort peu, mais ne se sent pas fatiguée. Elle écoute et suit les conseils, donne le bain, apprend à préparer les biberons. Tout a l'air facile. Tout est fluide. Rose est abasourdie par la douceur de la peau de sa fille, et par son odeur. Elle a le sentiment qu'elle reconnaîtrait les deux, même les yeux fermés. Rose est traversée par une puissance animale, instinctive, qu'elle n'a jamais ressentie. Et qui lui plaît.

La deuxième nuit, la petite pleure beaucoup, mais on avait prévenu la maman, c'est classique. Rose appelle l'infirmière, malgré tout. Elle est rassurante – vous savez, madame, un bébé qui pleure, c'est un bébé qui s'exprime. Au bout de quelques heures, elles s'endorment toutes les deux, Barbara lovée contre sa mère.

Rose aimerait que ce moment de calme et de douceur dure toute leur vie.

2

Depuis son arrivée au bureau ce matin, Charles se demande de manière obsédante si le point mousse est vraiment plus facile que le jersey, ou si c'est juste une légende urbaine. Après tout, ça n'est pas plus crétin, comme façon de passer le temps, que d'arpenter le bureau de long en large, entre la porte et la fenêtre.

Charles l'avouerait sans difficulté, il n'est pas toujours passionné par son travail. Il y a dix ans, il n'aurait pas cru cette situation possible, mais aujourd'hui, c'est le cas. Et même, régulièrement, il s'ennuie, il s'emmerde, il trouve le temps long. Le poste n'est pas déshonorant, mais enfin ça sent furieusement l'écurie. La fin de carrière n'est plus très loin, elle le guette au coin du couloir. Ses grandes années de prestige et de surcharge de travail sont derrière lui. C'est évident pour lui depuis un bon moment, et ça l'est désormais devenu pour tout le monde. Au bureau, il pourrait avoir pour nom indien *Lucidité anticipatrice*.

Il a de beaux restes. Mais ce ne sont jamais que des restes. Ici, il se contente de jouer un peu les prolongations, sans réel enjeu. Le match est plié depuis longtemps. Et ce genre de partie se termine toujours sur le même score : Vie active 0 – Retraite 1.

Il a accepté ce poste de médecin coordonnateur d'EHPAD en toute connaissance de cause. Il n'en attendait rien de bien folichon, comparé à l'adrénaline des grands colloques où il intervenait et où il était applaudi par la profession. Mais il était temps de laisser place au renouvellement, à la tête du prestigieux service de neurologie qu'il dirigeait. Il est doté d'une grande quantité de dignité et d'éthique. Et en médecine, la dignité et l'éthique interdisent formellement de s'agripper à une place que *Plus-jeune-et-plus-brillant-que-soi* (du nom indien de son successeur neurologue) peut désormais mieux occuper et faire évoluer. Alors quand le poste s'est présenté, au sein de cette maison de retraite, il l'a pris. Un poste sans grand prestige, mais comprenant malgré tout quelques défis. Même s'il connaît bien les pathologies du vieillissement, Charles n'est pas gériatre de formation. Il allait devoir le devenir sur le tas et il aimait cette idée.

Il se doutait qu'il allait pas mal s'ennuyer. Et il en a eu très vite la confirmation. Nette et sans bavures. Pourtant, il reste discret sur le sujet. Ses commentaires seraient mal interprétés, sans doute pris pour de la condescendance.

Son ennui n'est pas factuel, Charles a plein de boulot. C'est un ennui intellectuel. Il n'est plus confronté aux complexités passionnantes de la neurologie. Un soin d'escarre n'a pas grand-chose à voir avec une chirurgie éveillée du cerveau, il en est le premier désolé, mais c'est une réalité. Il n'est pas malheureux à l'EHPAD. C'est juste qu'il a été habitué à une tout autre pression, qui parfois lui pesait, mais qui aujourd'hui lui manque. Il se découvre versatile. Il n'y a pas d'âge pour les grandes prises de conscience.

Son côté philosophe a d'emblée avancé qu'il y avait plus grave. Pour s'ennuyer, il faut avoir le luxe d'être en vie. L'emmerdement est donc un privilège. Son côté taquin a clamé qu'au pire, il se mettrait au tricot. Point mousse, ou jersey donc, il commencerait par le plus facile. Voire, il apprendrait les deux dans la foulée – pourquoi pas ? Soyons fous. Tricoter pour ses petits-enfants, même s'il n'en a pas encore, c'est une belle idée. Ou pour lui, tiens, allez. Pourquoi un grand ponte de neuro ne tricoterait-il pas ? Rien que pour voir la tête de certains, ce serait à tenter. De manière bien visible et bien flagrante, à la pause-café, ou en réunion, ça devrait avoir son charme.

Au-delà de tout, il a d'emblée trouvé amusant d'attendre la retraite dans un EHPAD. Il sera aux premières loges pour décrocher une belle piaule le jour où il atteindra la limite d'âge. Paf, directement du bureau du médecin au lit de la 45, du restaurant du personnel au repas mixé, des réunions d'équipe aux redifs de l'inspecteur Derrick. *Lucidité anticipatrice*, mentionnait-il précédemment. Elle est pas belle, sa vie ?

Il a, depuis toujours, un côté potache un peu con. Éliane, sa femme, a sur ce sujet un comportement paradoxal. Il lui est arrivé d'en rire, mais depuis le premier jour, elle ne cesse de répéter qu'il serait temps que l'humour bête lui passe. Une affirmation de plus en plus pincée, au fil des années, d'ailleurs. Il se demande encore si c'est une simple formule ou si elle le pense vraiment.

Comme si on était obligé de devenir sinistre avec les années.

Comme si les facéties n'étaient autorisées qu'en dessous d'un certain nombre de cheveux blancs et de rides.

Comme si l'âge impliquait d'être sérieux, raisonnable et plan-plan.

Comme si l'âge impliquait d'être vieux.

Conneries.

Il a eu des cheveux blancs trop tôt pour se ranger dès qu'ils sont apparus, et il a décidé depuis longtemps de laisser ses ambiguïtés à sa femme. De toute façon, être ambiguë est devenu, au fil du temps, un genre de seconde nature chez elle.

Alors voilà, maintenant, pour appeler un chat un chat, il se fait un peu chier, mais puisque ça semble inévitable, et quasiment pour la bonne cause, il l'accepte, tout en envisageant donc de se mettre au tricot. L'état des lieux n'est pas si catastrophique.

Il est connu pour être plutôt délicat et empathique, ce qui est loin d'être le cas de l'ensemble du corps médical, hélas. Lui, on lui concède un petit truc en plus. Il est *humain*, murmure-t-on dans son dos, sans qu'il ignore, pour autant, le moindre avis qui circule à son sujet. Sa réputation, il en rigole. Ça l'occupe quand il s'ennuie trop, dans son nouveau bureau à l'EHPAD – il n'a pas encore commencé le tricot. Il n'en démordra pas, c'est un comble que ça suscite des commentaires. Si on en est rendu à trouver *fôôôôrmidââââble* qu'un médecin soit *humain*, avec des accents circonflexes et des bouches en cul-de-poule, c'est que la médecine va diablement mal. Ce qui, d'ailleurs, lui paraît probable. Mais c'est un autre sujet dont il n'a aucune intention de s'occuper ni aujourd'hui, ni demain, ni d'ailleurs à aucun moment d'ici sa retraite. Il a activé l'option *place aux jeunes*, et il s'y tiendra, y compris pour les grandes batailles philosophico-déontologico-politico approximatives.

Par la fenêtre de son bureau, Charles a vu s'avancer la femme qu'il attendait. Il l'a trouvée belle et il a été ému. Il a pensé que c'était injuste qu'on soit plus souvent touché par ce qui arrive aux beaux qu'aux laids. Aux minces qu'aux gros.

Aux intelligents qu'aux crétins. Ou alors c'est juste lui et son regard bourgeois ?

Pendant qu'elle remontait l'allée, il l'a observée. Il a admiré sa démarche galbée. Elle avait juste la bonne hauteur de talons pour n'être ni vulgaire – trop haut –, ni banalement passe-partout – trop plat. À vue de nez, dans les sept centimètres, sept centimètres et demi. Oui, il s'y connaît en hauteur de talons, c'est ainsi, chacun ses petits secrets. Il le doit à une copine de fac, qui l'a initié aux charmes des chaussures féminines comme d'autres vous initient aux échecs ; il s'était pris au jeu au point de devenir, et de rester, un excellent élève.

C'est triste, ce qui frappe cette femme qui a rendez-vous à l'EHPAD. Et à défaut d'y pouvoir grand-chose sur le fond, il essaiera que la conversation à venir soit la moins pénible possible sur la forme.

— Professeur ? dit sa secrétaire en ouvrant la porte, Mme Albin.

Elle s'efface pour laisser entrer la femme.

Il préférerait aller chercher les visiteurs lui-même en salle d'attente, avec simplicité. Ce serait plus chaleureux. Il n'a pas besoin que l'on cite son titre à chaque fois, pas besoin que sa secrétaire serve sans fin d'entremetteuse. C'est trop guindé, trop protocolaire. Son côté potache s'en accommode mal. Il n'est pas la reine d'Angleterre, soyons sérieux deux minutes.

Il changera cette habitude qui date du médecin précédent. Bientôt.

En attendant, il serre la main de son interlocutrice, l'invite à s'asseoir, contourne son bureau pour s'installer dans son fauteuil, puis s'enquiert de son trajet. C'est la première fois qu'elle vient ici, et le lieu est un peu à l'écart de la ville, il est permis de s'inquiéter du temps qu'elle a pu perdre à chercher l'établissement.

— Vous savez, docteur, notre époque produit des voitures confortables, dotées d'inventions formidables comme l'autoradio et le GPS. Le trajet s'est très bien passé, merci de votre sollicitude.

Il est surpris. Le ton est mordant. Pas mal aimable, mais vif, incisif, un peu rentre-dedans. Intelligent, de toute évidence, sans donner pour autant dans l'agressivité. Plutôt comme une façon de se positionner d'égal à égal. Ne pas se forcer à une amabilité feinte qui placerait la femme sous l'aile protectrice du médecin, comme le font – sans même y penser – la plupart des gens qu'il reçoit dans son bureau.

Elle doit être du genre à ne pas laisser passer grand-chose. Elle doit être brillante aussi, c'est perceptible au premier contact, comme une aura qui l'entoure. Il s'était figuré quelqu'un d'inquiet en face de lui, de fragilisé, de bancal. Or elle est là, campée, vivante. Un peu sur la défensive, sans doute, mais ne laissant pas la tension prendre le dessus. Il conviendra, ici, qu'il évite de trop imaginer les gens. Qu'il les laisse être. Quelques erreurs de jugement par anticipation seront ainsi évitées. Il vient juste d'arriver, il ne faudrait pas déjà prendre l'habitude de cataloguer son monde.

Il entame l'échange par quelques circonlocutions. Elle ne manifeste rien. Il ne perçoit aucune inquiétude. Un fond d'agacement, peut-être, bien qu'il n'en soit pas sûr. Il a l'impression qu'aucune émotion tranchée ne circule. Elle est là, attentive, présente. Et plutôt neutre. Il devine la puissance de sa personnalité, mais lui prêter des sentiments, à ce stade, serait de la projection, voire de la pure interprétation. Soit elle est maître zen, soit elle cache bien son jeu.

Alors, parce que c'est son rôle et qu'il doit le tenir, il lâche enfin l'annonce prévue :

— Je suis ici depuis peu. À ce titre, j'étudie l'ensemble des dossiers, c'est l'occasion de porter dessus un regard neuf. L'état cognitif de votre maman, Rose Albin, me questionne pas mal, je l'avoue. Il n'est... pas très bon. Dégradé, même.

Il guette sa réaction. C'est dur, ce genre d'annonce, pour les enfants. L'imaginaire collectif est nourri de tout un tas de représentations pas sympathiques au sujet des vieux qui perdent la boule. Car pour parler vrai, *état cognitif dégradé*, voilà, c'est mamie ou papy qui yoyottent, quoi.

Il faut parfois laisser le silence prendre sa place, pour permettre que l'information soit intégrée. Les questions et les explications viennent après. Il faut du temps pour tout mettre à plat, entendre les angoisses et les ressentis, puis proposer des bilans, des protocoles, ou suggérer des décisions. Dans ces moments, il retrouve son envergure de grand ponte, sa capacité à gérer la complexité et à la rendre accessible. C'est plus intéressant que de rédiger des ordonnances pour des repas mixés, qui sont ensuite transmises à la cuisine centrale.

Il n'a pas besoin d'attendre longtemps. Elle répond vite.

— D'accord.

C'est tout.

C'est inhabituel. Il finirait par être plus déstabilisé qu'elle, à force. Curieux rendez-vous.

— Je sais que ce genre de nouvelle n'est pas simple, reprend-il. Je présume que vous avez peut-être des questions, des inquiétudes…

Elle lui coupe la parole avant qu'il ait pu finir.

— Docteur, je vous arrête tout de suite. C'est très aimable à vous de procéder en douceur, mais ne vous fatiguez pas. Je n'aime pas ma mère et elle ne m'aime pas non plus. Il en a presque toujours été ainsi, alors j'ai décidé de ne plus la voir dès que je l'ai pu. Nous vivons fort bien l'une sans l'autre. Enfin, moi en tout cas, je vis bien sans elle.

La femme croise ses jambes sous l'œil attentif de Charles.

— Ça s'est imposé au fil du temps, poursuit-elle aussitôt. À mes yeux, ma mère est une nuisible. J'ai mis toute la distance affective et physique nécessaires entre nous. Depuis, je m'emploie à maintenir cet éloignement. Qu'elle ait la peste ou le choléra m'indiffère. Vous aurez d'ailleurs noté que je ne suis pas une adepte des visites hebdomadaires, et pour cause : j'ignorais même qu'elle était dans cet établissement, avant votre appel. Je suis venue à titre exceptionnel, parce que votre demande avait l'air importante.

Charles joue avec son stylo, tic machinal. Il s'oblige à cesser avant que l'objet lui échappe. La femme le regarde droit dans les yeux.

— J'ai pensé qu'il fallait peut-être préparer sa succession ou quelque chose du genre. Ma mère est vieille, et riche. À défaut de souvenirs tendres, je compte qu'elle décède un jour, pas trop lointain de préférence, en me laissant de l'argent. Si je me suis déplacée pour apprendre qu'elle perd la tête, vu que je n'ai pas prévu de m'en occuper, ni chaud ni froid, merci pour la promenade et au revoir. Je m'en retourne chez moi.

Ah. Bon.

Après tout, pourquoi pas. Il n'est pas l'intime des familles, il ne connaît pas leur histoire. On ne choisit pas sa mère et on ne choisit pas sa fille, pourquoi devrait-on s'adorer, hein ? Il va gagner du temps et économiser de l'empathie. Son interlocutrice va s'éviter de la souffrance. C'est parfait.

Il reste cependant une précision à amener. Charles s'éclaircit la voix avant de se lancer.

— Je suis heureux pour vous que la nouvelle vous affecte si peu. Néanmoins, je me dois de vous contredire sur un point. L'éloignement entre votre mère et vous ne va pas pouvoir durer sur le même mode, du moins pas pour tout. Vous êtes son seul ayant droit, et il va falloir, vu son état de santé, envisager de prendre le relais dans la gestion de son patrimoine. À cet effet, il serait judicieux que vous rencontriez notre assistante sociale. Elle vous expliquera les démarches nécessaires, notamment pour la tutelle. Il est important que vous soyez au courant des possibilités qui s'offrent à vous, et selon quelles modalités elles peuvent être mises en œuvre.

Si l'annonce de l'état de sa mère ne l'a pas troublée, cette dernière tirade laisse la femme pantoise.

— Vous voulez rire ? réussit-elle à articuler.

— Je crains que non, lui répond Charles d'une voix aussi neutre que possible. Votre mère ne va bientôt plus être en état de gérer seule son patrimoine. Et comme vous l'avez précisé, elle est riche. Il faut donc que sa fortune soit administrée, et ses intérêts – oserais-je dire les vôtres ? – préservés.

— Et donc ? En quoi cela me concerne-t-il ? S'il lui faut un tuteur, trouvez-lui-en un. Je ne suis pas volontaire.

Il se sent obligé d'évoquer la loi et de préciser qu'elle ne peut pas disparaître dans la nature, même si elle peut opposer certains refus, malgré tout. Il précise qu'il vaut mieux qu'elle accepte de regarder ce qu'il en est, au calme avec l'équipe, qu'elle prenne part aux choix et aux orientations, plutôt que d'être convoquée, *a posteriori*, et mise devant le fait accompli. Les décisions prises sans son accord pourraient ne pas lui convenir. Pour tempérer, il ajoute que l'équipe peut entendre ses réticences et ses limites.

Elle le coupe de nouveau.

— Docteur, vous m'emmerdez ! Gardez votre chantilly pour vous.

Elle se lève d'un bond et se dirige vers la sortie, de sa démarche parfaite. En plus d'avoir la bonne hauteur de talons, ses escarpins sont magnifiques. Cuir épais, mais souple, courbure idéale, couleur rouille sombre. C'est stupide, il en convient, mais il ne peut s'empêcher de penser que l'esprit d'une femme se juge en partie sur sa capacité à se chausser. C'est une vision macho, en plus d'être à peu près n'importe quoi en matière de raisonnement. Tant pis. Il assume. La concernant, les chaussures sont irréprochables.

Elle sort en claquant la porte. Entend-il vraiment : *Mais qu'elle crève, cette vieille conne, et qu'on n'en parle plus.* Il hésite entre l'indignation et le fou rire. C'est nerveux, bien sûr. Mais ce n'est pas si souvent qu'on lance ce genre de réplique à la sortie de son bureau. Un peu d'inattendu ne saurait nuire.

Au demeurant, *la vieille conne* – il laisse à Barbara Albin la responsabilité du terme – ne semble pas partie pour crever tout de suite, même si à cet âge, rien n'est tout à fait sûr. Côté constantes vitales, Rose Albin est au taquet. Il faudra très probablement que sa fille et lui se revoient. La perspective ne lui déplaît pas. Il se sent étrangement dynamisé par son foutu caractère. Quelques gouttes de peps, dans le ronron de la maison de retraite, ça le réjouit d'avance.

Avec un peu de chance, sa grande tendance à l'ennui, qui le minait ces derniers jours, va se trouver reléguée au second plan pendant quelques jours.

3

Cette étudiante étonne beaucoup Barbara.

D'emblée, elle est attachante, autant qu'elle semble à côté de la plaque. À se demander comment elle est arrivée jusqu'en licence. Elle a pourtant l'air heureuse d'être là. Presque trop. On dirait que c'est Noël tous les jours. Barbara est ravie que l'on soit ravi de suivre ses cours, il n'y a pas de souci là-dessus. Ça pourrait même avoir un petit côté grisant. Mais étant de nature vigilante, trop sans doute, ses antennes l'ont détecté – il y a quelque chose qui cloche. La littérature comparée réclame un bon esprit critique et des capacités à prendre du recul. Boire les paroles du prof, c'est un début honorable. Les analyser et les discuter, c'est mieux. Avec justesse, sans se complaire à couper les cheveux en quatre, serait idéal. Et bien sûr, ce n'est pas inné. Une partie du travail de prof de fac consiste à transmettre aux étudiants les compétences nécessaires pour appréhender cette complexité. Comme Joséphine Baker, Barbara a deux amours : la littérature et l'esprit critique.

Avec cette étudiante, pourtant, tout ce que Barbara tente concernant ce dernier point semble voué à l'échec. On dirait une collégienne amoureuse du prof de sport. La jeune femme absorbe la moindre des phrases de Barbara comme si elle tombait en direct de l'évangile. Sans aller jusqu'à tenter l'expérience, Barbara suppose que l'étudiante serait capable d'accepter d'elle un argument et son contraire, du moment qu'ils seraient énoncés avec aplomb. Elle a donc l'intention de lui proposer un rendez-vous pour s'entretenir avec elle. Si elle ne change pas d'attitude, elle se prépare des lendemains qui déchantent aux examens. Et Barbara aurait tendance à ajouter : dans sa vie aussi.

Un de ces jours, il faudra que Barbara demande à ses collègues si la demoiselle agit de la même façon avec eux, ou si c'est sa seule matière qui lui inspire cette soumission. Dieu que ce mot est laid.

On verra plus tard, se dit-elle. Pour l'heure, Barbara est fatiguée – elle vient de donner quatre heures de cours après une nuit d'insomnie – et elle meurt de faim. Quitter la salle de classe est un soulagement. Elle n'avait pas envie d'y entrer ce matin, elle est heureuse d'en partir, c'est cohérent. La pause-déjeuner ne sera pas du luxe.

Antonio l'attend devant son bureau, comme convenu. Sa jolie gueule d'Italien est toujours aussi plaisante à regarder. C'est l'avantage de travailler dans une université qui accueille des doctorants étrangers : le vivier de jeunes amants très acceptables est bien pourvu et régulièrement renouvelé. Que Barbara ait plus du double de leur âge, et que ça n'aille pas en s'arrangeant, lui importe peu. Elle n'ignore pas qu'elle est une belle femme – elle déploie une certaine énergie pour le rester – et n'a, de plus, aucune intention d'épouser l'un d'entre eux. Ils s'amusent, elle s'amuse, c'est parfait. Certains des collègues de Barbara trouvent sa vie sentimentale pathétique. Elle en rit. Et lorsqu'elle a connaissance de ce type de jugement, Barbara se met en devoir d'en faire des tonnes. Il ne faut pas décevoir son public.

Ce midi, Barbara a décidé d'emmener Antonio au restaurant. Elle a besoin de se changer les idées. L'entrevue de la veille, avec le médecin coordonnateur de la maison de retraite de sa chère mère, l'a déprimée. Pourtant, sa mère n'était plus arrivée à la déprimer depuis des années, malgré un passif de niveau olympique dans ce domaine. Barbara était satisfaite de ce *statu quo*. Le voir rompu est sans conteste de l'ordre de la très mauvaise surprise.

Sa *chère mère*... Pourquoi diable cette formulation si éloignée de la réalité lui est-elle venue à l'esprit ? La sémantique est parfois insondable. Son abominable, immonde, méprisable génitrice. Voilà ce qu'elle pense réellement.

Dans la petite salle voûtée de son restaurant préféré, tandis qu'Antonio déguste un foie gras aux figues, Barbara se contente de contempler sans envie ses Saint-Jacques aux épices. Elle adore ces coquillages, mais se doit d'admettre qu'elle a l'estomac hors service, alors qu'elle était affamée un peu plus tôt. Elle déteste devoir le constater, elle est touchée. Sa mère perd la tête, là-bas, dans sa maison de retraite. Et alors ? Qu'elle devienne gâteuse dans son coin et qu'on n'attende rien de Barbara, cela ne la concerne pas. Sa mère ne la concerne plus depuis longtemps.

Elle voudrait goûter ses Saint-Jacques en s'émerveillant de la finesse des saveurs. Parler de son étudiante trop sage, de l'avancement de la thèse d'Antonio, des derniers potins de la fac, où ils tiennent peut-être le haut de l'affiche en tant que couple sulfureux. Elle voudrait agiter ses rangées de bracelets pour qu'ils tintent, remettre une de ses mèches bouclées derrière son oreille en riant un peu trop fort, admirer la barbe d'Antonio entretenue pour avoir l'air de ne pas l'être. Elle voudrait de la légèreté et du futile, comme elle en invente, dans toute situation, en temps normal.

Mais aujourd'hui, le chef d'orchestre a oublié sa baguette. Les silences sont longs. Antonio n'a pas l'air d'apprécier l'ambiance. Ni d'avoir envie, à titre exceptionnel, d'endosser le costume du maître de cérémonie, celui qui relance la conversation et comble les blancs. Les choses sont claires : il ne sortira pas de son rôle de bel amant entretenu et soumis. Il se désintéresse de ce qui rend Barbara lointaine, triste ou fâchée. Lui aussi préfère le futile et le léger. Ce n'est pas Barbara qui pourrait l'en blâmer.

À peine sa souris d'agneau terminée, et sans attendre le dessert, Antonio déclare qu'il doit s'éclipser. Qu'il a un rendez-vous important pour sa thèse. Rendez-vous tout juste sorti d'un chapeau, et qui tombe comme par magie dans la conversation. Initialement, ils devaient passer une partie de l'après-midi ensemble, chez Barbara. Cette dernière ne relève pas l'étonnant changement de dernière minute. Elle n'a aucun goût pour jouer les *pasionaria* trahies qui pleurent en claquant les portes. Elle n'est pas italienne, elle !

Antonio s'est levé, il l'embrasse sur le front – sur le front, oui. Se rend-il compte de l'humiliation d'un tel au revoir ? Barbara reste impassible tandis qu'il quitte le restaurant sans se retourner.

Pour la première fois depuis qu'ils se fréquentent, Barbara a l'impression d'être sa mère. Ce qu'elle pourrait être, là n'est pas la question. Simplement, cette réalité ne lui était jamais apparue avec une telle précision, et le flou était plus confortable.

Elle présume qu'elle en est quitte pour chercher un nouvel amant. Merci Rose, son cerveau qui part en sucette, et son foutu médecin.

Prendre une double ration de dessert semble, dans ce contexte, la seule option acceptable.

4

Finie la maternité, retour à la maison. Rose est heureuse de rentrer et de retrouver son petit cocon. Ses repères. Son rythme. Les lumières crues des couloirs commençaient à la fatiguer. Les effluves trop puissants de l'hôpital la dérangeaient, comme les visites répétées des infirmières. Rien ne doit venir perturber son plaisir de sentir l'odeur de sa fille. De la contempler. De faire avec elle à sa façon. Rose a besoin de se reposer, maintenant. Elle recommence à sentir la densité du sol sous ses pieds. Elle ne survole plus les journées portée par un souffle léger. Mais elle se sent bien quand même.

Dans la petite chambre aux couleurs naturelles, préparée avec soin durant ses derniers mois de grossesse, Rose s'assoit souvent pour regarder sa fille dormir. Elle pose la nacelle du landau, d'un vert d'eau tout doux, au milieu du lit à barreaux. Barbara est trop petite encore pour y être couchée directement. Rose écoute le souffle rapide de l'enfant, elle admire ses petites mains délicates, entourant son visage pendant le sommeil, tressaillant parfois. Ce sont des moments d'une grande douceur. Des moments de calme, où Rose se reconnecte à son émerveillement premier. Pourtant, quelque chose la chiffonne. Elle ne parvient plus à ressentir la fantastique décharge de joie du premier jour. Elle aimerait, mais ça s'est estompé. Ce n'est pas grave. Ça reviendra, elle l'espère.

Le reste du temps, c'est plus compliqué. Barbara pleure beaucoup. Trop pour la fatigue de Rose, puisque la fatigue est revenue. Quand elle est réveillée, la petite hurle la majeure partie du temps. Enfin, c'est l'impression qu'en a Rose et, pour cette raison, elle redoute en permanence le premier cri. Ensuite, la litanie sera sans fin. Par moments, elle est tendue. Elle n'arrive pas à dormir suffisamment, ni à récupérer. Préparer à manger, faire les lessives et la vaisselle, commence à lui paraître insurmontable, certains jours. Ses angoisses de fin de grossesse semblent planer de nouveau au-dessus de sa tête, et ça ne lui plaît pas.

Le pédiatre diagnostique un reflux gastro-œsophagien chez Barbara. Il prescrit un traitement. À Rose aussi, le médecin rédige une ordonnance. Je ne veux pas que la fatigue vous terrasse, dit-il. L'expression la fait frissonner. Elle non plus, elle ne veut pas.

Pendant quelques jours, Rose retrouve un meilleur moral, et l'espoir d'une amélioration. Elle range la cuisine et s'achète les premières fraises de la saison – son péché mignon. Elle écoute la radio. Elle dort un peu mieux et contemple, toujours fascinée, la perfection de l'enfant pendant son sommeil.

5

Comme chaque jour en arrivant à l'EHPAD, Lise fait escale en salle du personnel, ouvre son casier pour en sortir ses affaires, enfile sa blouse d'aide-soignante, ses Crocs blanches confortables, et se connecte sur le logiciel interne qui permet de consulter les transmissions. Le trop petit bureau où est installé l'ordinateur est encombré de dossiers et de papiers médicaux en tous genres, de l'ordonnance au compte rendu d'hospitalisation. La cadre a encore du retard dans le classement. Classique, pour ne pas dire systématique. Lise déplace une pile d'enveloppes encore fermées, pour pouvoir manier la souris de l'ordinateur, et commence à lire ce qui s'affiche sur l'écran.

> M. Ruel.
> A sonné trois fois en début de nuit. Angoisses habituelles. ½ Lexomil à 22 h 32.

Mme Carista.
A refusé la douche ce matin. À prévoir demain. Mauvaise humeur fréquente ces jours-ci, quelques (rares) signes d'agressivité. Situation à réévaluer avec le Dr Bodier ?

Mme Albin.
Désorientation marquée. Veiller à ce qu'elle n'inverse pas son rythme nycthéméral. Plusieurs interventions cette nuit pour lui indiquer qu'il fallait se coucher et dormir (déambulation, télé allumée...).

Mme Féruit.
Soins d'escarre à poursuivre. Amélioration en cours.

Les *transmissions*, dans le jargon des maisons de retraite, ce sont les informations qu'il faut se passer d'une équipe à l'autre, afin de poursuivre la prise en charge des patients avec la plus grande pertinence possible. À portée de main, Lise garde son vieux mug en porcelaine rempli de café chaud dont l'odeur seule la réconforte. Effacée par les lavages, on devine encore l'inscription : Vivement la retraite !

Lise préfère les transmissions orales. Elle a beau être jeune, elle se sent de la vieille école, dans ce domaine. Elle les a un peu vécues sur certains lieux de stages, lors de sa formation. Elle aimait regarder les visages, les mains, écouter les voix, les intonations, quand l'équipe sortante briefait celle qui entrait. Elle trouve que les corps, les mouvements et la musique en disent long, aussi. Parfois plus qu'une phrase expéditive tapée avec l'envie de rentrer chez soi. Mais elle reconnaît que l'écrit, on peut y revenir au besoin pour vérifier un élément qui échappe. Qu'on obtient, de cette manière, des infos qu'on n'aurait pas autrement. Que ça permet parfois de remonter le temps et de vérifier un événement qui date de plusieurs jours, voire de plusieurs semaines et qui est sorti de la mémoire du soignant. Et puis au bout du compte, ces détails qu'elle aime dans les transmissions orales, tout le non-verbal, il existe d'une autre façon dans les transmissions écrites. Chacun y a son style : celui qui est minimaliste, celui qui est purement clinique, celle qui est bavarde, celle qui manie l'humour, celui qui utilise la ponctuation d'une manière fantaisiste… Et quand l'un ou l'autre sort de son rôle, c'est le signe qu'il s'est passé quelque chose de particulier. L'écrit n'entraîne pas une perte sèche, il est juste différent. Alors va pour l'informatique.

Ce matin, pas grand-chose à signaler, le train-train de la maison.

— Salut Lise, lance Éric qui passe en coup de vent.

Il est entré, blouse ouverte sur une chemise à carreaux du meilleur effet au rayon *démodé*. Éric a toujours un petit air vieillot, malgré sa quarantaine encore fraîche, et sa calvitie naissante n'y est sans doute pas pour rien. Au moins porte-t-il un parfum agréable, assez léger, aux notes d'agrumes. Son air vieillot n'inclut pas la senteur naphtaline. Il a pris un dossier, est ressorti avant même que Lise ait pu envisager de lui répondre. Elle lui adresse un signe de la main, malgré tout, par réflexe. Éric est infirmier. Caractère difficile, mais Lise l'aime bien. Beaucoup le trouvent rigide. Il l'est. Beaucoup le trouvent désagréable. Il ne l'est pas toujours. Et du point de vue de Lise, pas souvent. Il lui arrive d'être *décalé* dans l'échange, comme s'il n'en percevait pas tous les sous-entendus, tous les fonctionnements codifiés. Ou alors, il les perçoit, mais il s'en fiche, il joue sa partition sans chercher à arrondir les angles. Après lui le déluge, en quelque sorte. Lise s'en contrefout. Elle non plus n'est pas toujours, pas souvent en phase, surtout quand elle fréquente des gens de son âge. Elle aussi, on la perçoit comme *décalée*. Il veut dire quoi, au fond, ce mot ?

Au début, Lise a été déstabilisée par l'attitude d'Éric, et puis elle a compris que c'était son fonctionnement. Depuis, elle le prend comme il est. C'est un pro d'une rare compétence, prêt à partager son savoir quand il est bien luné. Aux yeux de Lise, c'est le principal.

Elle termine de prendre connaissance des transmissions puis ferme sa session. Elle s'étire et se masse le cou avant de se lever. Cette salle du personnel, borgne, petite et encombrée, est aussi peu accueillante qu'il est possible de l'être, il n'y a pas à tergiverser. Ça tombe bien : c'est l'heure d'y aller. Le moment de plonger dans le fracas du rythme soutenu qu'on leur impose – d'aucuns disent infernal. Elle veille à ne pas traîner sur les transmissions. Là-dessus, elle est d'une vigilance aiguisée. Se garder quelques petites marges de manœuvre dans la gestion de son temps auprès des patients passe par une discipline d'une rigueur absolue. Lise l'appelle *la trilogie secrète* : ne pas commencer en retard ; à l'intérieur, ne pas penser à l'extérieur – déconcentration assurée ; être d'une précision parfaite dans chaque geste. À ces conditions, et à ces conditions seulement, Lise arrive à prendre le temps d'une courte discussion avec Georges, d'une blague avec Simone, d'une vieille chanson ou d'un peu de lecture avec Rose. Les jours où le tourbillon la happe malgré elle, qu'elle renverse une carafe dans une chambre ou qu'elle se retarde sur une toilette, tout est fichu. Les chansons et les blagues partent aux oubliettes. L'époque n'est pas à avoir le temps, dans le soin comme dans bien d'autres domaines. Le prendre malgré tout demeure une option à laquelle Lise refuse de renoncer. Mais la lenteur reste un luxe incertain.

Elle respire un grand coup, par réflexe, affiche son plus joli sourire et referme derrière elle la porte de la salle du personnel. Ascenseur. Deuxième étage.

C'est parti.

Charles se cale dans son grand fauteuil en regardant par la fenêtre. Il a vu Lise passer un peu plus tôt, suivie de peu par Véronique. Éric est arrivé le premier, comme d'habitude. À cet instant, Charles a eu une intuition étrange. Il ne sait pas comment elle lui est venue, mais il l'a prise telle quelle. Son âge offre certains privilèges dont celui d'avoir un peu bourlingué du côté de ses émotions, dans le cadre de son travail. Il se sent désormais à peu près capable de les trier. En passant, il a tout appris sur le tas, et il en a bavé. La fac de médecine donne des compétences en anatomie, physiologie, pathologie, et autres sciences tout aussi savantes qu'essentielles, mais elle prépare mal à la dimension sensible du métier de toubib. Il a souvent clamé que c'était une aberration de première. Il espère qu'elle sera corrigée par les nouvelles générations. En son temps, il a milité en ce sens.

Désormais, il est assez tranquille. Il parvient à peu près à discerner quand ses intuitions méritent d'être écoutées ou non. Il lui arrive de se planter, il n'est pas non plus Mme Irma. Mais il retombe à peu près sur ses pieds au jeu de *Am stram gram, ce se-ra toi l'in-tui-tion que j'é-cou-te-rai*.

Et là, son intuition était qu'il fallait user d'humour. Tenter un pas de côté et se risquer au n'importe quoi. Cela lui est apparu comme une évidence, la seule option possible. Casse-gueule, certes. Mais toutes les autres, en tête desquelles la version sérieuse et responsable, lui ont semblé inutiles avant même d'avoir été essayées. Ce serait quitte ou double, mais il fallait oser un truc sans filet.

Il ne peut réprimer un bâillement et s'interroge. Va-t-il, ou non, reprendre une tasse de café ?

Au passage, cette prise de risque l'arrange bien. Mener la danse de cette façon pourrait lui apporter un peu de distraction. Il en a grand besoin. Un bref instant, il se demande même dans quelle mesure ce n'est pas son ennui quasi quotidien qui a fait naître l'intuition. Mais peu importe. Un peu d'animation ne le rendra que meilleur pour les résidents.

Il a donc rappelé Barbara Albin.

Il sourit en y repensant et passe sa grande main dans ses cheveux gris. Comme il le supposait, elle n'a pas répondu. Elle n'a donné aucun signe à l'EHPAD depuis leur entrevue, trois semaines auparavant. Il était plus que probable qu'à l'ère de la présentation des numéros, il tomberait, oh ben flûte alors, sur sa messagerie. Elle n'a aucune envie de lui parler, aucune intention de se manifester. C'est une évidence.

Alors il a laissé l'annonce se dérouler jusqu'au bout, a attendu le signal sonore, puis il a juste déclaré :

« *Bonjour, c'est le D*r *Bodier, de l'EHPAD des Genêts. Je me demandais, juste une idée en passant… vous savez tricoter ? Bonne journée !* »

Et il a raccroché.

À partir de maintenant, avec un peu de chance, il va moins s'ennuyer. C'est déjà le cas, d'ailleurs, et comme dirait l'autre, pourvu que ça dure.

Premier round.

6

Rien ne soulage Barbara. Le pédiatre change trois fois le traitement, sans amélioration. Rose finit par ne plus oser le consulter pour ce problème. Elle recommence à vivre dans l'anxiété permanente d'interminables crises de pleurs. Elle n'y arrive pas, avec cette gamine. La regarder dormir en la trouvant belle n'avance à rien. Quand elle est née, elle l'aurait étouffée sous ses baisers, tellement c'était fort, cette envie de la serrer contre elle, tout le temps. Elle la reniflait, la caressait. Un bébé qui pleure est un bébé qui s'exprime, avait dit l'infirmière. Rose aimerait parfois que sa fille s'exprime moins.

Rose essaie de la bercer, lovée contre elle, et elle marche durant des heures en la portant. Elle fait des kilomètres avec sa fille dans les bras. Puis elle commence à se fâcher, après tout, c'est peut-être une provocation, de brailler de la sorte ? Peut-être convient-il de ne pas se laisser manipuler ?

Rien n'est efficace. Barbara pleure et Rose s'épuise. Ça finit par lui vriller le cerveau, à force.

Rose a mal, tout son corps est douloureux. Elle a l'impression de courir un marathon chaque jour. Elle est percluse de courbatures.

Vient la première fois où Rose hurle. Cela l'effraie elle-même. Quelle est cette force tellurique qui la traverse, qui jaillit en vociférations bestiales ? Lorsque cela se reproduit, Rose constate qu'elle pourrait y prendre goût. Brailler décharge le trop-plein de tension, phénomène en miroir, inconscient, entre la mère et la fille. Ses épaules se relâchent, ensuite. Mais est-ce bien elle, ce monstre tonitruant ? Est-ce la même Rose qui s'enivre avec l'odeur de la petite, qui s'émerveille de ses boucles brunes ?

Barbara fait ses premiers sourires. Rose est conquise, si tant est qu'elle puisse l'être davantage, mais elle est plus fatiguée encore. Alors parfois, elle pose le bébé en pleurs dans son berceau, elle ferme la porte de la chambre, et elle se réfugie dans la cuisine. Elle fait la vaisselle de ses mains tremblantes ou elle boit un café. Souvent, elle pleure en regardant l'aiguille des secondes scander le tempo de l'horloge sur le mur. Après tout, Barbara peut bien rester seule quelques minutes, sans que personne ne s'occupe d'elle. Zut à la fin. Est-ce que quelqu'un s'occupe de Rose, hein ? Bien sûr que non. Et elle n'a pas d'autre choix que de s'en contenter, elle.

L'autre salaud est parti sans demander son reste, un mois avant l'accouchement. C'est la première fois que Rose y repense depuis son retour. Et elle sent, comme en fin de grossesse, une pression métallique immense, puissante, lui enserrer l'estomac jusqu'à le broyer. L'angoisse est revenue. Elle empêche Rose de respirer. Sa tête tourne, tandis qu'elle vomit sur le carrelage de la cuisine.

Rose est secouée de sanglots. Les crises sont de retour. Elle voulait tellement que ça prenne fin avec la naissance de sa fille. Elle y a cru si fort.

7

Elle n'aime pas Proust. Elle s'y ennuie. La madeleine de Barbara, c'est Zola. Au collège, elle est tombée dans les Rougon-Macquart avec gourmandise, un vrai paquet de fraises Tagada ! Elle les a lus comme elle regarde aujourd'hui une excellente série télé, vautrée sur son lit, en attendant la saison suivante avec impatience. Cela lui a valu pléthore de remontrances maternelles. Quand le temps était clément, Rose la harcelait : *Profite du jardin plutôt que de rester plongée dans tes fichus bouquins. Mais sors donc, tu vois bien qu'il fait beau ! Tu vas être en carence de vitamine D, c'est pas Dieu possible. Va prendre l'air, bon sang !* Tout y passait. Il n'était pas fréquent qu'elle obtempère. Plus elle grandissait, plus Barbara se faisait un principe d'obéir le moins possible à sa mère. À quoi bon ? Il y avait peu de logique dans les demandes de Rose, et elle trouvait toujours à redire, quoi que Barbara fasse, de toute façon.

Barbara se dirige vers la salle de bains. Ce n'est pas que ça l'amuse, mais il est grand temps de faire une machine à laver. Elle n'a plus grand-chose de propre à se mettre. Se laisser grignoter par l'inaction ménagère n'est pas dans ses habitudes, et elle ne compte pas que ça le devienne. Mais en ce moment, elle pourrait avoir un net penchant en ce sens. Elle doit se surveiller.

Elle continue de relire ses Zola. Les vieux formats poches commencent à décrépir. Peu importe, au pire elle les rachètera. L'idéal, c'est en hiver, bien calée dans son canapé de cuir écru, enveloppée dans une vaste couverture en polaire fuchsia, avec une tasse de Earl Grey fumante à la main et une tablette de chocolat posée sur l'accoudoir. Régression quand tu nous tiens…

Barbara adore ces moments. Sa lecture préférée reste *Au bonheur des dames*, parce qu'elle a découvert ce livre durant son époque midinette et qu'elle a soupiré d'émerveillement pour cette romance à rebondissements. Elle n'avait rien capté aux sous-titres sociaux du roman, à l'époque. Rien compris de son arrière-plan engagé. Elle l'a juste lu comme une grande épopée romantique. Et c'est aussi pour cette raison que Zola l'impressionne, il offre plusieurs niveaux de lecture, tous captivants.

Le grand panier de linge sale est rempli à ras bord. L'honnêteté voudrait même que Barbara reconnaisse qu'il est au-delà du remplissage.

Depuis hier, elle est contrainte à laisser son linge sale par terre, à côté de la porte de la salle de bains. Il est plus que temps d'agir.

Plus tard, elle est tombée dans la poésie. Apollinaire et ses alcools, Rimbaud et sa jeunesse tourmentée. Elle est restée un peu étrangère à Baudelaire. Elle adore Prévert. En revanche, elle ne peut pas blairer Victor Hugo, trop emphatique. Mais elle pourrait relire Racine à l'infini. Est-ce moins grandiloquent ? Pas sûr. Pourquoi aime-t-elle le second et déteste-t-elle le premier ? Mystère des alchimies littéraires imprévisibles.

Elle a eu sa période philo, bien sûr. Enfin elle s'élevait, elle regardait la vie d'en haut, elle apprenait à réfléchir. Elle avait l'impression de sculpter une façon bien à elle d'appréhender le monde. Elle était jeune et naïve, elle en est revenue. Que la philosophie puisse aider à penser, c'est certain, elle tient ce rôle, et Barbara lui en est reconnaissante. Que l'on soit un pur être philosophique, comme elle le fantasmait alors, n'exagérons rien. Que l'on s'attache à réfléchir ou que l'on s'en fiche, les basses contraintes quotidiennes continuent de nous secouer, c'est à craindre. Garder un peu d'humilité, même quand on a lu Kant, semble dès lors plus prudent.

Barbara attrape le panier de linge sale, et le vide par terre. Ainsi rendu à la liberté, le linge se déploie. Le volume de tissu sale est impressionnant. Il pourrait presque la décourager. Barbara se résout à garder le cap. Elle souhaite faire une machine de linge foncé, aujourd'hui. C'est tout bête, mais elle a davantage de lingerie noire que blanche. Et elle va bientôt manquer de culottes. Basses contraintes quotidiennes, pensait-elle justement, avec un sens certain de l'à-propos... Elle commence à trier les vêtements. Les clairs retournent dans le panier. Les foncés glissent de l'autre côté, près de la baignoire.

Elle lit beaucoup de littérature contemporaine. À part dans le cadre de son travail, elle oublie les noms et les titres avec une constance qui l'impressionne, peut-être même qui l'effraie. Elle retient des ambiances. Des thématiques. Des formules. Des profils de personnages. Tout cela compose un genre de puzzle de mots qui tapisse son cerveau. Elle n'y retrouve jamais rien de précis quand elle y cherche une référence. Elle persiste à essayer, sans succès, quand un vague souvenir lui revient et qu'elle aimerait l'affiner pour conseiller un livre à quelqu'un. Il est rare qu'elle y parvienne.

Elle adore les polars, les bandes dessinées, les romans jeunesse et la littérature fantastique. Et elle adore le clamer haut et fort. Il y a encore des gens, dans les universités et les cercles bien-pensants, avides d'établir des classifications et des hiérarchies, auxquelles ils s'accrochent comme si c'était LA vérité. La littérature *blanche* serait quand même supérieure à la *noire*, la BD serait pour les mômes, rien ne vaudrait les classiques, et le contemporain serait, comment dire… Ce genre de conneries, alors que tous les arts sont les différentes parties d'un grand tout.

Le tri est rapidement fait. Le panier de linge sale reste rempli aux deux tiers, il faudra lancer la machine de vêtements clairs dans la foulée, mais la zone rouge s'éloigne pour quelques jours. Barbara le referme, le remet à sa place entre le lavabo et le placard. Elle attrape le gros paquet de linge foncé, et le glisse dans la machine à laver. Elle avait laissé de côté quelques articles fragiles, qu'elle ajoute au reste du linge dans un petit filet souple. Un peu de lessive dans le tiroir, le programme économique à 30 degrés – bien suffisant – et le tour est joué. Ça n'était pas si compliqué.

Elle a su lire tôt, comme une impérieuse nécessité, et elle a toujours lu tout ce qui lui tombait sous la main, des étiquettes de Nesquik à Spinoza. Elle en a fait son métier, et elle a cette chance inouïe de ne pas s'en lasser, même si certains détails périphériques lui cassent les pieds, parfois.

En parlant de détail périphérique, Antonio l'évite, depuis leur déjeuner morose. Elle n'a personne d'autre en vue, personne d'assez jeune et d'assez beau. Parce que, du vieux barbon, elle pourrait toujours en trouver. Mais ça l'intéresse autant que Victor Hugo, c'est dire. Peu importe : l'idée d'une valse en solitaire ne l'effraie pas. Tout va bien.

Il faut qu'elle surveille la fin du cycle de lavage. Elle est capable d'oublier d'étendre le linge, en ce moment.

Elle a quelques bons bouquins, de grosses chaussettes bientôt propres, un plaid fuchsia doux et chaud en réserve. De temps à autre, elle ne refuse pas de se vautrer dans un peu de facilité.

Un moment parfait pour replonger dans *Au bonheur des dames*.

8

— Bonjour, Simone. Comment allez-vous ce matin ?

Lise est entrée dans la chambre de Simone, elle ouvre les volets avant d'éteindre la lumière. Il est onze heures du matin. Personne n'a pris le temps de s'en charger plus tôt, alors que Simone aime la lumière du jour. Tout le monde aime la lumière du jour, enfin ! Ce n'est pas un EHPAD pour vampires ! Lise contracte ses mâchoires sous l'effet de la colère. Mais elle tente de garder le sourire. Le volet roulant est lourd, il n'a pas de commande électrique, il faut le relever à l'huile de coude. Et Simone, bien que *globalement valide*, n'y parvient pas. C'est l'établissement tout entier qui est vétuste, mais *on n'a pas les budgets, on n'a pas ceci, on n'a pas cela…* Bref, il manque toujours quelque chose. Genre, un peu de jugeote et beaucoup d'empathie. Du coup, Simone a passé la matinée au néon. Tout le personnel râle contre la lumière artificielle en salle du personnel – déprimante, fatigante pour les yeux, mauvaise pour le teint, il se trouvera bien quelqu'un un jour pour l'imaginer cancérigène ou neurotoxique – mais personne ne se dit qu'imposer la même chose aux résidents est aberrant. Quel monde formidable !

Globalement valide, c'est l'expression même de Simone. Sa façon à elle de confier que tout n'est pas parfait, mais que son état général n'est pas non plus dramatique. Une formule pudique pour éviter d'avoir l'air de se plaindre. Il y a des jours où Simone peut se rendre presque seule au réfectoire. Avec son déambulateur, tout de même, au cas où. Et des jours où elle n'arrive même pas à se lever, tant son arthrose la tourmente.

Lise se force à respirer profondément. Ne pas se laisser envahir, ni par la colère, ni par l'agacement, ni par la tristesse. Rester sensible, pour ne rien banaliser. Pas trop, cependant, pour ne pas se laisser ronger. Des volets fermés, ce n'est pas si grave, n'est-ce pas ?

Simone est dans son fauteuil. Sa robe de chambre orange, informe et râpée, est toujours aussi laide, mais Lise sait que la vieille dame l'adore, alors… Le journal est ouvert sur la petite table roulante à côté. Simone a croisé ses doigts déformés par l'arthrose sur son ventre, à l'arrivée de l'aide-soignante. Lise n'a rien vu de spécial dans les transmissions. La nuit a dû se passer sans anicroche. Simone la regarde en souriant. Elle attend que Lise soit moins agitée pour répondre :

— Bonjour, ma lumière du jour.

Lise se sent tout de suite mieux. Elle sourit en retour et s'approche d'elle pour lui prendre la main avec douceur. Elle commence à lui masser doucement les phalanges, souvent cela atténue les douleurs et ralentit le processus de déformation.

— N'exagérons rien, Simone. Vous me flattez.

— Mais je ne vous parle pas, mon petit, la taquine Simone d'un air innocent. Je m'adresse au soleil. Vous ne connaissez pas la salutation au soleil ? C'est très à la mode, très – comment vous dites ? – bobo. Je ne m'y ferai pas, à ce terme, un bobo, c'est quand on a mal. Enfin, bref, comme j'ai l'intention de me maintenir jeune et que le yoga ne m'intéresse pas du tout, je fais juste semblant et j'adapte la salutation à ma manière.

L'échange est à peu près du même genre à chaque fois. Le grand sourire sur le visage de Simone dément son ton pète-sec. Pour qui entrerait dans la chambre à ce moment, et aurait un doute, l'air facétieux de la vieille dame lève toute ambiguïté, c'est bien de l'humour. Simone était comédienne, avant. Peu nombreux sont ceux qui le savent, aux Genêts, parce que, de toute façon, ici, on sait peu de choses sur peu de gens, d'une manière générale. La faute à la *juste distance thérapeutique*, paraît-il. C'est ce que l'on a expliqué à Lise quand elle a questionné ce qu'elle ressentait comme un manque. La réponse ? On ne peut pas trop en savoir sur les résidents, et ils ne peuvent pas trop en savoir sur nous, il faut garder une *juste distance thérapeutique*. N'importe quoi, oui. Lise considère le concept comme une vaste blague. Mais puisqu'il a l'air de convaincre certains de ses collègues, elle n'en parle plus, elle se contente d'agir à sa manière.

Comédienne de troupe, tendance café-théâtre. Simone en a gardé un solide humour à froid, et des intonations qu'elle habille à sa guise. Et comme Lise n'est pas la dernière en ce domaine, leurs échanges sont plutôt vivants.

— Dites donc, c'est agréable ! enchaîne Lise d'un ton faussement scandalisé tout en poursuivant son massage. Je peux vous laisser en tête à tête avec le soleil, hein, vous vous arrangerez avec lui pour votre toilette et pour vous habiller. Attention que l'eau ne brûle pas trop, quand même. L'astre solaire aurait tendance à s'emballer et à se lâcher sur la chaleur.

— Je suis frileuse, vous le savez bien. Et rendez-moi mes mains, j'en ai besoin, s'amuse Simone.

— En tout cas, je partage votre avis sur le yoga, c'est chiant comme la mort, ce truc. Je vous délègue donc bien volontiers la salutation machinchouette, dit Lise en arrangeant le lit en quelques gestes sûrs.

Simone laisse échapper un petit rire aigu. Il est doux à l'oreille de Lise, qui pratique le yoga tous les mardis soir et ne manquerait sa séance pour rien au monde. Elle confie parfois son enthousiasme à Simone qui est toujours prompte à l'encourager et n'est jamais aussi heureuse que quand elle voit Lise épanouie.

Lise s'approche du fauteuil, aide Simone à se mettre debout. Elles se dirigent, toutes les deux, vers la salle de bains. C'est un jour où Simone semble solide sur ses jambes. Lise va au même rythme qu'elle, mais ne lui donne pas le bras. L'autonomie doit toujours primer quand c'est possible. Pendant que Simone défait la ceinture de sa robe de chambre, Lise prend soin de tirer la porte coulissante qui ferme la pièce. Personne n'est attendu, mais si d'aventure quelqu'un entrait dans la chambre, il est hors de question que Simone soit livrée nue à son regard.

— C'est vous qui officiez, aujourd'hui, Simone ?

La vieille dame fait signe que oui. L'autonomie. Simone termine d'enlever sa robe de chambre, puis sa chemise de nuit et les dépose l'une après l'autre sur la chaise en plastique disposée là en cas de fatigue. Lise s'est habituée à côtoyer la nudité des corps âgés. Elle les trouve émouvants et terrifiants à la fois. La peau flétrie, les taches, les déformations. C'est toute une géographie et toute une histoire, qui parfois se font écho et d'autres fois sont dissonantes, mais toujours singulières. Lise s'y est habituée, mais ça la saisit encore. Il y a peu de miroirs en pied à l'EHPAD. Est-ce un hasard ? Est-ce qu'on se regarde encore dans la glace, intégralement nu, quand on est vieux ?

Simone attrape le gant de toilette. Laisse un peu couler l'eau, le temps qu'elle devienne chaude. Simone aime l'eau brûlante. Le savon est resté dans la douche, c'est Lise qui va le récupérer. Autonomie ne signifie pas risquer une chute et une fracture par excès de zèle.

— Allez hop, un coup sur le museau ! chantonne Simone en passant le gant savonné sur son visage.

Puis elle frotte son cou, sa poitrine et insiste un peu sous les aisselles. Elle n'arrive pas à lever complètement les bras et Lise en ressent un pincement au cœur suivi d'une bouffée de tendresse. Simone rince le gant, et refait le même parcours afin d'enlever les restes de savon.

Pour le dos, c'est Lise qui officie. Les articulations de Simone ne lui permettent plus ce genre de contorsion. La jeune femme frotte avec énergie car Simone apprécie tout particulièrement cette sensation. Et même, elle rit quand Lise la secoue un peu trop. Simone reprend le gant. Pour se laver les fesses et le sexe, elle ne met pas de savon.

— Trop agressif pour mes vieilles muqueuses ! avait-elle argué un jour auprès de Lise, en clignant de l'œil de manière appuyée.

Cette fois-là, comme bien d'autres, Lise avait apprécié que l'humour existe. Il reste un allié précieux, à l'EHPAD. La toilette est terminée.

Elle a été rapide et efficace. Chouette, pense Lise.

— Simone, nous sommes des étourdies de première, nous n'avons pas pris vos vêtements. Qu'est-ce que vous voulez mettre aujourd'hui ?

— De vraies têtes en l'air, oui ! Ma robe bleue, celle qui est sur la chaise du bureau.

Là aussi, c'est Lise qui effectue le déplacement. Elle prend la robe, récupère au passage une culotte et un soutien-gorge dans la vieille commode à tiroirs sur laquelle est posée la télé. Puis elle revient dans la salle de bains.

Simone parvient à peu près à enfiler sa culotte seule, moyennant un bras solide auquel se raccrocher. C'est Lise qui agrafe son soutien-gorge. Quant à la robe, elle a le bon goût de se laisser enfiler d'une traite, d'être fluide et de n'avoir aucun système de boutonnage. Une robe très polie qui évite les approximations d'habillage et retombe avec une certaine élégance.

Une toilette rapide, une tenue confortable. Simone est prête, le moment a été agréable et Lise n'a pas perdu son temps. Mais le plus important n'est pas là. Le plus important, c'est que ce matin, Simone aura ri.

9

« Bonjour, c'est le Dr Bodier, de l'EHPAD des Genêts. J'aurais voulu savoir si vous aimiez le cheesecake. C'est important, le cheesecake, dans la vie, non ? Mais alors, de grâce, pas noyé sous un fichu coulis de fruits rouges qui altère son goût. Non, non, non. Nature, juste avec une note citronnée. Il faut savoir revenir à l'essentiel, vous ne croyez pas ? Je vous souhaite une bonne journée ! »

Deuxième round.

Charles consulte la revue médicale à laquelle il est abonné, un peu en diagonale et de manière distraite. Solange, sa secrétaire, a pris sa matinée, il est au calme dans son bureau, ne risque pas d'y être dérangé. Il feuillette le magazine distraitement, pour repousser le moment où il se mettra au boulot. Pas très motivé, le gars, ce matin. Il y a un reportage sur l'université

Paris-Descartes. Il y donnait des cours, il y a encore quelques années. Enseigner lui manque.

Il repense à ses années de fac de médecine, lorsqu'il était étudiant. À Isabelle, sa binôme de TD et de TP, bref, sa moitié d'études. Isabelle la magnifique, la fantasque, la dingue. Elle s'appelait Bodin. Lui, Bodier. Les lois du classement alphabétique avaient décidé qu'ils passeraient ensemble un certain nombre d'heures. Et il en fut ainsi. Les études de médecine, c'est plutôt long.

Ils se sont tout de suite entendus. Le hasard, parfois, est talentueux. Isabelle était lesbienne. Ce point leur a sans doute facilité la tâche, à une période où Charles avait besoin de plaire à toutes les filles – pas seulement celles qu'il trouvait jolies. Isabelle avait mis les points sur les i et les barres sur les t dès le départ. *Te fatigue pas, Charles*. Alors, déchargés des enjeux d'une éventuelle drague, ils étaient devenus, l'un pour l'autre, des amis précieux et intimes.

Isabelle était drôle. Hilarante, même. Grande gueule, mais respectueuse des gens fragiles. Idéaliste comme pas possible. C'était une superbe amoureuse, hypersensible, pas toujours heureuse dans ses histoires de cœur, mais du genre opiniâtre. Elle chantait faux et elle buvait trop – peut-être parce que son idéalisme était souvent déçu. Elle adorait la marmelade d'orange, qu'elle mangeait exclusivement en trempant le doigt dans le pot et *surtout* pas avec une petite cuillère.

Ensemble, ils ont révisé des partiels, suivi des stages, bu un nombre inavouable de litres de bière et commenté le cul d'un nombre incalculable de filles. Leurs appréciations n'étaient pas toujours très malignes, Charles en convient. Isabelle était sa meilleure pote. Ils se fâchaient, parfois. Isabelle la gaucho, Charles le fils de bourges. Les qualificatifs étaient d'elle. Visions du monde pas toujours compatibles. Mais ils s'aimaient, alors les bouderies ne duraient pas.

C'est à elle que Charles doit de s'y connaître en chaussures féminines, en brides, lacets, fermetures Éclair, qualités et tannages des cuirs, hauteurs et formes des talons. Isabelle était blonde, avec de longs cheveux. Un parfait cliché de belle fille sage. Alors, pour détromper son monde, elle privilégiait les fringues un peu grunge. En revanche, pas question de grosses grolles destroy. Elle était malade de chaussures. À la base, juger une femme à ses chaussures, c'était sa manie à elle. Et au début, Charles s'en moquait dans les grandes largeurs, de ses histoires de godasses. Petit à petit, il s'était laissé conquérir, un peu malgré lui. Isabelle était du genre persuasif. Une grande enthousiaste, aux arguments communicatifs. Elle avait entrepris de le convaincre que les chaussures d'une femme avaient une importance cruciale et n'avait plus lâché l'affaire. Jusqu'à ce qu'elle ait emporté le morceau.

Assis dans son bureau, à l'EHPAD, Charles est ému en resongeant à cette période de sa vie. Isabelle se marrerait, sans doute, tiens, si elle savait qu'après toutes ces années, il reste fidèle à ses enseignements. Sans doute serait-elle la première surprise d'avoir été, finalement, si persuasive.

Charles pense toujours à Isabelle, de loin en loin, mais il est rare qu'il laisse autant vagabonder ses pensées. D'habitude, il effleure le souvenir, et détourne vite son chemin mental vers d'autres contrées. Par-là rôdent des ombres trop peu sympathiques. Danger. Douleur. Regrets. Isabelle s'est suicidée. Elle s'est jetée du huitième étage de l'hôpital où elle bossait. C'était son premier poste. Elle y était depuis deux ans. Elle n'a laissé aucune lettre, rien. Charles s'est souvent demandé si, par hasard, Isabelle la gaucho à fleur de peau n'avait pas compris bien avant lui à quel point le système de santé devenait invivable et violent. Elle aurait bien été capable de faire un pied de nez aux changements de management délétères, et à leurs instigateurs, en tirant sa révérence. Elle avait ce genre d'entièreté. Mais peut-être qu'Isabelle la pétillante avait *juste* pris un râteau du trois cent vingtième amour de sa vie, une magnifique brune, la veille de son geste fatal ? Il n'en saura jamais rien.

Charles n'a pas retrouvé une complicité de cet ordre-là, avec personne. Isabelle lui a manqué à en crever, longtemps. C'est sans doute pour cette raison, au fond, qu'il est resté attentif aux chaussures des femmes. Une ultime fidélité à Isabelle la disparue.

Il croise ses grandes mains derrière sa tête et observe le plafond d'un blanc crémeux, fissuré par endroits. Il est surpris de constater que l'évocation n'est pas si douloureuse qu'il aurait pu le craindre, juste un peu nostalgique. Le temps a dû œuvrer. Le visage de la jeune femme, devenu flou au fil des ans, se superpose à celui de Barbara. Elles ne se ressemblent pas du tout. Mais elles ont en commun d'avoir de belles chaussures. Peut-être aussi d'assumer des personnalités peu banales. Et de se partager les pensées d'un médecin d'EHPAD, à cet instant.

10

C'est l'heure du coucher. Barbara a enfilé son pyjama bleu préféré. Rose défait les couettes de sa fille et coiffe ses cheveux. Elle aime manier la brosse, c'est soyeux, les cheveux d'une petite fille de deux ans, mais elle procède rapidement. Barbara n'aime pas ce moment, ça tire. Ses boucles brunes sont sujettes aux nœuds. Elle gigote et s'impatiente. Aïe, maman, ça fait mal !

Barbara se glisse sous sa couette girafe. Elle prend son ours en peluche dans ses bras. Assise près d'elle sur le lit, Rose chante – c'est la cloche du vieux manoir, du vieux manoir. Elle se sent bien, ce soir. En plus, elle sait qu'elle chante joliment et que Barbara aime cette comptine. Rose guette le moment où la petite sera assez grande pour l'entonner avec elle en canon. En attendant, la mélodie émet une douce vibration qui harmonise tout autour d'elle. Elle chante seule, et Barbara fait « ding, ding, dong » de sa petite voix enjouée. C'est un instant suspendu, un peu magique.

— Encore ! réclame Barbara.

Et Rose chante. La chansonnette est courte, elle la reprend six ou sept fois d'affilée. La dernière fois, elle ralentit un peu sur la fin, pour prévenir Barbara qu'elle va s'arrêter.

— Encore ! dit Barbara en tapant dans ses mains. Encore, maman !

Rose regarde sa montre. Bon sang, il est l'heure de dormir ! Elle n'a pas vu le temps passer. Elle panique. Le temps, toujours lui. Elle ne l'aime pas, elle le déteste, il ne fait jamais comme elle voudrait. Il est trop tard ! La pression immense, celle qui ne prévient jamais, recommence à lui broyer l'estomac. Non ! Pas ça ! Rose veut se lever pour signifier à Barbara qu'elle ne chantera plus. La petite s'accroche à son cou et la supplie :

— S'il te plaît, maman !

Pour elle, c'est un jeu. Elle ne perçoit pas encore le changement d'humeur de sa mère, l'urgence et la panique qui l'agitent. Elle ne sait pas ce qui se passe dans le ventre de Rose, ni que l'air menace de lui manquer. Rose la repousse avec brusquerie et se lève.

— Je t'ai dit non !

Elle file jusqu'à la porte.

— Tu dois dormir, c'est l'heure, assène-t-elle encore.

Elle éteint la lumière sans écouter les protestations de l'enfant et quitte la chambre sans l'embrasser. Heureusement, la veilleuse était déjà allumée, sinon Barbara aurait hurlé. Rose tient à peine debout, titube jusqu'à son propre lit. Pourquoi faut-il toujours qu'elle en rajoute, la gamine ?

11

Elle ne sait pas à quoi il joue. Soit il la prend pour une idiote, soit il est lui-même stupide. Ou alors il existe une troisième voie, mais Barbara ne voit pas très bien laquelle. Il est fort peu crédible que le Dr Bodier la drague, d'habitude elle n'attire pas les hommes d'âge mûr. Si ce principe est en train de changer, doit-elle s'en inquiéter ? Faut-il qu'elle revoie à la baisse ses goûts en matière de jeunes gens ? Elle en serait dépitée.

Pour autant, elle doute que le Dr Bodier soit sot, il a même plutôt l'air brillant. Et s'il l'est autant qu'elle le croit, il ne peut commettre une erreur de jugement aussi énorme que celle qui consisterait à la prendre, elle, pour une andouille. Reste donc l'hypothèse de la troisième voie, même si Barbara n'en discerne pas la nature exacte dans l'immédiat.

Il y a certainement une logique, un but, dans les petits messages surréalistes que le Dr Bodier laisse sur son répondeur depuis quelques jours.

Quant à en percevoir le début du commencement, c'est une autre affaire. Barbara a décidé de laisser les événements suivre leur cours, il sera toujours temps d'aviser. Peut-être se lassera-t-il tout seul ? Elle n'a pas envie d'user de l'énergie à tenter de comprendre si quelque chose de spécial se joue, ou pas. Pas envie de penser à cet établissement, à sa mère, à sa mémoire, à sa mère, à son avenir, à sa mère, à leur histoire commune, à sa mère, aux cicatrices qu'elle lui a laissées… Putain, non. Pas sa mère. Barbara devient vulgaire, mauvais signe. À vue de nez, seule Rose est en mesure de produire cet effet sur elle, d'ailleurs.

Barbara a quand même réussi à coincer l'étudiante qu'elle voulait voir, après le dernier cours. Elle y pense comme si c'était un exploit, alors que non. Ninon vient lui parler presque à chaque fois, pour poser une question, approfondir un point, voire pour déclarer sa flamme.

— J'aime tellement votre cours, madame, c'est toujours passionnant de vous écouter.

Bien aimable, merci. Barbara en a donc profité, lors de la dernière manœuvre d'approche de l'étudiante, pour lui demander de venir à son bureau, ce qu'elle a accepté sans difficulté. Imagine-t-elle que c'est pour la draguer ? Décidément, la question de la drague la travaille, aujourd'hui, songe Barbara, amusée. Elle a une réputation sulfureuse, c'est entendu, mais Ninon serait en pleine extrapolation. Barbara n'est pas folle, elle n'a jamais mis les étudiants de ses cours dans son lit. Il y a des soucis qu'elle souhaite s'éviter. S'il lui est arrivé d'en avoir envie, c'est resté à ce stade. Cependant, elle ne déteste pas qu'on puisse s'imaginer des trucs la concernant. C'est toujours plus flatteur d'avoir l'air rock'n'roll. Une philosophie de vie parmi d'autres.

Ninon… un joli prénom, qui va bien à l'étudiante. Elle est assez petite, gironde, rousse. Elle semble plutôt effacée avec ses camarades. Barbara parierait qu'elle se trouve quelconque, peut-être même qu'elle complexe sur tout : ses cheveux trop roux (pas assez passe-partout), ses rondeurs trop rondes (pas assez magazine), sa silhouette trop ramassée (pas assez mannequin). Ninon s'habille de manière neutre, à tendance chic. Une garde-robe classique et de bon goût, pour ce que Barbara en a vu, et qui – sur elle – tombe totalement à plat.

Barbara aimerait que Ninon ne se passionne pas de manière aussi démesurée pour son cours. Elle a d'autres choses à expérimenter et à tenter que le sérieux des études, lui semble-t-il. Ça n'a aucun charme, tout ce sérieux, sur Ninon. Barbara ne la cerne pas très bien, mais il lui paraît évident que la jeune femme ne s'est pas encore trouvée et qu'elle a surtout besoin de se rencontrer. Barbara pressent que Ninon a des facilités lui évitant de gros efforts ou un travail de chaque instant pour valider ses examens. C'est une chance qu'elle devrait exploiter pour vivre pleinement durant ses années d'études.

Mais Barbara n'est pas psy, et elle n'a pas l'intention de le devenir. Elle va juste tenter de faire son boulot de prof : décoller un peu Ninon, rien qu'un peu, de son admiration béate pour la littérature comparée. L'inviter au recul nécessaire. Lui suggérer l'esprit d'analyse et la critique constructive.

Le comble, si Barbara y parvient, c'est que Ninon aura objectivement encore plus de raisons de l'admirer en tant que prof, mais que ça ne lui viendra plus à l'esprit puisqu'elle aura appris à nuancer son jugement. Ce défi tout en ironie n'est pas pour déplaire à Barbara.

Ninon arrive à l'heure prévue. Ponctuelle. Il aurait sans doute été de meilleur augure pour elle qu'elle arrive un peu en retard, qu'elle s'autorise cette légèreté, mais Barbara doit reconnaître que ça l'aurait contrariée. Il y a souvent un décalage entre la théorie et la pratique, et Barbara ne fait pas exception. En théorie, ce serait chouette que cette môme sorte un peu du cadre. En pratique, Barbara préfère que ce ne soit pas à ses dépens. Ça la rendrait fort peu bienveillante, et elle ne saurait guère se retenir d'en faire la remarque à Ninon. De toute façon, Barbara n'est PAS bienveillante, il vaut mieux le savoir quand on la côtoie, que ce soit à titre personnel ou professionnel. Avec les étudiants, elle essaie d'être juste, autant que possible. C'est déjà bien assez de travail sans y rajouter la bienveillance. Une posture trop complexe pour elle, et force est de constater que quantité de gens la tiennent aussi mal que l'alcool. Trop souvent, ça finit en dégoulinade, ça colle, ça écœure. C'est immonde. Barbara préfère ne pas s'y risquer.

Ninon est à l'heure. Barbara décide donc de la laisser patienter, sans autre raison objective que de l'avoir décidé.

L'étudiante paraît s'en moquer. Peut-être même va-t-elle jusqu'à trouver que c'est dans l'ordre des choses. Lorsque Barbara l'introduit dans son bureau, vingt-cinq minutes plus tard, Ninon est fraîche et dispose, sans la moindre trace d'agacement. Elle compte peut-être parmi ces gens qui ne considèrent pas le respect entre profs et élèves comme devant être réciproque. Barbara soupire.

— Ninon, j'ai proposé que nous prenions un temps pour discuter, car il me semble que vous vous intéressez beaucoup à la matière de mon cours, je me trompe ?

En retour, un large sourire s'affiche sur le visage de l'étudiante. Lumineux. Enthousiaste. Désarmant. Elle souriait déjà, avant, mais là elle semble touchée par la grâce. N'importe quoi, se dit Barbara.

— Non, vous ne vous trompez pas. Vos cours sont passionnants et enthousiasmants. On sent que vous aimez la littérature, que vous n'en avez pas terminé avec elle, que vous n'êtes pas lasse non plus. Pardon, je ne sais pas si c'est très correct de vous confier mon avis brut de décoffrage, mais les profs blasés, c'est ultra chiant… heu… pénible. Vous êtes différente. Pas la seule à être intéressante cette année, mais au top du top, ça c'est sûr !

Barbara observe Ninon. C'est beau d'être jeune, tout de même.

— Je vous confirme que je ne suis pas blasée, il ferait beau voir. Vous envisagez quoi pour la suite de vos études ? Vous êtes en L3, vous savez déjà jusqu'où vous voulez aller ? Quelle profession souhaitez-vous exercer ?

Barbara patine dans la semoule. Elle se sent plutôt mauvaise sur ce coup. Ninon doit se demander quel est l'objectif de l'entretien. Barbara voudrait l'inviter à réfléchir, la pousser à ne pas prendre sa prof en exemple, ni à investir sa matière plus que de raison. Elle voudrait la mettre en garde contre les maîtres de toutes sortes et lui rappeler qu'il est préférable de ne pas prendre tout ce qu'on lui dit pour argent comptant. Mais pour le moment, elle ne trouve pas le moyen d'aborder ces sujets.

— Oui, madame, je veux être prof de maths, répond Ninon en rougissant un peu, mais sans arrêter de sourire.

C'est Barbara qui l'imagine, ou bien y a-t-il une pointe d'ironie sur les lèvres de Ninon ?

— Je vous demande pardon ?

— Je sais que c'est surprenant, quand on est dans un cursus de lettres, poursuit Ninon, et je ne le crie pas sur les toits car tout le monde ne cerne pas l'intérêt, mais je pense que vous, vous comprendrez.

Allons bon, revoilà la pommade !

— Je veux être prof de maths en collège ou en lycée. De préférence dans des zones pas très favorisées, parce que… Enfin, je viens de là. Je ne suis pas sûre encore de vouloir y retourner, mais ces mômes méritent tellement qu'on s'occupe d'eux. Qu'on s'en occupe vraiment, avec passion, avec élan. Et sans être lasse, finit-elle dans un dernier sourire. Enfin, je verrai.

Barbara ne s'attendait pas du tout à une telle discussion. Elle est estomaquée, et c'est d'ailleurs très bien ainsi. De son côté, Ninon n'a pas l'air décidée à s'arrêter.

— Pour être un bon prof, on ne peut pas être un cador dans sa matière, et tout ignorer des autres, non ? En tout cas, c'est ce que je crois. Le savoir est un ensemble de connaissances qui demande qu'on soit cohérent. Pour le transmettre, il faut un minimum d'équilibre dans les notions que l'on a, vous ne pensez pas ? J'ai toujours eu du goût pour l'histoire et la géo, j'arrive à me cultiver par moi-même dans ces domaines. Concernant les lettres, c'était moins facile. Je suis une *scientifique,* s'il faut à tout prix cataloguer les gens. Alors j'ai décidé de tenter une licence de lettres avant d'entamer mes études de maths et de passer le concours pour être prof. C'était une bonne idée. Vous m'avez transmis le goût de la littérature, c'est ce qui me manquait.

Barbara sourit de toutes ses dents, sans se soucier du côté carnassier que ce sourire lui confère. Elle comprend maintenant pourquoi elle patinait dans la semoule. En réalité, elle n'a rien de particulier à dire à Ninon, sauf peut-être : fonce. Ce que l'étudiante fait déjà.

— Ça peut vous sembler bizarre, mais pour moi, ça se tient, grave.

Modeste, sans pour autant laisser la porte au jugement d'autrui. Elle est bien cette petite.

— Ça ne me semble pas bizarre du tout, Ninon. C'est une très belle démarche. Vous ferez une prof épatante.

Curieusement, une expression moins lumineuse passe sur le visage de Ninon en recevant ces mots.

— Mais si vous vouliez me voir, enfin, je suppose que vous envisagiez de me proposer quelque chose ? Un travail de mémoire de M1, ou un truc du genre ? Je suis désolée, parce que vous êtes toujours hyper disponible pour moi, j'aurais peut-être dû vous dire plus tôt que je ne resterais pas. Cela me gêne si vous avez fait des projets.

Barbara la rassure aussitôt.

— En réalité, je me questionnais… sur vos motivations, sur ce que vous envisagiez pour l'avenir. Aucun souci, comme vous pouvez le constater. Votre projet a l'air bien pensé, je vous souhaite de l'aboutir. Et je reste dispo autant que nécessaire jusqu'à ce que vous ayez cette licence en poche. La disponibilité d'un prof n'est pas corrélée à d'éventuelles attentes.

Ninon remercie Barbara avec effusion avant de sortir. Barbara la raccompagne à la porte, elles se serrent la main avec chaleur. Tandis que l'étudiante s'éloigne dans le couloir, Barbara se sent ravie de l'entrevue, ravie des choix de cette jeune femme, ravie d'avoir perçu qu'elle avait l'envergure de ne pas se contenter de peu. Perspicace, quand même, la prof ! D'où lui vient, alors, ce vague blues qu'elle voit poindre ? Du sentiment d'être dépossédée d'un challenge qui n'était que dans sa tête ? De la prise de conscience qu'elle n'est sans doute pas aussi haut placée qu'elle l'avait cru, dans le panthéon de Ninon ? Est-ce que c'est ça, l'arrière-goût étrange que lui laisse le rendez-vous ? Décidément, c'est le jour du paradoxe, autant s'y faire.

Peu importe, au fond. Ce qui est sûr, c'est que son interprétation de la conduite de Ninon était erronée. Non, l'étudiante ne gobe pas les paroles de sa prof, et oui, elle a du recul. Elle se contente de ne pas être banale, ce qui est déjà formidable en soi et d'allier cette disposition à un véritable enthousiasme. Il y a plus grave, dans une vie.

12

Barbara a mis une robe grise et un collant violet avec des étoiles dorées. C'est elle qui a choisi. Rose l'a juste aidée à enfiler sa tenue. Barbara aime ce collant, il est très beau, pourtant elle ne le met pas souvent. Les collants, ça gratte. Mais aujourd'hui, c'est dimanche, et Suzanne vient déjeuner à la maison. Elle a promis qu'elle amènerait des crêpes. Alors, c'est la fête. Rose était en forme au réveil, elle a même dit : « Fais-toi belle ». Ça mérite un collant.

Suzanne arrive vers onze heures. Elle aussi a mis une belle robe, mais elle n'a pas de collant à étoiles. Elle sent bon. Le paquet de crêpes est énorme, il sent encore meilleur. Les parfums se mélangent, c'est fabuleux. Barbara lui saute au cou.

— Tatie Suzanne !

Suzanne la fait tournoyer dans ses bras.

— Ma petite fée ! lui souffle-t-elle, la bouche contre son cou.

— Tu me lis une histoire ?

Suzanne ne refuse jamais. Rose les laisse faire. Suzanne l'a à peine saluée, et ne lui a même pas demandé comment elle allait, elle. Une vague de tristesse l'enveloppe soudain. Elle file en cuisine pendant que Suzanne et Barbara vont dans la chambre de la fillette. Elles se calent sur le lit, entre les coussins et les doudous. Barbara s'appuie contre Suzanne, qui passe son bras autour d'elle. La voix de sa tante est apaisante.

— C'est quoi ce mot, là ? interroge Barbara en pointant du doigt sur la page.

— Cha-peau, articule Suzanne.

Elle détache les syllabes, et n'hésite pas à répéter autant de fois que Barbara le lui réclame. Barbara demande et Suzanne répond avec patience. Parfois, l'enfant reconnaît un mot et crie de joie, ne pouvant réfréner son enthousiasme.

— Tomate, regarde, c'est Tomate. Tu as vu ?

— Bravo, ma puce, c'est tout à fait ça ! Mais tu sais presque lire comme une grande !

Barbara sourit de fierté, ses yeux pleins d'éclat, tout entière vouée à l'instant.

Du bas de l'escalier, Rose appelle Suzanne. Tiens, c'est vrai qu'elle est là, Rose. Elles l'avaient presque oubliée.

— Suzanne, je peux avoir un coup de main ? réclame-t-elle d'un ton pincé.

— J'arrive !

— Oh non, dit Barbara d'une petite voix.

Suzanne l'embrasse à la racine des cheveux et lui adresse une mimique complice en posant le livre. Pendant qu'elle quitte la chambre, Barbara reprend l'album, seule. Quand elle a fini, elle se lève à son tour et se dirige vers la cuisine. Ça sent bon les oignons. Depuis le couloir, elle entend sa mère et sa tante qui discutent, sur fond de bruits de vaisselle.

— Barbara est vraiment étonnante, est en train de dire Suzanne. Elle sait déjà lire quelques mots. À quatre ans et demi, ce n'est pas banal.

Barbara s'arrête à la porte de la cuisine pour écouter, elle se fait discrète. La voix de sa mère est lasse quand elle répond :

— Si ça lui permet de s'occuper, et de me lâcher un peu la jambe, ça sera parfait. Elle n'est vraiment pas facile, tu sais. Tiens, verse-moi donc un autre verre de vin.

La fillette reste dans l'embrasure, un peu en retrait. Elle entend tout mais n'ose plus entrer dans la pièce. Rose n'aime pas quand elle interrompt les adultes. Son cœur bat fort.

— N'importe quoi ! Dis plutôt que tu es fière, oui ! rétorque Suzanne.

— C'est souvent l'enfer à la maison. Barbara dort mal, elle obéit peu. Si elle se croit surdouée en plus, je ne suis pas sortie de l'auberge.

— Rose, arrête, elle a quatre ans ! C'est normal qu'elle soit vive et qu'elle n'obéisse pas tout le temps. Ça viendra. Tu fais aussi bien que tu peux, c'est ce qui compte.

Aussi bien que tu peux. Oh la formule sournoise que voilà ! pense Rose. Suzanne n'a pas dit qu'elle faisait bien.

— Bon, allez, à table, annonce-t-elle avec un peu de hargne, c'est prêt. Tu vas la chercher ?

Avant que Suzanne ne sorte, Barbara court jusqu'à sa chambre. Son cœur tape dans tous les sens. Elle enlève le collant à étoiles. Elle n'a plus envie de le porter.

13

Barbara ne dort pas. Il est trois heures du matin, et ses yeux restent obstinément ouverts, fixés sur le plafond. A-t-elle seulement dormi, depuis vingt-trois heures trente, heure où elle a fermé son livre, éteint la lampe de chevet, posé sa tête sur l'oreiller et remonté sa couette jusqu'à son cou en se pelotonnant comme une gamine, avec la ferme intention de glisser en douceur dans les bras de Morphée ? Elle ne le pense pas. En ce moment, grosse promotion sur le lâchage : ses étudiants ne l'adulent pas, ses amants la délaissent, Morphée la snobe.

Barbara ne dort pas. Ce n'est pas une bonne nouvelle. Elle en a bouffé des insomnies, durant sa vie. À en vomir d'écœurement. C'est juste que les dernières commençaient à dater et qu'elle n'éprouvait aucun manque. Alors si elles reviennent, non, ce n'est pas une bonne nouvelle.

Barbara ne dormira pas. Elle cède, s'avoue vaincue, allume la lumière.

Elle frotte ses yeux brûlants de fatigue. Elle a tenté de traiter l'insomnie par le mépris, de se retourner dans le lit en prenant des positions confortables, de respirer en se concentrant sur son souffle, de visualiser des cercles concentriques de couleurs différentes, de penser à ses dernières vacances au soleil en s'adressant des tas de sourires mentaux. Elle a même poussé la bonne volonté jusqu'à compter les moutons. Elle n'a reculé devant aucun truc de grand-mère ni aucun cliché *new age*. Foutaises. Ça ou peigner la girafe, même efficacité.

Barbara ne dormira pas. Elle lâche l'affaire. Elle se lève.

Le constat est sévère, et surtout sans appel. Tenter de l'ignorer ne sert à rien. Que Barbara le veuille ou non, sa mère vient de faire un come-back fracassant dans son existence. C'est vraiment une putain de mauvaise nouvelle ! Les jurons, l'insomnie, et sa mère. En était-elle jamais sortie, d'ailleurs ? Vaste question. Barbara pensait, espérait, priait que oui. Aujourd'hui, elle doute. Une simple entrevue avec un médecin d'EHPAD la met en vrac. Conclusion logique ? Tu t'es gourée, ma vieille.

Barbara ne dort pas. Va-t-elle en faire une chanson, une comptine pour pouvoir se foutre au pieu ?

Elle ouvre la porte du frigo et, machinalement, se sert un verre de lait froid. Elle a toujours du lait dans son frigo, c'est idiot car il finit par tourner, la plupart du temps. Elle en boit peu, en réalité. Elle en utilise parfois dans une purée ou dans une béchamel, c'est à peu près tout. Mais elle en a quand même toujours une bouteille, au cas où. Dans son frigo. Souvent pour rien. Fil à la patte, douceur enfantine fantasmée, du lait dans le frigo, c'est la promesse de chocolats chauds, de cuisine sucrée et de réconfort. Un Eldorado inconnu, dont elle se refuse à envisager le deuil. C'est maintenant qu'elle s'en rend compte ? Est-elle si grande et indépendante d'esprit qu'elle aime à le croire, avec son foutu lait dans le frigo ? Rose a envahi son esprit et sa nuit, elle va la faire passer avec un bon quart de lait.

Sans réfléchir davantage, Barbara allume son téléphone portable. Autre fil à la patte. Un peu plus un peu moins, au point où elle en est ! Celui-là ne vient pas tout droit d'une enfance fantasmée, celui-là est bien réel, c'est l'addiction d'une femme active et puissante, d'une femme qui réussit. Il lui faut bien ça pour conjurer le sort et se rappeler qui elle est. Ben voyons.

Elle y trouve un message qui date du début de soirée. Elle avait coupé son téléphone en rentrant de la fac, pas envie d'être dérangée.

« *Bonjour, c'est le Dr Bodier, de l'EHPAD des Genêts. Je ne sais pas si vous connaissez Boby Lapointe. Rapetipetapetipetipeto, Rapetipetapetipetipeto, carabi de carabo, rien n'est plus beau que la retraite aux flambeaux. Bon, il faut avouer, ce n'est pas vrai. Une tempête en mer d'Iroise, ça dame le pion, question beauté. Je suis formel. Bonne soirée ! »*

Qu'est-ce qu'il peut être chiant ! Barbara ne connaît Boby Lapointe que de nom. Et elle ne voit pas pourquoi il faudrait l'inviter dans la conversation. Enfin bon, conversation… monologue serait plus juste. Il parle tout seul, le bon Dr Bodier. Peut-être devrait-il être résident plutôt que médecin coordonnateur dans son bel établissement ? Non ? Alors pourquoi diable lui donne-t-il envie de sourire ?

Rapetipetapetipetipeto, Rapetipetapetipetipeto

Barbara ne dort pas.

Aucun doute là-dessus, ce ne sera pas la dernière fois.

Carabi de carabo !

14

Lise jaillit de la chambre de Mme Carista. Elle vient de se prendre une engueulade de première catégorie. Elle voudrait bien y mettre les formes, tempérer, nuancer le truc. Elle cherche des formulations fleuries et des excuses valables, mais il n'y a aucun aménagement possible avec cette réalité : Mme Carista vient de la pourrir sur place.

Certes, Mme Carista a de bonnes raisons d'être en colère. Elle est seule au monde et elle a mal. Avec ses deux prothèses de hanche et ses deux prothèses de genou, elle a encore trouvé le moyen de se casser une épaule. Il a suffi que son foulard favori glisse depuis la tablette roulante jusqu'à terre, sans qu'elle s'en rende compte. Qu'elle souhaite consulter le programme télé, quelques minutes plus tard. Qu'elle se lève pour aller le chercher, qu'elle se prenne les pieds dans le foulard, et qu'elle chute lourdement contre les montants du piétement de son lit. Fracture. Hôpital. Urgences. Douleur.

Mme Carista tombe trop, pour son âge comme pour l'état de son corps. À l'entendre, chaque muscle tire et chaque os est douloureux dans sa vieille carcasse. Lise la croit volontiers. Mais est-ce que c'est la faute de l'aide-soignante ? Mme Carista aimait lire, mais ses yeux ne le lui permettent plus guère. Mme Carista aimait sa fille, mais sa fille est morte deux ans auparavant dans un accident de voiture. Mme Carista a encore un fils, mais il n'appelle que de temps en temps. C'est qu'il habite à New York où il est avocat d'affaires, ce n'est pas pratique pour les horaires et ça coûte une blinde. Mais est-ce que Lise y peut quelque chose si Mme Carista, qui a beau être fière de son garçon, trouve que la fierté ne suffit pas à réchauffer sa solitude ? Mme Carista est en colère d'être encore de ce monde, soit. Mais plus le temps passe, plus elle déverse son exaspération, qui va crescendo, sur le personnel. Sur Lise, en particulier, qui semble être sa cible favorite. Pas plus tard que la semaine dernière, déjà, Lise s'est pris un savon parce que le repas de midi était soi-disant dégueulasse. Le mot et l'élégance toute relative du registre de langue appartiennent à la vieille dame. La fiche de poste de Lise ne comportant aucune mission de cuisinière, elle s'est défendue. Ce qui lui a valu de prendre une seconde volée pour *complicité de tentative d'empoisonnement*, en Mme Carista dans le texte. Rien que ça. Et même que si ça continuait, elle allait porter plainte.

Lise est exaspérée. Ce n'est peut-être pas pour rien que Mme Carista reste Mme Carista dans son esprit, qu'elle n'emploie pas son prénom comme pour d'autres résidents. D'ailleurs, c'est quoi son prénom ? Lise ne s'en souvient plus, sous le coup de la colère. Ce doit être un prénom aux sonorités coupantes. Mme Carista est un peu trop agressive pour la tendresse ou l'affection. Lise a eu envie de lui répondre que l'insulter ne servirait à rien, que, pour rappel, une simple aide-soignante n'était personne dans la pyramide des décideurs, qu'elle ne tirait aucune ficelle, n'avait aucun pouvoir, et que – merde aussi, tiens ! – elle se débrouillait comme elle pouvait.

Évidemment, elle n'a rien dit de tel, elle s'est contentée de se manger les joues. Mais ses gestes sont devenus brusques et elle a dû sortir le plus vite possible de la chambre pour ne pas exploser.

Lise passe encore dans deux chambres. Mme Lupin – oui, comme Arsène, elles en rigolent souvent – est en pleine écoute d'une symphonie classique. Ça évite d'avoir à faire la conversation. Tant mieux. M. Smith – il est d'origine anglaise, comme son nom l'indique – attendait visiblement sa visite. Il tente une accroche conversationnelle ou deux. Lise se contente de répondre *a minima*. Elle s'agite, histoire de laisser passer la colère. Au moins, le bouillonnement la rend efficace pour ce qui est matériel. Pour ce qui est humain, c'est une autre affaire.

— Tu as l'air en pétard, toi !

C'est Véronique, sa collègue, qui hèle Lise dans le couloir. Lise en profite pour souffler un peu. Véronique est souvent absente, ce qui a tendance à agacer Lise, mais elle est sympa. Et elles s'entendent plutôt bien, toutes les deux.

— Mme Carista..., dit Lise en levant les yeux au ciel.

Pas besoin de développer, Véronique hausse les sourcils et arbore une mimique horrifiée avant de lui répondre d'un ton sinistre :

— Houla oui, je comprends ! Mme Carista, triple misère ! En même temps, faut admettre, elle n'a pas de vraie raison de péter la forme. Je ne peux pas m'empêcher de la plaindre, au bout d'un moment, même si c'est souvent une vraie peau de vache.

— Tu as raison. Mais là, je suis à bout de patience.

Véronique lui adresse un petit signe d'encouragement avant de poursuivre sa route. Elle a encore un paquet de toilettes à faire. Cependant, l'échange, aussi bref a-t-il été, aide Lise à esquisser un pas de côté, à se rappeler que Mme Carista ne rigole pas tous les jours, et que, à sa place, elle aussi pourrait être désagréable. Quoique Mme Carista ait des ressources intarissables pour faire tourner le personnel en bourrique.

Oui, Lise comprend, et pourtant, Lise est en rogne. Elle est en colère de n'avoir pas plus de dix minutes à consacrer à une Mme Carista – ou à d'autres – pour tenter de contourner ses difficultés plutôt que de se les prendre plein fer à chaque fois. Fantasme ou réalité, Lise est persuadée qu'un peu de temps accordé adoucirait les jours de Mme Carista. Donc, l'adoucirait, elle. Donc éviterait à Lise des engueulades malvenues. Mais Lise a beau voler du temps au temps, elle n'en a pas assez pour dompter les humeurs de Mme Carista. Elle ne peut même pas essayer, ce qui lui sort vraiment par les yeux. Elle n'en peut plus de ne pas avoir d'autres possibilités que subir les agressions avant de s'enfuir de la chambre.

Il y a quelque chose de désespérant, ici, tout de même.

Voyant rouge. Alarme. Dans la tête de Lise, plan Vigipirate activé.

Ne pas penser *désespérant*. *Désespérant* ne fait pas partie de son vocabulaire. Mot interdit. Out *désespérant*. Non, ne pas céder, surtout pas. Sans même le décider, Lise se met à frotter ses mains l'une contre l'autre, de plus en plus fort. Elle continuera aussi longtemps que nécessaire, jusqu'à dégager de la chaleur, la sentir circuler dans ses bras, puis cascader dans tout son corps. Jusqu'à sentir cette chaleur se transformer en énergie. Jusqu'à ce qu'elle irrigue de nouveau ses muscles et ses organes, qu'elle les revivifie et lui permette de redémarrer. Frotter pour basculer du côté lumineux de la force.

Entre deux chambres, dans le couloir de l'EHPAD, Lise s'arrache les mains comme une dératée, paumes rouges et irritées. C'est sa manière de gérer les baisses de régime. Un petit truc conseillé par une vague copine magnétiseuse. Lise n'a aucune idée de l'impact énergétique ou dynamique ; elle ignore si ses chakras sont ensuite réalignés, mis en rond, en triangle ou en étoile ; peut-être même qu'à la fin, ils dansent la Macarena. Elle constate juste, et ça lui va, que c'est une façon efficace pour elle de se recentrer et de se rassembler en peu de temps. Parce que du temps, on n'en a pas, ici. C'est la course, toujours la course. La cavalcade permanente.

Un jour, sans doute, l'astuce ne marchera plus. Et ce jour-là, il sera temps de trouver un autre job. Ce moment viendra bien plus vite que Lise ne le souhaiterait, vu les conditions de travail dans l'établissement, dans toute la filière, même. Ici ou ailleurs, elle ne se fait pas d'illusions, c'est la même chanson. Elle mesure qu'il lui faut de plus en plus d'acharnement pour faire circuler l'énergie, récupérer la sensation chaude et douce en elle, celle qui lui permet d'aller vers les résidents avec son sourire et sa belle humeur. Lise n'aime pas ces pensées. Vraiment pas. Les Genêts, c'est beaucoup, pour elle. Son premier poste, le lieu où elle se sent utile, et puis elle les aime, ses résidents.

Ce matin en arrivant, elle a appris qu'Éric est en arrêt. Les collègues murmurent qu'il aurait craqué. Cette nouvelle inattendue lui a foutu la trouille. Éric n'est pas un type fragile. C'est un excellent pro, le meilleur de l'équipe, même. Lise est toujours admirative de la façon dont il administre les soins, parfois douloureux, avec une précision parfaite, et une grande attention aux gens. Quand il change un pansement d'escarre, il n'a pas l'air d'y toucher, mais il a des mains en or. Éric a de la bouteille, suffisamment pour garder un recul salvateur sur les aléas du boulot, et il y en a. Si lui craque, alors c'est qu'il n'y a d'avenir durable pour personne au sein de l'EHPAD. Il n'y a pas quarante façons d'assaisonner la situation. La réalité est là. Craquer, ce mot est d'une imprécision coupable, mais c'est ainsi qu'on le lui a dit, Lise ne se rappelle même plus qui, tellement la nouvelle l'a sonnée. Le pire, à ses yeux, c'est qu'elle puisse considérer comme plausible l'hypothèse de ses collègues. Il y a peu, encore, elle l'aurait écartée d'emblée.

Lise se frotte les mains. Voilà que sa peau chauffe, enfin, l'énergie circule. Elle respire un grand coup, à plusieurs reprises, pour accompagner le mouvement. Elle se sent mieux. Puis elle se sent bien. Finalement, peut-être qu'Éric a juste la grippe, la rougeole, ou des cors aux pieds. C'est peut-être un simple bobo ou un virus sans envergure. Il se murmure globalement beaucoup de bêtises, dans les couloirs de l'EHPAD. Il est bon de ne pas l'oublier.

Lise convient avec elle-même d'attendre le fin mot de l'histoire plutôt que d'extrapoler sur l'absence de son collègue.

Sursis.

15

Charles regarde par la fenêtre de son bureau. Le parking des visiteurs est vide à cette heure. Il rêve d'un voyage. D'un beau voyage fort en émotions. Pas un truc grandiose ou parfait de carte postale – les îles et le soleil ou le Taj Mahal – ce genre de photo qu'on encadrera sur la cheminée et qu'on montrera *ad vitam* aux enfants et aux petits-enfants. Non, un beau voyage, marquant, mais simple. Facile. Pas celui auquel on ne se risque qu'une seule fois dans sa vie, non, non, non ! Quelque chose d'accessible, de proche. Que l'on peut improviser. Il faut que le mouvement reste fluide, que la dynamique soit légère. Rome, peut-être ? L'Italie l'attire, son soleil, son accent chantant. Ou alors Lisbonne, pour les mêmes raisons, la proximité de la mer en plus. Prague ? C'est un autre genre, baroque et Art nouveau.

Une Renault 5 orange, un vieux modèle, freine dans un grand nuage de poussière. Charles observe l'homme qui s'en extirpe, un jeune avec de longs cheveux et un sweat démodé. Qui vient-il voir ? Puis Charles se souvient que l'homme s'occupe de l'entretien du jardin.

S'il devait choisir entre les trois destinations, il serait bien embêté. Mais inutile de trancher, puisqu'il n'y a pas de voyage possible à l'horizon. Éliane a peur de l'avion, et lui déteste les longs déplacements en train ou en voiture. Pour leur voyage de noces, ils ont fait un trek dans les Alpes, l'été. Ils étaient jeunes et sportifs, amoureux aussi. C'était formidable ! Cependant, ils n'ont pas eu droit au dépaysement de l'étranger, ni au choc des cultures. On ne peut pas tout avoir, sans doute.

Le bruit du moteur de la tondeuse fait fuir une volée de moineaux. Charles sourit quand ils passent à proximité de sa fenêtre dans un grand froufrou d'ailes. Il a pas mal voyagé, dans sa jeunesse. Rome, Lisbonne, Prague, il y est déjà allé, en réalité. De nombreux colloques médicaux, au fil des années, auxquels il assistait ou dans lesquels il intervenait, selon les cas. Pourtant, il n'a jamais pris le temps de découvrir les villes qui accueillaient ces rassemblements. Dix fois, quinze fois, il en a eu l'intention. Et puis les contraintes professionnelles, les billets d'avion qui ne laissent pas de place à la rêverie, les collègues avec lesquels on reste à boire et à fumer, tard dans la nuit. Et puis le reste. Son caractère à lui, pantouflard par bien des aspects. Il ne s'est jamais retrouvé à déambuler dans des rues étrangères, émerveillé par leur splendeur, les yeux écarquillés sur la nouveauté.

Il ne le regrette pas vraiment. Si ça n'a pas eu lieu, c'est que le temps n'était pas encore venu. Maintenant, oui, il aimerait bien. Mais maintenant, il y a peu de chances pour que l'occasion se présente. Quant à la provoquer, il n'y pense pas trop. Pas comme une véritable option, en tout cas. Cela lui semble à la fois compliqué et risqué. Il est sensible aux charmes, équivoques mais réels, de la prudence et du train-train. Comme une toile d'araignée dans laquelle il se serait enfermé. C'est une façon comme une autre – pas convaincante, il en a conscience – de gérer ses ambiguïtés. Il n'a plus la superbe nécessaire, ni pour certains combats, ni pour certains rêves. L'a-t-il jamais eue, d'ailleurs ? Il se tâte. N'aurait-il pas quitté Éliane, dans ce cas ? Et depuis longtemps ?

Il ne peut pas affirmer, ni personne au demeurant, qu'il aurait été plus heureux avec Charlotte. Mais il ne fait pas l'ombre d'un doute qu'il aurait été plus heureux sans sa femme, sans le rôle qu'elle joue et celui qu'il endosse. Ce n'est pas difficile à comprendre, juste dur à mettre en œuvre. Leurs costumes respectifs sont devenus pesants. Pour elle, la froideur distante et le ton acerbe. Pour lui, les arrangements débonnaires et l'indifférence feinte. Charles se détourne de la fenêtre, les moineaux ont disparu, ils ont poursuivi leur vol. Ils sont plus audacieux que lui, tiens ! Plusieurs fois il a décidé de reprendre sa vie en main, sans passer à l'action pour autant. Il n'a pas su pour quoi opter, entre quitter Éliane ou la reconquérir. À force d'atermoiements, il a échoué. Défaite sans appel, fiasco, naufrage. Parfois, il s'amuse à chercher tous les mots qui pourraient qualifier son attitude et, par extension, sa vie conjugale actuelle. La langue française est vaste, quand il s'agit de constater l'étendue des dégâts. On peut perdre un temps certain dans le lexique de sa propre médiocrité.

Charles se secoue et retourne à son bureau. Ce n'est pas le lieu, ni le moment de trop analyser sa vie. Il a des dossiers à mettre à jour, et ce n'est pas la fontaine de Trevi qui va s'acquitter du boulot à sa place. Il devrait moins se laisser aller à ce genre de divagations, parce qu'elles lui foutent le bourdon. Autant éviter d'y revenir trop souvent.

Sa secrétaire frappe et entrouvre la porte.

— Docteur Bodier, je vais prendre un café, vous m'accompagnez ? lui lance-t-elle avec un grand sourire.

C'est la diversion parfaite, il se sent tout de suite moins sombre.

— C'est une grande idée, Solange, avec plaisir, dit-il en se levant. Ces dossiers me compotent le cerveau. En revanche, il va vraiment falloir que vous arriviez à m'appeler Charles, et pas Dr Bodier. C'est à la fois solennel et lourdingue, j'ai l'impression que vous m'enterrez vivant !

Solange éclate de rire.

— Je vais y arriver, docteur, un peu de patience.

Elle a quoi ? Une cinquantaine d'années ? Elle n'est pas jolie, sans être laide pour autant. Mais on se fiche de ce genre de détails, la concernant, tant le premier contact est évident. Ce qu'elle dégage est sain : un abord franc et tranquille, une présence à l'autre sans détours ni affectation, une attitude simple. C'est une excellente secrétaire, professionnelle et compétente, solide et stable.

— Non, non, non ! Je ne veux rien entendre, pas de *plus tard*, s'il vous plaît ! Le cerveau est plastique, Solange, rappelez-vous que je suis neurologue. Le temps n'a rien à voir là-dedans, il faut vous y coller, c'est de l'entraînement, point. Exercice pratique : vous me répondez : *d'accord, Charles*. Vous verrez, c'est le premier pas qui coûte.

Il est maintenant à côté d'elle, toujours aussi surpris de faire presque la même taille. Est-elle grande ou est-il petit ?

— Tu parles, Charles ! C'est ni plus ni moins qu'un abus de pouvoir, docteur Bodier. Et par les temps qui courent, ça peut vous mener loin !

Solange rigole. Charles lui emboîte le pas. C'est tellement bon de rire et si rare en ce qui le concerne.

Rome… La Ville éternelle se passera encore de lui. Et lui, d'elle, sans doute. Tout comme il continue à se priver d'une vie épanouie. À moins qu'il en ait marre, un jour prochain ? Est-ce possible ? Il serait intéressant d'examiner cette hypothèse de plus près.

« Bonjour, ceci est un message à l'intention du Dr Bodier. Boby Lapointe, je ne connais pas. Et je n'ai pas envie de connaître. Le cheesecake, c'est bon, oui. Soyons plus précis : c'est bon quand c'est bon. Mais c'est comme la crème brûlée, un genre de passage obligé. Les restaurants en proposent à tour de bras, même ceux qui ne maîtrisent pas la recette. Si j'osais ce mauvais jeu de mots, je dirais que le cheesecake est en train de devenir un genre de tarte à la crème. C'est un comble, non ? Qu'est-ce qu'on rigole ! Quant à ma mère et à son cerveau qui fout le camp, c'est un peu pareil. La majeure partie de l'humanité va finir Alzheimer ou assimilé. En voilà une bonne nouvelle ! Ma mère se croyait exceptionnelle, remarquable et au-dessus du lot. Du moins, c'est ce que j'imagine, vu sa capacité à mépriser son monde, sa fille en particulier. Et elle finit avec une des pathologies les plus courantes du vieillissement. J'aime assez cette idée. Ça lui fait les pieds, comme on dit. Sur ce, je vous souhaite une bonne journée. Ou pas, d'ailleurs. Je vais être franche avec vous, je m'en fiche. Et dans les grandes largeurs. »

En raccrochant, Barbara affiche un petit sourire satisfait. Elle ne sait pas qui relève les messages sur le répondeur de l'EHPAD des Genêts, mais cette personne risque de bien rigoler. Barbara n'a pas donné son nom, elle présume que ce n'est pas nécessaire. Comprendra-t-il, ce cher Dr Bodier, qu'elle apprécierait d'avoir la paix ? Une vague intuition lui recommande d'en douter.

Barbara s'étire sur son canapé, une tasse de café refroidit près d'elle. Elle secoue sa courte chevelure brune en repensant à Rose. Elle a quitté la maison de sa mère le jour même de ses dix-huit ans. La rupture couvait depuis longtemps, mais Rose avait fait fort, ce jour-là. La cueillir comme ça, alors qu'elle s'était laissée aller à la confiance. Quelle erreur ! Elle avait fourré quelques affaires dans son sac en se répétant qu'elle serait libre, enfin, dès la porte franchie. Et il y avait un puissant vertige dans ce constat. Libre.

Elle avait brusquement réalisé qu'elle serait seule, aussi. Cette réalité, déjà ancienne, serait actée. Car elle était seule depuis des années, non ? Avait-elle jamais été accompagnée ? Rose la nourrissait, Rose la punissait, elle l'effrayait souvent. Elle la contrariait ou lui inspirait de la pitié, c'était selon. Mais elle n'était pas gentille, ça non, ou alors pas longtemps. Ni tendre, ni complice. Rien à voir avec ce que Barbara imaginait d'une maman en s'appuyant sur ce qu'en racontaient ses copines. Pendant des années, Barbara avait même cru qu'elles mentaient. Finalement non. Rose était dissonante, voilà tout. Et peut-être au passage, que Barbara aussi. Peut-être qu'aux yeux de Rose, elle n'avait aucun des attributs de la fille modèle. Bien fait pour sa pomme ! C'est dingue un tel décalage entre une mère et sa fille, quand même.

Après avoir jeté ses fringues préférées dans son sac à dos, elle y avait ajouté son exemplaire d'*Au bonheur des dames*, une vieille carte postale à laquelle elle tenait parce qu'écrite par Suzanne, sa taie d'oreiller-doudou et quelques affaires sans intérêt, mal choisies dans la précipitation du moment. Barbara se souvient encore qu'elle était partagée entre le fantasme de tout laisser derrière elle pour partir droit devant, les mains dans les poches, et le besoin de ne pas trahir les quelques symboles qui l'avaient soutenue jusque-là. Elle avait piqué la carte bleue de Rose, en sachant que sa mère ferait opposition au plus vite, mais qu'elle aurait le temps de tirer du liquide et de payer quelques courses. Toujours mieux que rien.

Ce jour-là, si frais dans sa mémoire, Barbara était partie en pensant *je m'casse*, mais en restant muette. Plus aucun mot ne lui semblait adapté depuis bien longtemps déjà. Elle avait prévenu Suzanne, qui avait protesté dans un premier mouvement, avant de proposer à sa nièce de venir chez elle, puis de se taire.

Barbara se rappelle sa tristesse, son soulagement et sa colère.

Elle se rappelle avoir formulé que ce n'est pas de cette façon qu'on grandit quand tout est normal. Quand tout est normal, dans une maison, on est à l'abri, on rigole, il y a des câlins et du chocolat chaud sans conditions. On se comprend et on s'aime. Chez elles, c'était comme si Rose détestait Barbara, et vice versa. Alors le normal, ça n'existe peut-être pas, mais c'est resté comme une envie non satisfaite. Un regret, quoi. Une douleur, aussi.

À cette époque, Barbara avait l'impression d'être une construction bancale. Que sa seule alternative, c'était d'aller se consolider ailleurs. Elle avait aussi pensé, ce jour-là comme pas mal d'autres avant lui, mais ce jour-là avec une acuité toute particulière : *c'est pas juste*.

16

C'est l'heure du dîner. Depuis une petite heure, Rose s'agite dans la cuisine. Dans le salon où elle joue, Barbara entend des bruits de tiroirs, de couteaux, de casseroles, et d'autres qu'elle ne reconnaît pas. Et puis ça se met à sentir bon. Intriguée, Barbara se lève et marche à petits pas pour rejoindre sa mère. L'odeur devient plus forte, moins agréable, à mesure qu'elle avance.

— Tu fais quoi, maman ?

Rose se retourne, une cuillère en bois à la main. Elle était en train de remuer quelque chose dans une casserole.

— Je fais de la soupe, tiens ! répond-elle avec entrain. Une bonne soupe pleine de vitamines, pour une petite fille de cinq ans et pour sa maman, c'est l'idéal, non ?

Ce n'est pas habituel que Rose cuisine, souvent elle n'a pas le courage. Mais ce soir, elle affiche un beau sourire et elle a l'air joyeuse. Alors Barbara l'est aussi.

— Pauline elle dit toujours que sa maman elle fait trop bien la cuisine. Toi aussi, maintenant !

Rose plonge le mixer dans la casserole pendant quelques minutes. Le bruit surprend Barbara qui se bouche les oreilles. Rose remet la soupe sur le feu.

— Va vite te mettre en pyjama, demande-t-elle à Barbara, tu as cinq minutes ! Je mets le couvert, je rince le mixer et après on mange.

Barbara file jusqu'à sa chambre en mimant un cheval en pleine course.

Cinq minutes plus tard, elles s'installent à table. Rose sert deux assiettes généreuses. Barbara goûte une cuillerée. Elle plisse les yeux et fait une drôle de tête. Elle en goûte une seconde et grimace carrément. Elle repose sa cuillère et regarde sa serviette.

— Qu'est-ce qu'il y a, encore ? demande Rose, d'un ton agacé.

— C'est pas bon, lâche Barbara dans un murmure, sans relever la tête.

Rose soupire. Jamais contente, cette gamine. Elle goûte à son tour. Goût de brûlé, très salé. Elle comprend mieux la tête de sa fille. Effectivement, ce n'est pas très bon. Rose rit, la meilleure chose à faire, sans doute. Barbara relève la tête, pleine d'espoir. C'est un rire un peu forcé, mais c'est un rire malgré tout.

— Houla ! s'exclame Rose, je crois que cette soupe est ratée, non ?

Barbara esquisse un sourire timide.

— C'est pas grave, tu sais.

Elle n'ose pas s'aventurer plus loin.

— Décidément, la cuisine et moi, c'est un vaste foutoir. Tant pis pour la maman de Pauline, et pour les vitamines. Ça te tente, des pâtes ?

Barbara fait « oui » de la tête. Rose vide la soupe dans l'évier, et met de l'eau à chauffer dans une grosse marmite. Elle se sent nulle. Même pas foutue de faire une soupe. Elle tremble un peu, tente de le cacher. Barbara va jusqu'au frigo, elle en sort le beurre et le fromage râpé. Elle les pose sur la table et lance fièrement :

— Je t'aide, maman !

Rose jette un œil vers la table. C'est comme une étincelle. L'angoisse rôde, Rose perçoit sa présence menaçante dans son ventre.

— Pas sur la nappe, enfin ! Le beurre, ça va tâcher, je te l'ai déjà dit, non ?!

C'est fou, quand même. Il faut toujours qu'elle finisse par une bêtise ou une maladresse, cette gamine. Surtout quand Rose se sent fragile et fatiguée, quand elle a besoin que ça file droit. Rien ne peut être simple avec elle.

17

« Bonjour, c'est le Dr Bodier, de l'EHPAD des Genêts. Je vous rejoins sur le cheesecake mais je trouve qu'il est malgré tout un peu mieux préservé que le moelleux au chocolat, qui est devenu le parent pauvre des desserts en restauration. Au point qu'on se passe même de le décongeler, parfois. Misères ordinaires de la gastronomie de bas étage. En ce qui concerne votre maman, son état n'est certes pas très original, mais je doute cependant qu'il soit question d'un Alzheimer. Il est plus probable qu'il s'agisse d'un effet secondaire indésirable, conséquence délétère des neuroleptiques pris durant la majeure partie de sa vie. Et dans l'immédiat, ça lui fait plutôt le cerveau, que les pieds, si je puis me permettre. Mais ceci est un détail. À l'échelle de l'univers, le cerveau, les pieds, c'est un peu pareil. Je suis à votre disposition si vous souhaitez que nous en parlions. De la situation de votre mère, pas de ses pieds, bien sûr, même au niveau universel. Nous pourrions effectuer des bilans plus poussés. Et sinon,

je tiens à clamer que le jazz, c'est nul, comme musique. De la pure musique d'ascenseur, quand même, non ? Bonne journée ! »

Il raccroche en se marrant. Il est dix-huit heures, et il quitterait bien son poste pour aller boire une bière avec un ami. À l'hôpital, il le faisait assez souvent, avec des collègues la plupart du temps. Ce n'étaient pas de véritables amis, au sens strict, mais Charles passait quand même des moments agréables en leur compagnie.

Pourquoi n'a-t-il pas d'ami avec qui aller boire une bière en réinventant le monde ?

Quand Charles arrive chez lui, Éliane est au téléphone. Depuis l'entrée, sans avoir enlevé son manteau ni même posé ses clés, il l'entend parler. Étrange sensation. Surprendre Éliane au bout du fil. Avec qui ? Une amie ? Éliane a donc des amies ? En même temps, il ne voit pas bien ce qui s'y opposerait, à part son tempérament, mais ce tempérament lui est peut-être réservé à lui ? Cette perspective rencontre de plein fouet, et sans précautions, ses interrogations précédentes. S'il est rentré un peu plus tôt, ce soir, c'est parce que lui n'avait personne à appeler pour aller boire une bière.

Éliane s'exprime avec un ton enjoué entrecoupé de rires. Depuis quand ne l'a-t-il plus entendue discuter ainsi avec autant d'enthousiasme ? Depuis quand n'a-t-elle plus ri en sa présence ? Il ne peut pas s'empêcher d'écouter, fasciné. Hypnotisé par l'aspect intime de la situation. Il n'a pas la moindre idée de qui est à l'autre bout du fil, il est conscient de se conduire en voyeur – en écouteur, plutôt ! Mais il continue quand même.

— Bah, c'est mon regret éternel, dit Éliane. Si j'avais eu un travail, ma vie aurait été bien différente, je crois. Enfin, je ne le saurai jamais. Quand je me suis rendu compte que ça me manquait, il était trop tard. Les enfants étaient là et Charles était engagé jusqu'au cou à l'hôpital, alors bon…

Elle s'interrompt. Son interlocutrice semble lui avoir coupé la parole. Un long silence passe, ponctué par les acquiescements d'Éliane. Tout à coup, elle s'exclame :

— Ah, c'est malin ! Tu es bête !

Et elle rit de nouveau, d'un rire qui n'est pas amer, ni ironique, mais au contraire doux et léger. Un soupçon de déception, ou alors c'est peut-être Charles qui l'imagine. Rien d'aigri, en tout cas.

Il n'est pas sûr de reconnaître Éliane dans cette conversation et dans ce rire. Éliane, épouse tendance mégère, celle qu'il côtoie depuis des années. Quant au regret qu'elle exprime de ne pas avoir pu travailler, il doit admettre que cette éventualité ne l'a jamais effleuré. Lui, il l'a toujours perçue comme une grande bourgeoise satisfaite de son sort de « femme de ».

Bon sang, il est donc tellement à la masse ? C'est lui qui n'a rien vu, rien compris, ou bien c'est elle qui n'a rien exprimé ? Un peu des deux, c'est toujours comme ça dans une relation, non ? D'un seul coup, il se sent minable, en train d'épier une conversation privée. Il jette ses clés sur la console de l'entrée et enlève son manteau sans discrétion.

— Je te laisse, Charles est rentré, entend-il.

La tension est nette, d'un coup, dans la voix de sa femme. Il entre dans le salon. Éliane est en train de reposer le téléphone sur sa base. Elle ne se retourne pas.

— Bonsoir, lui lance-t-il.

— Bonsoir, répond-elle.

Elle lui jette enfin un regard étrange, qu'il est incapable d'interpréter.

— Tu étais au téléphone ?

Un sourire un peu grinçant apparaît sur les lèvres d'Éliane.

— Tu es perspicace, ce soir.

Charles décide d'ignorer le ton ironique.

— Tu parlais avec qui ?

Ils sont debout, tous les deux face à face, dans le salon. Mal à l'aise. Ils ne savent pas quoi faire de leurs mains. Lui les a planquées dans ses poches, repli stratégique. Éliane les a jointes devant elle. Charles ne peut s'empêcher de penser que vu de l'extérieur, ils doivent avoir l'air aussi empotés que deux ados n'osant pas se déclarer leur flamme. Si seulement ils étaient ces deux ados…

— Avec Anne.

Charles ne sait pas qui est Anne. Ce soir, il en a presque honte, de ne rien connaître à la vie de sa femme. Aux gens qui sont importants pour elle, qui arrivent à la faire rire. Il ne sait pas quoi répondre. Éliane le tire d'affaire.

— Ne cherche pas. Tu n'en as jamais entendu parler.

Éliane porte une robe vieux rose, en tissu épais. Charles l'imagine en jean. Elle aurait de l'allure, en jean. Sa silhouette reste impeccable. Ce sont ses fringues de mémère qui lui jouent des sales tours.

— Tu as envie d'un apéritif ?

Il lance l'idée dans un élan spontané. Ça fait une paie qu'ils n'ont plus pris d'apéritif tous les deux.

— Non merci.

Pour le coup, c'est dit sans ironie. C'est presque pire. C'est un refus simple, qui n'en est que plus claquant. Éliane se remet en mouvement. Elle se dirige vers la cuisine. Charles ne trouve rien à ajouter pour la retenir. Il n'est de toute façon pas certain de souhaiter prolonger l'échange.

C'est incontestable : la soirée aurait été plus douce s'il était en train de boire une bière avec un ami.

18

Elle n'a pas les mêmes chaussures que la dernière fois. Celles-ci sont magnifiques également. D'un bleu profond, décolletées, avec une petite bride sur le cou-de-pied. Un talon moins haut, dans les cinq centimètres. La ligne est sobre. Superbe. Le bon goût se confirme.

Ainsi donc, elle est là. Elle est revenue. Charles l'a vue débouler dans le bureau au pas de charge et prendre place dans le siège en face de lui. Il pensait être parti pour jouer un jeu de fond de court. Il s'était préparé à tenir la distance, comme dans ces interminables sets des finales anthologiques de Roland-Garros. Il se récitait déjà des *patience et longueur de temps font plus que force ni que rage*, en guise de pseudo-mantra du matin. Peut-être d'ailleurs que l'idée de ce temps long lui plaisait. Comme la perspective d'un compagnon de route, dans ce changement professionnel. Il est le premier surpris que le marathon se soit transformé en sprint. En quelque sorte, balle de break, elle lui a piqué son service. Il n'avait pas imaginé cette éventualité. S'il reste encore des espaces d'imprévisibilité dans ce travail, Charles se dit que tout intérêt n'en a pas disparu. Cela le réjouit, en plus de lui fournir une bonne raison de ne pas être chez lui H-24. Mais là n'est pas le sujet.

Pour le moment, Barbara est assise en face de lui, dans sa robe bleue assortie aux chaussures. Ses maxillaires se contractent, soulignées par sa courte chevelure brune. Un sac en raphia est posé sur ses cuisses.

En début de semaine, elle lui a laissé un message assez cinglant qui l'a beaucoup fait rire. Elle mordait à l'hameçon. Elle répondait, enfin, à ses messages décalés. Avec intelligence et humour, comme il l'avait imaginé. Il l'a donc relancée à son tour, en précisant un point qu'elle semblait avoir mal interprété lors de leurs échanges au sujet de sa mère. Un point de détail, du moins le croyait-il.

Mais elle l'a rappelé dans le quart d'heure qui a suivi. Solange lui a passé la communication en semblant un peu gênée. Le ton de son interlocutrice était cassant. Nulle trace d'humour, pour le coup. Ni bonjour, ni rien, juste cette phrase :

— De quels neuroleptiques parlez-vous ?

La tension, dans chaque mot, était sans équivoque. Barbara ignorait que sa mère prenait ce type de médicaments. Charles en a eu les pattes sciées. Il y a eu un blanc dans leur échange, le temps qu'il réalise ce que cette ignorance signifiait. Rose Albin avait été traitée toute sa vie pour une bipolarité qui avait été cachée à sa fille.

Charles est d'un naturel imaginatif, il est rare que la réalité dépasse sa fiction mentale. Il aurait pu supposer beaucoup de choses, vu l'attitude de la fille envers la mère. Mais pas une telle situation, d'autant que le dossier médical de Rose est clair. Oui, Charles est d'un naturel imaginatif, mais là, il peine à se représenter ce que la nouvelle peut faire à Barbara et de quelle manière elle va pouvoir l'encaisser.

Il se rappelle avoir fini par répondre :

— Les neuroleptiques qui traitent sa bipolarité, voyons !

Ce *voyons* était de trop, il l'a tout de suite compris, mais il avait été lui-même trop surpris pour être attentif au choix des mots. Barbara a raccroché aussi sec.

Deux heures plus tard, elle composait de nouveau le numéro de l'EHPAD pour demander un rendez-vous. Solange l'avait eue au téléphone la première fois, elle avait senti la tension. La seconde, elle avait compris l'urgence. Elle lui avait bricolé un rendez-vous dans la semaine, sans hésitation et sans l'approbation préalable du docteur. Il l'avait remerciée pour sa perspicacité et son tact.

Et la voilà, donc. Toujours assise en face de lui. Muette et obstinée. Elle a autant de prestance que lors de leur première entrevue, mais elle semble touchée au cœur. Elle n'attend pas qu'il lance la conversation, c'est elle qui ouvre le bal.

— Je ne comprends pas, docteur, attaque-t-elle dans une grande inspiration. Comment est-il possible que ma mère soit bipolaire sans que j'en aie jamais été informée ? Cela semble clair dans son dossier médical puisque vous m'en parlez comme si c'était une évidence. Mais, en ce qui me concerne, vous me l'apprenez… Il y a un problème quelque part, non ?

D'emblée, elle y va sans détour. C'est son style – fonçons dans le tas. Charles répond en ayant l'impression d'avancer dans un champ de mines.

— Pour peu que son traitement, dont nous soupçonnons qu'il est aujourd'hui à l'origine de ses problèmes cognitifs, ait vite atteint son point d'équilibre, la maladie a pu passer à peu près inaperçue. Cela a dû être suffisant pour que votre mère se sente autorisée à garder le silence. C'est délicat, vous savez. Certains malades acceptent que leur état soit révélé à l'entourage, d'autres s'y refusent farouchement. Dès lors que ni elle ni vous n'étiez en danger, son médecin n'avait pas à communiquer le diagnostic à sa place. Le secret médical ne se rompt que pour des raisons précises. Si votre mère ne voulait pas vous informer, c'était son droit.

Barbara s'est agitée plusieurs fois sur sa chaise, pendant les explications de Charles. Il devine qu'elle s'est empêchée d'intervenir.

Il laisse passer un instant de silence. Pas trop longtemps. Puisqu'ils sont au cœur du sujet, autant y rester, et dérouler le reste.

— Le dossier de votre mère indique qu'elle est séparée. Êtes-vous toujours en contact avec votre père ? Il aurait peut-être des explications à vous fournir sur le contexte de l'époque et sur la décision de vous cacher cette information, non ?

Maintenant qu'elle pourrait intervenir, Barbara reste prostrée, sans répondre. Le silence, entre eux, se prolonge. Elle ne le regarde pas, elle ne bouge plus. Charles préférerait qu'elle tripote la bandoulière de son sac à main, qu'elle entortille une mèche de cheveux autour de son index ou qu'elle croise et décroise ses jambes. Un tic, même agaçant, la relierait à ses habitudes et à sa personnalité profonde.

Elle finit par se lever, avec lenteur, à la recherche de son équilibre.

— Je ne comprends pas, murmure-t-elle.

Et sa voix ne ressemble pas à ce que Charles a pu entendre jusque-là. Pas le timbre d'une petite fille, non, mais quelque chose de doux et de brisé à la fois. Il en est affecté. Barbara n'attend pas de réponse, le ton n'était pas celui d'une question. C'est juste un constat, qu'elle pose là, pour elle-même d'abord : elle ne comprend pas.

Sans plus attendre, elle se dirige vers la sortie. Il se lève aussitôt pour la précéder et aller lui ouvrir la porte. Il cherche quelque chose à dire, mais rien ne lui vient. Aujourd'hui n'est pas un jour pour en demander plus à Barbara Albin ni pour émettre une suggestion – de toute façon aucune ne lui vient à l'esprit. Ce jour est celui de l'écoute et de l'accueil. Il espère avoir été à la hauteur, même si quelque chose en lui semble en douter.

Il lui tend la main, mais elle ne paraît pas la voir. Il la fourre dans la poche de sa blouse et se trouve un peu idiot, comme on l'est toujours dans ces cas-là.

— Je suis à votre disposition, n'hésitez pas, lui dit-il avec autant de gentillesse qu'il est capable d'en mettre dans sa phrase.

C'est tout ce qui lui vient. En termes d'originalité, c'est pitoyable, mais ça fait le job. Que pourrait-il proposer d'autre, alors qu'il ne comprend même pas ce qui se joue entre cette mère et sa fille ?

En sortant du bureau, Barbara est prise par une impulsion. Elle se précipite dans les couloirs, monte les escaliers, se tord la cheville sans même en souffrir avant de poursuivre sur sa lancée. Son sac en raphia lui bat le mollet sous la violence de sa course. Elle semble guidée, hors d'elle, car elle trouve le chemin du premier coup alors qu'elle ne l'a jamais parcouru.

Devant la chambre de sa mère. Après toutes ces années, elle est devant la chambre de sa mère. Rose est de l'autre côté. Barbara bute sur ce dernier obstacle, la main sur la poignée. Elle tremble intérieurement, secouée par un maelström d'émotions qui la dépasse. De la rage, de la haine, de la colère et aussi, plus loin, plus cachée, de la tristesse. Une tristesse vertigineuse, aussi vieille que la femme qui est là-derrière.

Barbara ne frappe pas, elle ouvre la porte et elle entre. La pièce est claire, illuminée par la fin de matinée. Près du lit médicalisé, il y a un fauteuil de velours marron, usé à l'appui-tête et aux accoudoirs. Une vieille femme y est assise, tassée sur elle-même, bien plus petite que dans le souvenir de Barbara. Elle porte une robe de coton imprimée, ce genre de robe qu'on trouve sur les marchés ou chez Damart, et des pantoufles épaisses, d'un rouge carmin inattendu. Ses cheveux gris sont courts et Barbara s'inquiète de savoir si leurs coupes respectives accentuent la ressemblance entre elles. En même temps, elle se demande si c'est bien Rose qui est là, incapable qu'elle est de reconnaître sa mère.

Le sang lui bat aux tempes avec une telle force qu'elle a un vertige. La femme n'a pas bougé la tête lorsque Barbara est entrée, elle continue de fixer un point par la fenêtre. Le temps est suspendu, interminable. Les secondes s'étirent à l'infini, insupportables et lourdes. Les mots restent bloqués dans la gorge de Barbara, elle est sur le point d'étouffer quand elle arrive à cracher :

— Rose ?

Ce simple prénom brise la chape qui menaçait de l'engloutir. Elle sent sa respiration se débloquer. Devant l'absence de réaction en face d'elle, la colère l'envahit de nouveau avec une sauvagerie qui la surprend elle-même.

— Putain, mais tu ne peux pas répondre ? C'est quoi ce bordel avec ta bipolarité ? Rose, tu m'entends ? Pourquoi tu ne m'en as jamais parlé ?

Elle a crié, s'est rapprochée du fauteuil, mais se sent incapable de toucher la femme qui secoue la tête en regardant dehors.

— Jamais parlé, dit la vieille.

Et là, en l'entendant, Barbara la reconnaît. C'est la voix de sa mère, c'est bien elle. Un infirmier ou un aide-soignant entre à son tour dans la chambre, alerté par les cris.

— Madame, demande-t-il d'un ton ferme, qu'est-ce qui se passe ? Je peux vous aider ?

— Non, je ne crois pas. En vérité, personne ne peut m'aider, répond Barbara sans tourner la tête vers lui.

Elle a les yeux rivés sur Rose, Rose qui ne bronche pas, vide et sans l'esquisse d'une émotion palpable.

— Jamais parlé ? répète-t-elle sur le même ton que celui employé par sa fille.

Barbara étouffe un cri, elle serre les poings et s'enfuit de la chambre en bousculant l'homme qui s'y tenait encore. Elle murmure une vague excuse et disparaît au fond du couloir dans un tourbillon.

19

En arrivant dans le hall de l'EHPAD, Barbara n'arrive plus à refouler les nausées et les vertiges qui l'assaillent. Où se trouve-t-elle, au juste ? Est-elle encore consciente ? Est-elle en train de tomber ? Est-elle déjà par terre ?

Lumière. Beaucoup. Trop. Fort.

Bruit. Bourdonnement. Craquements. Trop. Fort.

Nausée. Pirouette. Manège. Toupie.

Tournetournetourne.

Lise s'apprête à sortir de l'établissement, elle a terminé son service pour aujourd'hui. Elle n'a travaillé que quatre heures ce matin. Elle cumule les heures sup, comme presque tout le monde ici. Alors parfois, on lui propose d'en récupérer quelques-unes. Hier, en pensant à cette courte journée de travail, Lise a imaginé en profiter pour aller au cinéma l'après-midi. Comédie, ou tragédie ? s'interroge-t-elle. A-t-elle besoin de rire ou de pleurer ? D'être émue ou de se vider la tête ? Elle arrive dans le hall, fouillant dans sa besace pour y trouver sa clé de voiture, au moment où cette femme, qu'elle n'a jamais vue auparavant, menace de s'évanouir. Lise reconnaît le regard trouble, les yeux qui partent en arrière, l'immobilité tremblante du corps entier. Elle devine que les jambes sont prêtes à se dérober. Elle laisse tomber sa besace, se précipite, attrape Barbara par le bras d'une poigne ferme et récupère le sac en raphia de l'autre.

— Madame, restez avec moi, ça va aller.

Elle a parlé d'une voix forte. N'importe quelle phrase aurait fait l'affaire, pourvu qu'elle soit dite avec puissance, afin de garder la femme consciente le temps de la guider vers une des chaises du hall d'accueil. Il s'agit de provoquer un sursaut avant l'écroulement, la surprendre, déclencher l'instinct de survie.

Barbara tourne la tête vers Lise. Elle réagit. Son regard est fuyant, mais pas absent. Comme si elle essayait de distinguer quelque chose dans un brouillard épais, sans y parvenir.

— Venez avec moi, poursuit Lise imperturbable.

Elle la pilote avec autorité. À cet instant, il faut vouloir à la place de cette femme. Elles parviennent sans encombre jusqu'aux chaises.

— Asseyez-vous, commande Lise en accompagnant le mouvement.

Barbara obéit. C'était le dernier ordre de Lise, sa dernière action dirigiste. Maintenant que la femme est en sécurité, qu'elle ne risque plus de se blesser en s'écroulant, elle n'a plus à mener la danse. Lise n'a jamais oublié ce que lui répétait sa grand-mère. La chute est souvent pire que le malaise lui-même, on peut se tuer en tombant de sa hauteur. Elle s'assoit à côté de Barbara, se tait et attend que cette dernière récupère. Il lui faut près de dix minutes pour briser le silence.

— Je ne comprends pas, murmure Barbara.

Lise devine qu'il n'y a rien à répondre. Cette femme se parle à elle-même, et semble à peine consciente d'une présence à ses côtés. La jeune aide-soignante opte pour une banalité, manière de signifier qu'elle a entendu et qu'elle est là.

— Laissez-vous du temps. Je peux aller vous chercher un verre d'eau, si vous voulez.

Lise se lève, va récupérer sa besace, laissée en plan dans le passage à quelques mètres des chaises. Il ne faudrait pas que quelqu'un d'autre se prenne les pieds dedans. En retournant s'asseoir, elle croise enfin le regard de la femme brune. C'est bon, elle est revenue.

— Excusez-moi, demande soudain Barbara, qui êtes-vous ?

— Je m'appelle Lise. Je travaille ici. Vous étiez à deux doigts d'avoir un malaise, je vous ai juste aidée à vous asseoir, le temps que vous retrouviez vos esprits.

La femme balaie du regard l'espace autour d'elle – le carrelage beige clair, les chaises métalliques alignées près des ficus en pot, les gravures bon marché sur les murs, le bureau vitré de la réception. Comme si elle comprenait enfin où elle est, la tristesse s'abat sur son visage.

— Merci, parvient-elle à articuler avant de déglutir péniblement. Mais le temps ne fait rien à l'affaire, Lise, vous connaissez la chanson.

Elle se lève sans paraître se préoccuper de ce que Lise va bien pouvoir penser de sa dernière remarque. Elle a l'air aussi peu solide sur ses jambes que les plus vieilles résidentes des Genêts ou qu'un bébé. Enfant encore mal assurée ou vieillarde déjà chancelante. Mystère. À cet instant, elle est hors d'âge et hors du temps. Pas tout à fait elle-même, sans doute.

Et puis, elle saisit son sac en raphia, adresse un vague sourire à Lise et se dirige vers la sortie. Son pas s'affermit à mesure qu'elle avance. Lise n'a rien compris à ce qui vient de se passer. Peut-être aura-t-elle des explications plus tard. Ce qu'elle réalise, en revanche, c'est que pour le cinéma, ce sera un film comique et détendant. Le quota d'émotions de la journée vient de prendre quelques foulées d'avance sur le quota d'amusement, même si c'est de manière floue. Charge au septième art de rétablir l'équilibre.

20

En conduisant pour rentrer chez lui, Charles est plutôt chamboulé. Le vent qui s'engouffre par la fenêtre ouverte ne suffit pas à l'apaiser, ni la chanson qui passe à la radio. C'est pourtant *La Complainte du phoque en Alaska*, la version qui réunit Maxime Le Forestier et Vanessa Paradis. Il n'aime pas cette chanson, mais d'habitude, elle le fait marrer – un phoque héros de chanson, pourquoi pas astronaute, tant qu'on y est ? Aujourd'hui, il ne parvient pas à se concentrer pour l'écouter. Ce n'est pas dans ses habitudes d'être perturbé à ce point par une patiente – par la fille d'une patiente, qui plus est – et l'expérience lui plaît moyennement. Seul point positif, s'il sait encore être autant touché, c'est qu'il a un sursis avant de partir pour la casse. Aussi opte-t-il pour la version *contre mauvaise fortune, bon cœur*. Il n'empêche, la situation le dérange. Être ému pour une bonne cause ne lui pose aucun problème. Mais il n'est pas persuadé d'être dans ce cas, justement.

En arrivant devant son pavillon, il admet qu'il aurait souhaité ne jamais voir Barbara dans cet état. Il aurait préféré – même si c'est étrange à penser – qu'elle continue à haïr sa mère, à la petite semaine, tranquille, puisque c'est ainsi qu'elle avait trouvé son équilibre. Il n'a pas aimé être celui qui la déstabilisait, même s'il n'était que le messager.

Il subodore qu'à leur prochaine rencontre, elle portera des chaussures plates. C'est idiot, mais il en a l'intuition. Et cette intuition n'est pas plaisante. Pas pour l'absence de talons, il n'est pas misogyne à ce point, il ne faut pas exagérer. Plutôt à cause de ce que cela révélera de son état émotionnel, malgré elle. Il croit Barbara partie pour un passage très désagréable et long. Il les trouve laids, ces mots accolés. Et même s'il n'y peut rien, au fond, c'est par lui que le malheur sera venu. Bien sa veine.

Il se gare à sa place habituelle, coupe la radio et reste un instant sans bouger, à savourer cette tranquillité provisoire. Quelque part, au rayon *pour éviter l'ennui*, il se pourrait qu'une douleur qui traîne dans le temps l'arrange bien. Il la déplore pour Barbara, mais pourrait s'en réjouir pour lui. Il faudra veiller à ne pas virer bipolaire à son tour, se dit-il. Ironie du soir, bonsoir.

Il est temps de refermer ce dossier pour aujourd'hui. Il verrouille la portière de sa berline, traverse le carré de pelouse qui borde l'entrée, pénètre dans la maison et accroche sa veste au portemanteau. Il fait sombre et les murs suintent d'ennui. Un jour peut-être, il s'habituera à ne plus être accueilli chez lui. Il ne sera plus touché à l'idée que personne ne manifeste quoi que ce soit – fût-ce de l'agacement – à l'idée qu'il rentre. Mais il est loin d'en être là, il est obligé d'en convenir en claquant la porte d'entrée. Tellement d'années ont déjà glissé, sans effet, sur cette situation. Lui reste-t-il un espoir de progression ?

Il se dirige vers le salon où, comme souvent, Éliane lit dans le vieux fauteuil crapaud. Sous sa coupe au carré, fraîchement teinte en blond, elle conserve cet air pincé qu'il lui connaît si bien. Charles trouve que la mine de son épouse est assortie à ses talons carrés sans grâce et à ses tailleurs chics dont les jupes sont trop longues. Parfois, il cherche à se rappeler la lumière sur son visage, celle qui date de l'époque où il est tombé amoureux d'Éliane. Il ne retrouve rien et cela le désespère. Aucune image, pas de sensation. Ni l'éblouissement, ni la chaleur. Pourtant, il sait qu'elle était belle, avenante, charismatique. Qu'il vibrait en l'approchant. Mais c'est devenu une connaissance théorique, encyclopédique, comme il peut réciter que Pi vaut 3,1416 environ, ou que Harare est la capitale du Zimbabwe. Des notions qui ne lui servent à rien pour vivre épanoui. Il ne se souvient plus comment c'était, les émotions qu'Éliane déclenchait en lui, les frissons qui parcouraient sa peau à son contact, son pouls quand il s'emballait. Zéro trace émotionnelle.

Éliane ne lève pas le nez de son livre, elle tourne une page et lui demande :

— Tu as passé une bonne journée ?

Charles se sert un bourbon sans glace et se laisse glisser dans le fauteuil en vis-à-vis. L'interrogation est purement rhétorique. La même chaque soir, plus ou moins. Il n'y a pas la moindre trace d'intérêt ou de chaleur dans sa voix. S'il ne répondait pas, elle n'en serait pas dérangée. Soulagée, peut-être ?

— Non. Pas vraiment, hasarde-t-il.

C'est une sortie de route, en ce qui les concerne. Il est lui-même surpris par son audace. D'habitude il acquiesce, d'un *oui* tout aussi convenu que la question. Il a essayé, fut un temps, de varier les plaisirs dans ses réponses. Elle n'émergeait pas davantage de son livre. Il a cessé. Il s'est laissé enfermé là-dedans comme un crétin qu'il est.

— Ah.

Le ton est plat. Éliane lève les yeux, le considère un instant, tout en maintenant son index entre les pages pour ne pas perdre le fil de sa lecture. Elle pince les lèvres et semble s'interroger sur la conduite à tenir. Ils échangent un regard et Charles se demande depuis combien de temps ils n'ont plus eu un contact aussi intime. Il va pour reprendre, mais elle ne lui en laisse pas le temps.

— Rassure-moi, tu n'envisages ni de me raconter ce qui s'est passé, ni de t'en plaindre ?

La voix est glacée. À quand remonte la dernière fois où il a perçu de l'émotion dans les paroles qu'elle lui adresse ? Ah oui, il s'en souvient. Une période douloureuse et ancienne qu'il aimerait oublier. Souvent, il préférerait une franche colère – comme à cette époque – à l'indifférence méprisante qu'Éliane a peaufinée avec le temps.

Charles sourit. C'est la seule option, n'est-ce pas ?

— Ne t'inquiète pas pour ça, se contente-t-il de dire.

Son rôle à lui, c'est l'évitement. Il saisit le journal laissé à disposition sur la table basse, le déplie pour faire semblant de lire et avale une grande gorgée bien tassée. Éliane a déjà replongé dans son livre. En réalité si, il avait envisagé de lui raconter. C'est fou, ou peut-être beau, difficile à discerner, d'avoir encore des élans de ce type après s'être autant fait rabrouer, songe-t-il. Cette naïveté suffit à lui rendre un peu de légèreté et de joie. Qu'en penseraient leurs enfants ? Il aimerait avoir le courage de le leur demander, un jour.

21

C'est la nuit. Dehors, un orage terrible n'est pas arrivé à réveiller Rose. Non, ce n'est pas ça qui l'a tirée du sommeil, et pourtant, elle ne dort plus. De l'autre côté de la cloison, elle entend Barbara pleurer. Bien sûr, c'est ça, en vrai, qui l'a réveillée encore une fois ! Rose se lève, ses gestes sont lents et hésitants. Elle voudrait juste dormir. Elle manque tomber en essayant de mettre ses chaussons. Elle prend le temps de s'assurer sur ses jambes. Mais pour tenir debout, il faut accepter de se réveiller tout à fait. Le reste de la nuit n'en sera que plus compromis.

Rose sort de sa chambre en soupirant, rejoint celle de Barbara en trois pas dans le couloir, et ouvre la porte avec un claquement sec. Elle se tient un instant dans l'embrasure, et puis avance jusqu'au lit. La gamine est assise, elle pleure en se balançant dans une vaine tentative pour se rassurer seule et ravaler ses larmes. Elle tremble de tout son corps. Son petit visage est terrifié.

— On peut savoir pourquoi tu pleures ? demande Rose avec sa brusquerie habituelle. Il n'y a rien de pire que d'être réveillée par des cris.

Barbara se recroqueville davantage. Elle sait qu'il faut garder le silence, la nuit. Ce n'est pas exprès qu'elle a enfreint la règle, c'est juste que le tonnerre fait trembler toute la maison. Elle répond d'un petit filet de voix, entre ses larmes :

— J'ai p… peur de l'o…rage.

Rose hausse les épaules. Elle avait compris, hein.

— Bon sang, Barbara, à six ans tu n'es plus un bébé, que je sache ! Ça ne sert à rien, d'avoir peur de l'orage, je t'ai déjà dit que ce n'est pas dangereux. Il faut que tu dormes, je suis fatiguée.

Et Rose est crevée, c'est vrai. Elle n'a pas de courage pour un câlin, encore moins pour rassurer sa fille. Ce n'est rien, un orage, il suffit de dormir et ça passe. Rose doit retourner au lit, elle a peur de la pression métallique dans son ventre. Elle regarde Barbara. La gamine serre son doudou Lapin comme si sa vie en dépendait. Ça devrait lui suffire, non ? De grosses larmes roulent sur ses joues, elles vont s'écraser sur les oreilles du doudou. Il est trempé. C'est dégoûtant. Rose n'en peut plus de ce bruit. Son estomac commence à se contracter. Dégoûtant, dégoûtant, mouillé, beurk. Et ça serre encore plus dans le ventre de Rose. Non ! Elle ne veut pas ! Son estomac la fait souffrir. Dégoûtant, mouillé, pouah ! Microbes ! Pue ! La pression devient insupportable, ses poumons brûlent. Rose attrape la peluche. Barbara la dévisage, visiblement affolée. Sa bouche s'ouvre pour protester, elle défie Rose un instant puis détourne son regard. La petite referme ses bras autour de ses genoux en pleurant de plus belle. Rose peine à parler.

— Ce truc est dégueulasse, dit-elle. Tout mouillé. Demain, il sentira la serpillière. Insupportable. Nid à microbes. Je ne peux pas te laisser ça.

Oh, comme ça la serre, comme son ventre lui fait mal ! L'angoisse la cisaille. Le doudou ne rassurait pas la gamine, alors avec ou sans, c'est pareil. Rose se dirige vers la porte, elle veut rejoindre son lit. Que l'étreinte métallique se relâche. Elle a la tête qui tourne. Avant de se coucher, elle a pris un somnifère. Peut-être a-t-il ce genre d'effets secondaires ? Oui, peut-être que ce n'est rien, peut-être que ça va passer. Il le faut ! se dit-elle, terrorisée à son tour.

Juste avant de sortir, elle déclare d'une voix mal assurée :

— Arrête de pleurer et dors. On a besoin de repos.

Rose revient dans sa chambre. L'orage a encore gagné en puissance. S'il couvre les pleurs de Barbara, alors tant mieux. Le bruit des éléments ne la dérange pas, au contraire. Roulée en boule sous sa couette, elle se sent à l'abri, bien au chaud. Elle veut juste dormir et endormir avec elle la douleur de métal.

22

Quelle étrange impression.

De la fac, Barbara connaît tout, chaque détail lui est familier. C'est sa résidence secondaire, des recoins les plus lumineux aux couloirs les plus infréquentables. Elle est capable d'anticiper les détours qui lui seront nécessaires quand elle n'a pas envie de croiser un collègue. Elle peut identifier un nouveau graffiti le jour même où il apparaît. Elle n'ignore rien des heures où ça bruisse et des instants ouatés, en fonction des moments de la journée.

Quand Barbara arrive à la fac, elle a toujours cette impression rassurante d'être chez elle, dans un endroit complice. Pourtant, aujourd'hui, aucun automatisme, aucun repère. À croire qu'elle s'est téléportée au petit matin en Ouzbékistan tropical.

— Bonjour, Barbara.

Le visage de ce collègue qui la salue lui est familier, elle lui adresse un petit signe en retour, sans s'arrêter. Impossible de remettre un nom, une fonction, sur ce visage. Elle connaît tout et ne reconnaît rien. Elle ne comprend plus comment ça marche et se retrouve étrangère. Son système d'exploitation aurait-il téléchargé une grosse mise à jour pendant la nuit ? Plaisanter n'enlève en rien l'angoisse qui l'étreint. Ce lieu, que ses souvenirs identifient comme bon pour elle, lui semble hostile. Et elle a dans l'idée que la reprise en main va demander un peu de temps.

Depuis une éternité, elle cherche son bureau. Elle est déjà passée par là, non ? À moins que ça n'ait été un autre jour. Elle tourne à gauche. Pourquoi pas à droite ? Elle n'en a aucune idée. Pas d'argument à fournir. Il est à quel étage, son bureau ?

Parfois, les toilettes deviennent un refuge honorable. L'avantage, c'est qu'elles sont annoncées par une signalétique claire. Bonne nouvelle, même en Ouzbékistan tropical, Barbara reconnaît le pictogramme. Elle est perdue, mais elle peut au moins se réfugier près des lavabos pour s'y passer un peu d'eau fraîche sur le visage. Petite victoire qui l'aide à se rassurer. C'est un *bad trip*, ça va passer. Elle pousse la porte.

Son bureau est-il signalé, lui aussi ? Y a-t-il son nom sur la porte ? Barbara n'a pas la réponse à cette question. Elle ne se l'était jamais posée, auparavant. Jusqu'à maintenant, l'emplacement de son bureau était pour Barbara une évidence connue de tous. Y compris d'elle. Si ça se trouve, elle est passée devant sans même s'en douter.

Elle abandonne son sac sur la tablette prévue à cet effet en dessous du grand miroir. L'air est saturé de désinfectant et de savon au citron. Elle observe longuement la femme que lui renvoie le reflet. Elle se ressemble, c'est déjà ça, mais elle a l'air épuisée. Cette femme dans le miroir, on dirait que la vie l'ennuie et lui coûte. Elle paraît même un peu éteinte. Pauvre Barbara. Elle n'aimerait pas ressembler à ce reflet. Elle aime mieux avoir l'air enjouée et dynamique. N'est-ce pas qu'elle a l'air enjouée et dynamique ?

L'eau froide coule sur ses mains, longtemps. À moins qu'elle ait aussi perdu la notion du temps. Le temps est comme tout le reste, ce matin, il est distordu. Vraiment froide, cette eau. Barbara est saisie. C'est bien. Ainsi donc, elle a encore des sensations. Ce coton invasif qui l'enrobe n'a pas tout conquis de son territoire intérieur.

Elle n'arrive plus à lire. Elle a découvert ça la veille. La porte s'ouvre de nouveau. Tiens, c'est son étudiante, la jolie rousse qui est si chouette.

— Oh, bonjour, madame Albin, dit Ninon en souriant.

Merveilleux, le sourire n'a pas disparu du monde, même en Ouzbékistan tropical.

— Bonjour, Ninon, répond Barbara sans hésitation.

Sa voix est normale, elle la reconnaît. C'est bien. Et elle se rappelle le prénom de l'étudiante. Elle progresse à la vitesse de la lumière. Ninon la regarde avec insistance. Elle doit s'apercevoir que quelque chose cloche, que sa prof n'est plus vraiment sa prof, mais une autre femme, terne, là, dans les toilettes.

— Vous allez bien, madame Albin ? demande-t-elle en fronçant les sourcils.

Barbara pense que non. Mais, que veux-tu, Ninon, je n'ai pas le début d'un commencement de solution.

— Je ne suis pas très en forme ce matin, j'ai un peu la tête qui tourne. Rien de bien méchant, ne vous tracassez pas. J'ai dû attraper un virus à la mode.

Barbara parvient encore à plaisanter. Ce n'est pas très bon, mais c'est là. C'est bien. En revanche, elle a menti. Ça, c'est moins bien. Sa mère va la gronder.

Et merde. Pas sa mère, pas elle, pas maintenant, pas là.

Perdue au milieu de nulle part. Seule. Barbara ne va pas y arriver. En Ouzbékistan tropical, tout à coup, Barbara se retrouve devant une question essentielle : ne serait-il pas temps d'arrêter de faire semblant ? Curieuse idée. Cesser de tout cadenasser, de ne compter que sur elle-même ? Vraiment ?

— Ninon…, commence-t-elle. Si vous deviez vous réveiller à cinquante ans passés, en constatant que votre vie est construite, presque en totalité et malgré vous, sur un énorme mensonge, vous agiriez comment ?

Ninon garde le silence un long moment et réfléchit avec sérieux. Elle enroule une longue boucle de cheveux roux autour de ses doigts. Barbara lui envie sa chevelure un bref instant.

— C'est difficile de répondre… D'abord, je pourrais considérer qu'il y avait une bonne raison, et que c'est donc ainsi que ce devait être. Ensuite, si ça s'est passé malgré moi, je ne suis pas fautive et je n'ai pas à culpabiliser. J'aurais sans doute besoin de remonter à la source de la vérité, puisque le moment semblerait être venu. Et je conclurais qu'il me reste encore de belles années devant moi pour tenter de vivre en harmonie avec cette nouvelle réalité.

Étonnante Ninon. Sage et belle Ninon. On peut avoir vingt ans et philosopher avec aplomb. C'est épatant. En plus, elle pense chaque mot de la réponse qu'elle vient de formuler. Barbara en a la certitude.

Barbara se regarde de nouveau dans la glace. Un sourire affleure son visage, timide, mais bien là. Elle ramasse son sac en frôlant l'épaule de la jeune fille. Ninon porte un nouveau foulard, fuchsia et orange flashy, très beau. Barbara ne lui avait jamais vu un tel accessoire jusque-là et elle trouve que ce petit pas de côté dans la fantaisie lui va vraiment bien.

— Merci, Ninon. Ce foulard est ravissant sur vous.

Ninon porte la main à son cou et sourit. Barbara sort des toilettes, le sac jeté sur l'épaule. En face d'elle, l'amphi Albert-Camus. Elle est au deuxième étage, dans l'aile ouest. Son bureau est au quatrième, dans l'aile est.

L'Ouzbékistan tropical est très surcoté sur TripAdvisor, c'est plutôt décevant. Barbara est contente de rentrer sur ses terres, ses étudiants l'attendent.

23

Lise a passé un excellent week-end. Seule, au bord de l'océan, dans une petite chambre d'hôtes. Les propriétaires étaient des amours. Prévenants comme des parents, mais en plus juste, car la façon dont on idéalise l'éducation de ses enfants est parfois mauvaise conseillère. Ici, aucun biais, rien qu'une authentique générosité.

Lise aime être seule, plutôt par facilité que par choix véritable, et même si certains aspects lui sont désagréables. Comme, par exemple, ne pas avoir d'amis proches. Les personnes de son âge lui paraissent rarement intéressantes, c'est réciproque et ça ne date pas d'hier. À l'école, elle n'était pas la fille populaire que tout le monde admire, plutôt le petit canard qu'on laisse de côté. À l'éclat de la jeunesse, Lise préfère la patine du temps et les gens qui ont vécu. Peut-être cela lui vient-il de son enfance, elle a tellement aimé sa grand-mère maternelle… Lorsqu'elle est seule, on ne lui rebat pas les oreilles avec toutes ces choses qui la laissent de marbre, la dernière série à la mode, ou les repérages avant les prochaines soldes. C'est déjà ça. Mais elle regrette de ne pas avoir quelques amis avec lesquels l'échange serait facile et simple, des amis qui la comprendraient et qu'elle accepterait en retour.

Jusque-là, elle n'a pas eu la chance de croiser leur chemin. Ses tentatives d'amitiés ont tourné court. Ses amours, c'est encore pire. Elle n'arrive pas à mentir ou à faire semblant de manière crédible, il faut croire, et quand elle est sincère, on s'éloigne d'elle. Elle admet aussi que ça fait longtemps qu'elle n'essaie plus vraiment, douchée par ses désillusions de collégienne. Moins on pratique les relations, moins on en a les codes ? C'est possible. Un jour, il faudra qu'elle songe à se pencher sur ce fonctionnement. Mais le temps n'est pas venu. Lise ne se sent pas d'attaque pour ce chantier.

Non, elle n'a pas eu le choix, elle s'est habituée à être seule. Et elle sait en tirer des bénéfices. Mais la solitude reste un état étrange, qui la déchire autant qu'il l'apaise. Pour le moment, elle arrive à composer avec, moyennant une petite gymnastique d'auto-persuasion quotidienne. Elle redoute toutefois qu'en vieillissant, la douleur devienne inévitable, si rien ne change.

Sa mère s'en inquiète souvent. *C'est quoi la raison, ma chérie ?* Elle ne trouve pas ça normal, elle dit que la société préfère les gens qui ont des amis. Lise voudrait lui répondre que ce n'est pas sa faute si sa sensibilité est mal assortie à son âge et à l'époque. Elle se contente de la rassurer en lui affirmant qu'elle est heureuse comme ça.

Dans tous les cas, même seule, Lise a profité d'un beau week-end, de la gentillesse de ses hôtes, de l'océan et du soleil. C'est doux et reposant de se laisser aller au temps qui passe, sans contrainte et sans impératifs. Au temps qu'on peut laisser filer, s'étirer, se dérouler. Au temps que l'on peut vivre comme un allié, et non comme un ennemi. Dans lequel on peut se lover avec douceur. Contre lequel il n'y a pas à se dresser. L'exact contraire de ce qu'on lui impose aux Genêts.

Lise n'a pas vraiment pensé à l'EHPAD ce week-end. Aux objectifs de rentabilité, aux postes fermés, à la pression permanente. Elle ne s'est pas non plus encombrée de Simone, de Mme Carista, ni des autres. Elle a tout laissé derrière elle. Allez hop, du vent ! Elle s'est occupée d'elle, rien que d'elle, durant ces deux jours, parce que c'est parfois la meilleure façon d'être une bonne soignante et une belle accompagnante. Les déconnexions comptent parmi ses impératifs déontologiques. Un cadeau à s'offrir et dont bénéficient ses patients comme ses collègues. Se ressourcer.

Ce n'est pas si souvent, mais quand Lise organise des petites virées, elle y met du soin. Elle en revient toujours au soin, d'une manière ou d'une autre.

Ce lundi, Lise est pleine d'énergie. Ce lundi, elle n'aura pas besoin de se frotter les mains en catimini dans un couloir. Il y a une joie puissante et sincère, ancrée dans son corps. Rien, aujourd'hui, ne lui enlèvera sa gaieté. Et personne ne l'empêchera de la mettre au service de ses petits vieux.

Lise est régénérée, elle danse à travers le temps. Elle arrive à l'épouser, à se glisser dans son tissage, à se fondre en lui, plutôt que d'être dans l'affrontement. C'est un numéro d'acrobate virtuose qui demande une légèreté parfaite. Elle se sent alignée – tout en énergie – avec elle-même, avec l'univers et, qui sait, avec quelque entité supérieure. Elle se sent être, pleinement. Ce n'est pas si souvent que les impératifs du quotidien lui laissent cette possibilité. Ni aux autres, d'ailleurs.

Matin. Cette rare alchimie entre Lise et le temps opère. L'aide-soignante est à sa place. Ce qu'elle partage, ce qu'elle réalise, est juste. Ses mots, ses actions. Son passage dans les chambres résonne joliment pour chaque résident. Ça entretient la légèreté. Cercle vertueux.

Début d'après-midi. Elle rogne un peu sur sa pause. C'est le jour idéal pour faire la lecture à Rose. Lise se dirige vers sa chambre. Rien que d'y penser, elle est déjà heureuse. Elle a quinze minutes devant elle. Vu les rythmes imposés, c'est une éternité.

Rose compte parmi les résidents qui *perdent un peu la tête.* Lise est toujours étonnée par ces expressions à la con. *Perdre la tête, refaire sa vie.* N'importe quoi. Rose n'est pas Marie-Antoinette – elle, a bien perdu la tête, oui – et une vie ne se refait pas, elle se poursuit, même si on prend un jour un virage radical. Bref.

Lorsque Lise pousse la porte de la chambre, Rose ne tourne pas la tête dans sa direction et ne la salue pas. Elle est dans son fauteuil en velours, ses pantoufles rouges aux pieds. La télé est allumée, mais Rose ne la regarde pas davantage. Ses yeux restent rivés à l'horizon de sa fenêtre, mains jointes sur ses genoux.

Lise éteint la télé, approche une chaise et s'assoit à côté de Rose en lui prenant la main. Elle cherche à attirer son attention, à capter un regard. Parfois elle y arrive. Cette fois-ci, non. C'est un jour où Rose a l'air de voyager loin.

— Bonjour, Rose, vous allez bien ?

Rose reste silencieuse. Ses réponses deviennent rares. Même quand elle est en forme, Rose a besoin d'une période de latence pour engager la conversation, difficile pour elle d'être dans l'échange dès le premier mot qu'on lui adresse. Mais Lise maintient les formules de politesse, ce petit rituel convenu et convenable, en signe de respect d'abord, et aussi pour ne pas oublier de considérer son interlocutrice comme un être à part entière. Aujourd'hui, Rose dérive. Elle n'a pas bronché depuis que Lise est entrée, quand tout à coup, elle s'écrie :

— Barbapapa !

Lise sourit. La voix de Rose est éraillée.

— Oui, Rose, vous aimiez la barbapapa. Vous me l'avez raconté, un jour. Je me souviens que vous avez appelé votre fille Barbara, parce que les deux mots se ressemblaient, c'est bien ça ?

Silence radio. Rose ne bronche plus, ses lèvres tremblent sans que rien ne s'en échappe, comme si ce mot, à lui seul, avait épuisé toute sa pensée. Lise soupire et attrape le vieux livre de poche rangé dans le tiroir de la table de nuit. Sur la couverture, une illustration, aussi moche que kitsch, montre deux amoureux enlacés sur une plage baignée par un coucher de soleil un peu trop rose orangé pour être honnête. Un pur cliché de mièvrerie. Le titre est tout aussi éloquent : *Une passion dévorante*.

Rose aime les romans à l'eau de rose et cette pensée accroche de nouveau un sourire aux lèvres de Lise. Il n'y a pas de hasard. Son prénom la prédestinait à cette littérature. Un jour où Lise n'arrivait pas à ramener Rose à elle, à ses débuts dans l'établissement, elle avait découvert un livre de ce genre dans la table de nuit de la résidente. En désespoir de cause, elle lui en avait lu quelques paragraphes. Et miracle, Rose avait souri. Bientôt elle avait ri, et s'était même aventurée à prendre la main de Lise en lui soufflant : *encore un peu*. Elle l'avait regardée dans les yeux en répétant : *lis encore un peu*. Alors Lise avait continué.

Depuis, dès que c'est possible, elle recommence. Rose n'est jamais autant présente que quand Lise lui lit quelques pages d'un roman d'amour. Cette *Passion dévorante*, c'est Lise qui l'a dégotée chez un bouquiniste. Elle avait fini le précédent et comme Rose ne recevait pas de visite, à part sa vieille sœur, de temps à autre, et qu'elle n'exprimait pas de désir, Lise s'était dit que personne n'allait lui ramener un nouveau livre.

Avoir trouvé ce fil pour rejoindre Rose, c'est un sacré cadeau. Tant de fois, Lise échoue à tisser un échange avec les résidents qui ne communiquent plus très bien. Quand elle arrive à proposer un peu de lecture à Rose, sa semaine n'est pas vaine, quoi qu'il s'y passe d'autre.

Lise commence sa lecture : « *Anton ne s'était pas senti aussi troublé par une femme depuis cinq ans. Pourtant, il en avait connu beaucoup...* »

Lise réfrène un fou rire. Elle ne l'avouerait à aucun prix, mais elle s'est découvert une tendresse certaine pour ces romances à rebondissements. Assez improbable comme constat, mais pourtant vrai. D'où peut bien lui venir cette attirance ? Des romans-photos qu'elle dégotait au grenier, dans son enfance ? Des quelques livres de Delly que sa grand-mère gardait dans un cosy ? Elle ne s'était plus souvenue de ces anecdotes, jusqu'à Rose.

Elle continue : « ... *depuis que le destin lui avait arraché Isabella. Sa situation enviable, son physique de rêve lui attiraient les regards de nombreuses beautés.* »

Rose a tourné la tête vers Lise, elle l'observe attentivement. Bientôt, elle lui sourira. Lise a encore douze minutes devant elle.

Quel beau lundi, décidément.

24

*« Bonjour, c'est le D*r *Bodier, de l'EHPAD des Genêts. Je suis au regret de vous aviser que je m'inquiète. Je pense que vous allez détester cette déclaration. Seulement voilà, c'est ainsi : je m'inquiète pour vous. Je reste à votre disposition, comme toute l'équipe des Genêts. Si nous pouvons vous aider en quoi que ce soit. Pour tenter de comprendre. Ou pour vous accompagner… N'hésitez pas. Je suis désolé, je n'ai pas préparé de blague idiote cette fois-ci. Prenez soin de vous. »*

Charles raccroche.

Marque un temps d'arrêt.

Bien.

Constat sans appel : ce message est nullissime.

Pathétique.

Quinze jours ont passé depuis la dernière visite de Barbara. Il a appris par la cadre coordinatrice qu'elle était passée voir sa mère en coup de vent, sans doute en sortant de son bureau, puis qu'elle avait eu un malaise dans le hall d'accueil. C'est un kiné et une aide-soignante de l'établissement qui ont remonté ces informations.

Quinze jours qu'il ne l'a pas contactée, et elle non plus. Il s'inquiète, c'est la stricte vérité. Ça n'est pas pour autant que c'est malin de le reconnaître. Il s'inquiète, et il s'ennuie aussi. Ce second point serait encore moins malin à confesser.

Non mais vraiment, ce message ! Il espère l'inciter à revenir vers eux de cette manière ? Un peu de tenue, de caractère, que diable ! Pour tenter de comprendre. Ou pour vous accompagner… N'importe quoi. Barbara est du genre à se laisser accompagner comme lui à se rendre chez une esthéticienne pour une épilation du maillot.

Charles se frotte le visage à deux mains avant de se lever pour aller se verser un verre d'eau. Un verre d'eau, entre deux cafés, c'est bien aussi. Il faut qu'il surveille sa consommation d'arabica, il y va fort, ces temps-ci. Il aurait pu mieux préparer son appel. L'art de l'improvisation est un pari risqué, qu'il a cru pouvoir gagner. Foutaises. La vérité, c'est qu'il se repose sur ses lauriers de vieux con, oui. S'il s'était donné la peine d'anticiper au lieu de se croire génial, il aurait peut-être réfléchi à ce qu'il allait lui dire, avant de décrocher son téléphone et de se trouver à débiter des conneries sur un répondeur.

S'il se met à devenir mauvais même au boulot, alors il ne lui reste plus grand-chose dans l'existence. C'est le moment que choisit Solange pour frapper et entrer dans son bureau. Deux tasses de café à la main.

— J'ai dans l'idée que quelqu'un, ici, a besoin d'un café. Intuition féminine, sans doute. Ou alors, allez savoir, j'ai entendu grommeler…

Il retourne à son bureau pour s'asseoir. Il sourit en lui désignant le siège en face de lui. Solange dépose les tasses et commence à lui donner les nouvelles du jour. Bien sûr, elle évite encore de le nommer par son prénom, mais vive l'intuition féminine qui entend à travers les portes. Et tant pis pour l'excès de caféine.

Barbara continue de donner ses cours. Avec l'étrange sensation d'être un peu une automate, mais elle tient la barre. Ce n'est pas si mal. Hier soir, elle a revu Antonio. Juste pour un soir. Elle voulait retrouver ses repères, de la légèreté et aussi de la maîtrise. S'étourdir. Comme si de rien n'était. Comme si rien ne vacillait.

Ratage total.

Antonio lui a semblé ennuyeux. Séducteur, dans le mauvais sens du terme. Mielleux. Au restaurant, il a été enjôleur et inintéressant. Au lit, trop sûr de lui et peu créatif. Il n'a pas été différent de ce qu'il a toujours été, en somme. C'est juste Barbara qui ne le supporte plus. C'est marrant comme on peut, en un rien de temps, faire soi-même un pas de côté sur la perception que l'on a des situations et des êtres. Sur ses attentes, aussi, sans doute.

Il joue un rôle, bien sûr. Son cursus universitaire prouve, malgré lui, qu'il est intelligent et doué. Mais il a dû décider qu'avec les femmes – celles qui l'entretenaient, en tout cas – se montrer viril et crétin était la seule posture honorable. Et force est de constater que ça a plutôt bien convenu à Barbara jusque-là. Enfin, ça, c'était avant.

Ce matin, elle a dégagé l'Italien sans ménagement. Elle n'avait pas envie de supporter encore ses minauderies pendant le petit déjeuner, même si elle déteste l'idée de laisser entrer dans son appartement, presque malgré elle, une certaine gravité. Elle s'est préparé un café. Et puis elle s'est installée dans le canapé avec sa tasse et une magnifique bande dessinée, une de celles qu'elle préfère. Une qu'elle relit souvent, qui n'est jamais bien loin d'elle. Une délicate, qui prend soin d'elle, à chaque fois. *Où le regard ne porte pas*. Rien que le titre est déjà magique.

Elle n'est pas loin de penser que le temps en prend à son aise, en ce moment, dans sa vie quotidienne. Il ne respecte plus sa grille habituelle. Il est parfois trop long, parfois trop court. Elle a du mal à l'appréhender. Par exemple, Barbara ignore combien de temps elle peut rester lovée dans le canapé, avec la BD fermée sur les genoux. Sans angoisse, juste pour souffler sur le café trop chaud avant d'ouvrir le livre à son rythme.

Depuis plus de quinze jours, maintenant, Barbara ne lit plus.

Une éternité, pour elle. Et une douleur, aussi. La lecture a toujours été son amie. Sa compagne de route. Qu'elle la fuie est un constat cruel et un mauvais coup auquel elle ne s'attendait pas.

Elle a bu quoi ? Quatre ou cinq gorgées de café ? Elle tient sa tasse, bien chaude, entre ses deux mains. Elle la presse contre sa joue, puis son front. Petits rituels rassurants. Enfin, elle se plonge dans le livre. Elle reconnaît les illustrations, si belles, à la technique de virtuose. Elle se sent aussitôt accueillie par cet univers familier. Ce livre lui veut du bien, il lui tend ses pages avec amitié. Il lui montre le chemin.

Qu'elle ne réussit pas à emprunter.

Barbara est assise en tailleur sur son canapé écru, la BD ouverte devant elle. Son ventre se verrouille. Un blocage dur, brutal. Elle a mal. La douleur dans ses entrailles lui hurle qu'elle ne lira pas, non, pas maintenant en tout cas et peut-être jamais plus. La douleur s'impose à elle avec une force rugueuse, une puissance archaïque, qui oblige Barbara à céder, pour ne pas avoir encore plus mal.

Elle cherche à la surmonter et commence à tourner les pages. Elle négocie – on va au moins regarder les images. Absorber la vitalité des couleurs et la beauté des dessins, à défaut de pouvoir prendre les mots. Et puis elle connaît l'histoire par cœur, si elle regarde les images, le sens va danser dans sa tête jusqu'à elle. Ce sera presque une lecture, non ?

Barbara tourne trois pages pendant que son café refroidit inexorablement. Au bord de la nausée, elle referme la BD. Admirer les images ne l'intéresse pas, gamine, c'était déjà le cas. Elle voulait lire. Elle a su déchiffrer lorsqu'elle avait à peine cinq ans. La lecture est une part fondamentale d'elle-même. Et voilà que Rose l'éloigne de cette complice de toujours, par son retour inopiné dans sa vie, par ses révélations coup de poing, alors qu'elle est muette dans son fauteuil de vieille. Barbara déteste le pouvoir que Rose a gardé sur elle, l'emprise qu'elle redécouvre avec le retour de cette mère dont elle se croyait débarrassée. Elle déteste cela. Vraiment.

Ce matin, elle a dégagé Antonio, elle a bu du café et elle n'a pas lu.

Dans cet ordre.

Si elle se met à ne plus pouvoir lire du tout, jamais, alors son existence et tout ce qui la fonde s'affadit d'un coup, dans des proportions insupportables. À ses yeux, la fadeur est un état méprisable. Impardonnable.

25

Allongée à plat ventre sur le tapis de sa chambre, sa poupée assise à côté d'elle, Barbara lit Les Malheurs de Sophie *à voix haute. De temps à autre, elle relève la tête, et regarde sa poupée :*

— Ça va, Arielle, tu arrives à suivre l'histoire ?

Il pleut et le bruit de la pluie giflant les vitres accentue l'impression de bulle que lui procure la lecture. Il ne manquerait pas grand-chose pour qu'elle se sente heureuse.

— Barbara !

L'enfant sursaute. Son cœur s'accélère sous le coup de la surprise et de l'inquiétude. La silhouette de sa mère s'encadre dans la porte de sa chambre. Sa voix est lasse.

— Range ta chambre, s'il te plaît. Je n'en peux plus de ton bazar.

La mère et l'enfant se toisent. Barbara se mordille le bout des doigts. Elle essaie de deviner l'humeur de Rose, à ce moment. Ce n'est jamais simple comme exercice.

— Arrête ça, tu vas encore te faire saigner.

Rose a pris le ton le plus autoritaire qu'elle pouvait. Elle n'a pas le choix, rien d'autre ne marche, avec Barbara. À huit ans, elle est infernale. On a beau lui répéter les choses, on dirait qu'elle ne comprend rien. Rose en a sa claque, aujourd'hui en particulier. La pluie la déprime, elle se sent fatiguée. C'est dur. Toute seule, toujours toute seule, et la douleur de métal jamais loin. Heureusement que Suzanne vient l'aider, avec la gamine, de temps en temps. Elle y arrive, elle. Rose serre les dents.

Qu'est-ce qu'elle a à la regarder, la gamine ? Avec sa bouche ouverte. Stupide ! Stupide ! Est-elle idiote ou fait-elle semblant ? C'est une provocation ? Ce n'est pas faute de rabâcher qu'elle doit obéir, pas faute de l'avoir punie et re-punie, même, pour que ça rentre.

Pisser dans un violon.

Barbara s'est assise avec prudence, elle bouge le moins possible, elle attend la suite. Sa mère va-t-elle l'aider à ranger ? Ça irait plus vite. Et après, elles iraient goûter. Un chocolat chaud et des biscuits, toutes les deux sur le canapé, comme l'autre jour. Bien au chaud, pour écouter la pluie tomber sur les feuilles du grand platane, devant la fenêtre du salon.

— Cela fait deux fois que je te demande de ranger ta chambre, et regarde ! Je ne peux pas te faire confiance.

Rose montre les jouets éparpillés, le lit défait, les Playmobil renversés sur la table de nuit et le pyjama en boule dans un coin. Barbara cligne des yeux, à plusieurs reprises. Si elle pleure, ce sera pire. Pas pleurer, se répète-t-elle, pas pleurer. Sa gorge est si serrée qu'elle n'arrive pas à déglutir, encore moins à parler.

— Tu pourrais au moins t'excuser, non ?

Barbara se lève. Sa mère a haussé le ton, elle est exaspérée. D'une petite voix, elle admet : elle n'a pas vu le temps passer. Elle a chanté et dansé devant le miroir, et puis sa poupée attendait la suite de l'histoire de Sophie et de ses bêtises, elle est si rigolote, Sophie !

— Pardon, maman, je n'ai pas fait exprès.

— Tu ne sais rien dire d'autre ! Je l'ai pas fait exprès, singe Rose. Tu me rendras dingue ! Dingue !

Le ton est encore monté. Barbara s'approche, tête baissée. Elle veut que Rose se calme.

— Je vais ranger, tout de suite, assure-t-elle de sa voix la plus docile.

— Tu as plutôt intérêt ! Tu sais que je n'aime pas te punir, mais si tu m'y obliges... Tu ne peux pas faire un effort, rien qu'une fois ?

— C'est dur, les efforts, murmure Barbara sans regarder sa mère.

— Et comment tu crois que je fais ? C'est pas dur, pour moi ?

Si, pense Barbara. Elle se tait, maintenant, il ne faut pas risquer d'énerver Rose encore plus avec un mot maladroit. Il n'y aura pas de chocolat, cet après-midi. Barbara se penche pour attraper son pyjama, elle le pose sur son lit et commence à le plier. Elle espère que sa mère va sortir. Elle pourra fermer sa porte et mettre des chansons. Ça aide beaucoup, les chansons, surtout celles d'Anne Sylvestre.

Rose continue de la fixer sans rien dire. Barbara la rendra chèvre, à force. Elle tient de son père, c'est sûr. Ce salopard qui l'a quittée, qui l'a laissée seule avec ses problèmes et son enfant. C'est pas la faute de la gamine, mais c'est pas sa faute à elle non plus. Qu'on ne lui dise pas que c'est sa faute, hein ! Rose contrôle sa respiration. Elle s'applique. Pas de pression dans son ventre, aujourd'hui, autant que ça dure.

— Dépêche-toi, ajoute-t-elle avec brusquerie. Je vais faire du thé, descends quand tu as fini.

Barbara relève la tête avec vivacité. Un thé, c'est bien aussi. Moins qu'un chocolat, mais mieux que rien du tout. Elle retrouve son entrain à cette idée.

— D'accord !

Rose tourne les talons et se dirige vers les escaliers. Barbara s'active, pour pouvoir la rejoindre. Vite, vite, on range, comme dans Mary Poppins, *on range et tout s'arrange. Barbara entend sa mère s'arrêter en haut de l'escalier, et marmonner à mi-voix :*

— Cette gosse me fera mourir.

Dehors, la pluie n'en finit pas de tomber.

26

« Bonjour, ce message est à l'intention du Dr Bodier. Vous commettez des erreurs grossières, en ce moment, docteur. La première, c'est d'avoir évoqué mon père. La seconde, c'est de vous inquiéter pour moi, comme si c'était vous, le paternel évoqué. Pour information, de nos jours, des tas de femmes n'ont pas besoin de père, réel ou de substitution, pour mener une existence acceptable. Je suggère une petite mise à jour de votre base de données sur ce point. La troisième, enfin, c'est d'avoir arrêté les blagues stupides. Au moins, elles donnaient un peu de charme à vos messages. Le ridicule peut avoir un côté attachant. J'espère que vous aimez le café, le chocolat, ou le bon vin. Sinon, nous n'aurons vraiment plus de raison de nous croiser. Bonne journée. »

Charles trouve le message en arrivant à son bureau. Il vient à peine de poser sa veste et ses clés, il est encore tôt. Beaucoup trop pour être là, en réalité. L'aube est fraîche et sereine, il ouvre la fenêtre pour mieux respirer. Il ne parvient pas à perdre le rythme de l'hôpital. Ce blocage lui permet de réaliser la place que son travail de neurochirurgien occupait dans sa vie. C'est un constat vertigineux. Comment apprivoiser sa peur du vide ? Tricoter et consacrer plus d'attention à ses enfants ? Lui-même peine à y croire.

Comme la fois précédente, la transcription a été réalisée par la secrétaire de l'accueil, puis déposée dans sa bannette. Il se marre, en imaginant la secrétaire écouter dix fois l'enregistrement, pour le transcrire mot à mot, ayant compris que ce genre de message ne se résume pas de manière télégraphique et ne supporte pas l'à-peu-près.

Le contenu du message est un baume. Il ne se rappelle pas avoir été autant soulagé depuis que sa fille est sortie de réa, après une méningite et soixante-douze heures d'angoisse absolue. C'était il y a quinze ans. Barbara n'a peut-être pas tort quand elle lui prête des intentions paternelles. Il va falloir qu'il se surveille. Ça n'est pas très rationnel, tout ça. Barbara est la fille d'une résidente, pas la sienne, et ses jours ne sont pas en danger. Un peu de discernement, que diable !

La période est complexe. Ce changement de travail, c'est une page à tourner – et quelle page. Accepter d'être moins reconnu, moins respecté, moins passionné aussi. Reconnaître que son temps est passé, ni plus ni moins. Constat on ne peut plus classique, certes. Chacun devra s'y résoudre un jour. Ce n'est pas plus confortable pour autant. Le changement n'est jamais si simple qu'on le souhaiterait. L'avancée en âge non plus. C'est la raison pour laquelle on leur résiste avec virulence.

Charles n'a pas encore pris ses marques à l'EHPAD. Il est dans un entre-deux et il compose avec. Il ne se sent pas en plein marasme non plus, mais c'est le genre de période idéale pour l'irrationnel. Pour que certains événements, certaines personnes ou certaines émotions prennent une place et des dimensions improbables.

Il croit avoir perçu une fêlure dans les mots de Barbara. Il est sûr qu'elle avait préparé son appel, elle au moins. Il ressent que son armure est fissurée, et subodore qu'elle trouve douloureuse cette fragilité nouvelle.

Néanmoins, le lien est rétabli. Et c'est elle qui l'a décidé. Il va pouvoir reprendre le fil de leurs échanges, et tenter de les aider, sa mère et elle, elle et sa mère. Tout en s'aidant un peu lui-même au passage, sans aucun doute. Barbara et lui sont dans une phase de bouleversement où toutes les certitudes s'écroulent les unes après les autres. Ces échanges l'étayent, lui aussi, même si cela peut paraître étrange.

— Je peux vous déranger trois minutes ?

Ninon a passé sa tête par la porte du bureau de Barbara. Ce matin, l'enseignante est de permanence, deux heures où elle est à disposition de qui veut. Sa porte est ouverte. Il en est ainsi tous les mardis matin. Même si elle ne s'est plus perdue depuis l'autre jour, Barbara l'a vérifié, son nom est bien écrit sur le mur, à côté de l'entrée.

— Bien sûr, Ninon, venez. Vous ne me dérangez pas, je suis là pour recevoir les étudiants qui le souhaitent.

Ninon entre et referme la porte derrière elle. Elle a revêtu une jupe courte bariolée, à motifs fleuris, sur un collant vert. Elle est magnifique. Elle illumine le bureau gris et un peu crasseux de la fac, au mobilier métallique fonctionnel mais peu engageant. Barbara se sent en harmonie avec le lieu, elle ne s'est même pas lavé les cheveux ce matin et n'est donc pas arrivée à se coiffer correctement. Et justement, Ninon s'inquiète.

— Est-ce que vous allez bien ? L'autre jour, dans les toilettes, j'ai eu l'impression que vous étiez chamboulée.

Barbara sourit. Si ce n'était que l'autre jour. Elle opte pour la franchise, Ninon le mérite.

— Je l'étais. Asseyez-vous, Ninon, je vous en prie. Je vous remercie pour votre attention, oui, je vais mieux. Bien, serait encore exagéré. Mais cela reviendra.

Ninon a pris place sur une chaise aussi grise qu'inconfortable. Un instant de silence passe.

— J'ai repensé à votre question, reprend l'étudiante. Et votre regard me poursuit. Personne n'est à l'abri, n'est-ce pas ? D'une claque dans la gueule, un beau matin ?

Décidément, elle est directe, cette môme. Barbara apprécie. Il y a des similitudes de *soyons cash* entre Ninon et elle.

— En effet, répond-elle en ressentant la légère tension qui crispe ses mâchoires à ce moment. Nul n'est à l'abri. Après, j'imagine que certains individus présentent plus de risques que d'autres de s'en prendre une, et qu'ils le savent. En même temps, il est probable qu'on n'est pas toujours conscient du degré de péril auquel on est exposé… Enfin, je vais devenir obscure, là. Votre réponse était très belle, l'autre jour.

Ninon laisse passer un instant que Barbara n'interrompt pas.

— Moi, je suis à fort risque, finit par murmurer la jeune femme. Je vais dire une banalité, ma vie n'est pas un long fleuve tranquille. Je ne suis pas la seule, je le sais, mais par chez moi, on en a fait un art de vivre. J'espère juste que le jour où la gifle m'arrivera…

— Si elle vous arrive…

— Oui, répond Ninon en souriant, si elle m'arrive, j'espère juste que je saurai réagir comme vous. Être lucide sur moi-même et demander son avis à quelqu'un. Il sera peut-être pertinent, peut-être stupide, cet avis, mais il me signifiera que je ne suis pas seule au monde. Que je peux cesser de ne compter que sur moi.

Barbara reste sans voix, chique coupée. Elle se lève et contourne son bureau, pour serrer la main de Ninon, fort. Le moment dure et le silence se prolonge, avant que Barbara parvienne à dire quelque chose.

— Alors, souvenez-vous de moi, si ce jour-là advient. Et oui, parlez-en à quelqu'un, n'importe qui, mais quelqu'un.

Elle marque une pause. Une vibration chaude monte en elle. Le sang pulse à ses tempes comme un vieux tambour qui invoquerait les puissances de la terre. Les émotions se bousculent en elle, traçant de secrètes arabesques et d'intimes retournements. Ninon la regarde avec intensité, n'imaginant pas une seconde interrompre le flux qui passe entre elles à ce moment.

— Et je vous souhaite que ce quelqu'un vous adresse une réponse aussi lumineuse et aidante que celle que vous m'avez proposée. Merci, Ninon.

La jeune fille semble sortir de cet instant suspendu.

— Si j'ai pu vous aider, j'en suis vraiment heureuse. C'est si rare de se sentir à sa place, de trouver les mots justes. Mais désolée, je ne voulais pas vous accaparer trop longtemps. Vous avez sûrement du travail et il y a peut-être d'autres étudiants qui ont besoin de vous…

Elle se lève. Barbara n'a pas lâché sa main.

— Tout va bien, Ninon, ne vous inquiétez pas. Vous ne prenez la place de personne, là, vous vous contentez d'occuper la vôtre.

Ninon sourit. Intensément. Il n'y a rien à ajouter. Elle quitte le bureau en laissant la porte ouverte derrière elle.

Barbara est soulagée qu'aucun autre étudiant ne soit en train d'attendre son tour. Il viendra peut-être quelqu'un sous peu, mais elle a besoin d'une petite pause. Une respiration, après cet échange apparemment banal et qui, pourtant, les a secouées en profondeur.

Ninon, j'ignore qui t'envoie, pense Barbara, *j'ai encore beaucoup à découvrir de toi, mais merci d'exister, merci l'univers, merci la vie.* Et pour que Barbara en vienne à débiter des âneries pareilles, il faut vraiment que la parole de Ninon soit singulière, et percutante.

Pourquoi Barbara est-elle arrivée, avec une déconcertante facilité, à entendre de Ninon des réflexions qu'elle se refuse à formuler par elle-même depuis si longtemps ? *Je peux cesser de ne compter que sur moi.* Presque mot pour mot la formule qui lui est venue, dans les toilettes, lors de son voyage en Ouzbékistan tropical.

Barbara comprend qu'elle n'a pas fini d'être poursuivie par cette phrase.

27

Il avait raison. Il aurait préféré le contraire, pourtant il avait raison, tant pis. Aujourd'hui, la fille de Rose Albin ne porte pas de talons. Ce qui n'empêche pas ses ballerines à brides d'être fort jolies. Cependant aux yeux de Charles, rien ne vaut les talons, même modestes.

Pour autant, elle a retrouvé de sa superbe. Son attitude a changé, c'est discret, mais net. Sa prestance est réagencée, d'une certaine manière, pas *plus* ni *moins*, mais juste *autrement*. Charles est soulagé de constater que Barbara est debout. C'est le plus important.

Par quoi va-t-il commencer ? Le temps qu'il se décide, et comme d'habitude, c'est elle qui ouvre le bal.

— Je m'appelle Barbara. C'est écrit dans le dossier de ma mère, ça aussi, je suppose. Mais j'ai encore le droit de choisir quand je l'énonce.

Voilà une entrée en matière originale, après plusieurs rencontres. Elle ne lui laisse pas le temps de répliquer.

— Vous avez compris qu'un genre de tempête vient de balayer ma vie. Est-ce pour la ravager et me mettre au tapis ? Pour dégager quelques vieilleries et permettre un réaménagement plus moderne ? Ou pour me faire peur, tout en laissant les choses en l'état ? Dans l'immédiat, tout ça n'est pas clair et pour que ça le devienne, j'imagine qu'il va falloir envisager de fréquenter votre établissement avec un peu plus d'assiduité. Je vais être franche avec vous, ce sera par nécessité, et sans plaisir.

Cash. Comme au premier jour, y compris dans l'adversité. Cash avec elle-même comme elle l'est avec son interlocuteur. Charles apprécie cette façon d'être et d'agir. Il la respecte. Il l'admire.

— Je ne suis pas douée pour la lenteur, poursuit Barbara. J'aime que les choses aillent vite. Je ne suis pas patiente. La période qui s'amorce a donc de fortes chances d'être contradictoire avec mon tempo, et ce n'est pas réjouissant. Alors je ne vais pas me cacher derrière des grands airs, je m'appelle Barbara, voilà.

— Enchanté, Barbara. Moi c'est Charles.

— Docteur, puis-je vous demander si le dossier de ma mère indique à partir de quand elle a été sous neuroleptiques ?

Il ne relève pas l'usage du docteur, à croire qu'il en impose si les deux femmes qu'il fréquente le plus en dehors de son épouse – à savoir Solange et Barbara – ne sont pas capables de l'appeler Charles quand bien même il le leur suggère. Ou alors, c'est qu'elle le trouve trop vieux. Il espère que non, tout en se levant, car cette perspective lui en fout un coup. Il se dirige vers son armoire et saisit le dossier sans une hésitation. Il n'a pas le droit de divulguer cette information, dans l'absolu, mais il décide de prendre sur lui de la diffuser quand même.

— *A priori*, le traitement a débuté en avril 1964, dit-il en retournant s'asseoir.

Il consulte longuement le dossier de Rose Albin pour laisser à Barbara le temps de digérer la date. Elle a raison, il va falloir de la lenteur. Pourquoi pas commencer là ? Lui-même n'est pas hyper doué dans ce domaine, et prendre de l'âge n'arrange rien, contrairement à ce qu'il croyait jusque-là. Quand le temps qui reste rétrécit, on a tendance à vouloir le remplir au maximum. Pourtant, si la lenteur lui est étrangère, elle nc le dérange pas chez les autres, surtout chez ses patients. Il peut l'accepter sans difficulté dans les échanges professionnels.

Il reconnaît au passage, chacun ses petites contradictions, que dans certains domaines de sa vie, il n'a pas fait montre d'une rapidité de foudre de guerre. Il pense à ses relations distendues avec Éliane, à un certain épisode de sa vie où il n'a pas brillé par sa capacité à faire des choix et éviter de laisser traîner en longueur. Mais ce n'est pas le moment opportun pour creuser cet aspect de lui-même.

De son côté, Barbara semble chercher ses mots. Il n'est pas certain, d'ailleurs, qu'elle soit en mesure de rassembler ses esprits, mais elle se lance quand même.

— Si l'on m'avait soutenu, ces dernières années, que ma mère avait encore le moyen de me chambouler, je vous promets que j'aurais ri à gorge déployée. Je croyais que j'en avais fini avec elle.

— On n'est jamais plus dupes que de soi-même, murmure Charles comme en écho à ses propres pensées.

— Ma mère a donc été sous neuroleptiques depuis mes deux mois. Ma mère est bipolaire depuis ma naissance, avant même, probablement. Vous n'allez pas me dire que je suis responsable de son état et que c'est ma naissance qui l'a déclenché, au moins ?

Devant son inquiétude bravache, Charles secoue vigoureusement la tête. Bien sûr que non.

— Merci, ça fait au moins une bonne nouvelle. Ma mère est bipolaire, et je ne l'ai jamais su. Chiante, incompréhensible, méchante, imprévisible, oui, ça crevait les yeux. Malade, je ne l'ai jamais envisagé. Soit elle fait une parfaite dissimulatrice, soit je suis aveugle.

Ou tout autre chose, le monde n'est pas binaire. Charles pense cette phrase, mais il ne s'aventure pas à la prononcer. Trop tôt. Barbara a davantage besoin de parler pour l'instant, que d'écouter, puisqu'elle enchaîne sans remarquer le silence de son interlocuteur :

— Il va falloir que j'apprivoise cette idée. J'ignore si la représentation que j'ai d'elle va en être changée, ou pas. Si l'histoire que je me suis construite pour tenir debout va se poursuivre ou s'écrouler. En revanche, je suis certaine, je lève la main droite et je le jure, que je ne vais pas repasser toute mon enfance pour l'analyser une seconde fois, merci bien. J'en aurais volontiers accepté une autre, oui, mais cette option n'est pas disponible. Et je constate, malgré moi, que je suis beaucoup plus bousculée que je l'aurais voulu.

— C'est une histoire d'apprivoisement, cette idée et vous ? Comme le renard et le Petit Prince.

Pour la première fois depuis le début de leur entretien, Barbara s'autorise à sourire.

— Ah non, pitié, pas *Le Petit Prince*. Pas ce poncif.

Elle respire un grand coup, semble se forcer, comme si elle manquait d'air.

— Il y a peu de temps, ajoute-t-elle, une jeune femme fort sensée m'a dit une phrase, qui danse dans ma tête, depuis. Elle m'a dit : Je peux cesser de ne compter que sur moi. C'est fort, vous ne trouvez pas ? C'est une idée qui ne m'était jamais venue avant ça. Je vais essayer de l'appliquer. Y parvenir est une autre histoire, hypothétique, mais j'ai envie de tenter le coup.

Barbara penche la tête et lui adresse un regard étonnamment malicieux, après l'échange plus tendu qu'ils viennent d'avoir, avant de conclure :

— Dites, vous ne m'avez pas répondu sur un point de la plus haute importance. Vous préférez le café, le chocolat ou le bon vin ?

Charles se détend, elle vient de siffler la fin du match. Pour autant, elle n'a pas encore baissé les armes et garde la main. Ce n'est pas un souci pour lui. Les luttes de pouvoir, la guéguerre du dernier mot, il l'a pratiquée, parfois avec talent. À l'hôpital, il a largement eu l'occasion de s'entraîner. Il se souvient qu'il n'a pas toujours été gentil à ce jeu, qu'il a pu avoir les dents longues. Ce n'est pas ce dont il est le plus fier.

Il croit cependant ne jamais être allé sur ce terrain avec des patients et ne compte pas commencer aujourd'hui.

Quand il était encore interne, avec Isabelle, ils avaient mis au point une technique. Ils se prévenaient régulièrement : *Évite de passer pour un GCMS*. GCMS : Gros Con de Médecin Suffisant. Cela consistait, lorsqu'ils étaient contredits par des patients, à compter mentalement jusqu'à vingt avant de leur répondre. Vingt secondes, cela peut paraître anodin, mais c'est bien assez long pour se dégager du tac au tac. Pendant que le silence s'étire, on s'extrait de l'immédiateté et des réponses réflexes. Vingt secondes offrent un peu de recul et permettent de se calmer si on se sent remis en cause. On évite bien des réponses cassantes, de cette manière, et on y gagne en sérénité. Ce qui est essentiel.

Cet entraînement au *moderato* lui évite des soubresauts inutiles, depuis son internat. Il revient sur la réflexion qu'il s'est faite tout à l'heure, il a plus de capacité à la lenteur qu'il ne veut bien le croire.

Pour autant, l'allusion de Barbara est claire – *cesser de ne compter que sur soi*. Elle y travaille, donc. Elle admet qu'elle est en chemin. Le moment viendra où Charles pourra lui fournir des pistes de réflexion. S'il en est capable. L'est-il vraiment ? Il l'espère. Elle n'aime pas la lenteur, elle l'a prévenu. Peut-être même, alors, que cet instant arrivera trop vite pour lui.

— J'aime les trois, bien sûr, finit-il par répondre. Mais là, c'est le bon moment pour un café. Je vous emmène au distributeur. Vous verrez, on s'y habitue, même s'il est très mauvais. Je présume que le chocolat l'est tout autant, mais je ne m'y suis pas risqué. Il y a des limites à ma hardiesse.

En sortant, il admire la démarche de Barbara, même dans ses ballerines sans talons. Ils n'échangent pas un mot durant le trajet qui les mène jusqu'au hall.

28

Le café du distributeur est infect. Le Dr Bodier a raison sur ce point comme sur un autre : nul doute qu'on s'y accoutume, lorsque c'est le seul à disposition et qu'il permet de passer un moment de détente informel et chaleureux, avec les membres de l'équipe soignante ou même avec des patients. Le goût du partage compense alors celui du mauvais café. N'arrive-t-il pas à Barbara d'apprécier le café du distributeur de la fac, qui n'est pas mal dans son genre ? Elle y va pour les blagues potaches des étudiants, pour cette ambiance qui la plonge vive dans la formidable énergie de la jeunesse.

Barbara se demande s'il ne faudrait pas qu'elle se surveille. Virer compréhensive, voire positive, serait la dernière des absurdités. Pas bon signe du tout.

Elle a pris un allongé. C'est sa tactique de survie en territoire caféier hostile, diluer l'amertume du breuvage, quitte à mettre plus de temps pour le boire. Barbara agit avec le café *a contrario* du reste de sa vie. Elle vient juste de le réaliser. Il faut peut-être qu'elle se trouve un bon thérapeute en café.

Elle est en train de jeter son gobelet quand elle entend une jolie voix dans son dos. Elle se retourne. Une jeune femme la fixe de ses beaux yeux verts en souriant. Fraîche et naturelle, songe Barbara. Ses cheveux châtains sont réunis en queue-de-cheval, son visage est exempt de tout maquillage et sa tenue indique qu'elle est aide-soignante.

— Bonjour, dit la jeune femme en lui tendant la main, il me semblait bien vous avoir reconnue…

Barbara saisit cette main ferme en pensant que la jeune femme a de la chance, si elle la reconnaît. Pour sa part, elle a l'impression de n'avoir jamais rencontré cette personne.

— Bonjour, Lise, lance Charles en lui serrant la main à son tour, vous allez bien ?

— Bonjour, docteur. Très bien, merci.

Barbara remercie intérieurement le Dr Bodier pour son intervention spontanée. Elle a au moins le prénom. Ils n'auront même pas eu le temps de percevoir son trouble.

— Je vous présente Barbara Albin, la fille de Rose. C'est Lise qui vous a aidée à surmonter ce léger malaise, l'autre jour, ajoute-t-il à l'intention de Barbara. Je ne me trompe pas, Lise ?

— Non, docteur, vous ne vous trompez jamais, de toute façon.

— Ne parlez pas de malheur !

— Ah. D'accord, reprend Barbara, sans que les traits de son ange gardien ne provoquent le moindre écho en elle.

Les souvenirs de cette journée lui reviennent de manière parcellaire. Sa sauveuse, par exemple, n'est qu'une silhouette désincarnée. Quant à la notion de *léger malaise*, ah qu'en termes galants ces choses-là sont dites. Barbara opte pour la franchise, c'est un peu le concept du jour.

— Je vous remercie pour votre aide, Lise. Je vous avoue que je ne vous avais même pas identifiée. De toute évidence, mon cerveau fait des impasses, en ce moment. Mais je suis heureuse de pouvoir mettre un visage et un nom sur celle qui m'a aidée.

— Et moi je suis contente de voir que vous êtes en pleine forme, réplique Lise en hochant la tête en signe de remerciement.

— Je vais être amenée à fréquenter les Genêts dans les semaines qui viennent. Ce n'est ni par plaisir, ni par envie. Alors connaître un autre visage que celui du Dr Bodier me facilitera la tâche.

Lise ne relève pas le manque d'enthousiasme affiché de Barbara. Elle a l'habitude, un EHPAD n'est pas un endroit où on vient en caracolant. Elle cherche aussitôt à mettre Barbara à l'aise.

— N'hésitez surtout pas, renchérit-elle, si je peux vous aider ce sera avec grand plaisir. Et puis je connais un peu votre maman, forcément. Nous aurons peut-être l'occasion d'en parler lors de vos visites.

Barbara s'assombrit, elle aurait préféré que Lise n'évoque pas sa mère. Pas dès aujourd'hui. Bon. C'est raté. Lise ne s'offusque pas du changement d'humeur de Barbara. Elle sait que Rose a peu de visites et jamais une seule de sa fille avant le jour du malaise. C'est donc qu'il y a un problème et ce n'est pas le moment d'aller farfouiller de ce côté-là. Elle se tourne vers le distributeur et se commande elle aussi un café. Pendant qu'il coule, elle échange quelques mots au sujet de Mme Carista avec le Dr Bodier.

Puis, son gobelet à la main, Lise prend congé et s'éclipse, avec le même sourire doux que celui qu'elle arbore depuis qu'elle s'est approchée. Barbara en profite pour saluer le Dr Bodier et quitter l'établissement. Elle constate qu'elle a réussi à passer une paire d'heures à l'EHPAD sans se sentir oppressée, ni en colère. Du moins pas plus qu'en y entrant. Il faut croire qu'elle progresse à une vitesse fulgurante.

En regardant Barbara s'éloigner dans le couloir, Charles se rappelle qu'avant il aimait cuisiner. Pourquoi pense-t-il à cela entre la machine à café et le ficus poussiéreux, il n'en a pas la moindre idée. C'est peut-être bientôt l'heure de déjeuner, songe-t-il. Il remonte le couloir d'un pas tranquille. Il se souvient qu'il n'était pas hyper créatif et qu'il n'y passait pas des heures, mais son hachis Parmentier ravissait les enfants. Et il se doit de reconnaître, en toute honnêteté, qu'il était vraiment bon. Surtout en comparaison de celui de l'hôpital – si tant est que ça soit un critère d'évaluation recevable.

Il se débrouillait aussi plutôt bien avec la pizza maison, pâte au levain incluse. Sa soupe de lentilles n'était pas déshonorante. Sa salade grecque, presque aussi bonne qu'à Athènes. Sa petite Louise adorait cuisiner avec lui. Son fils Paul était plus circonspect. Il n'acceptait de mettre la main à la pâte que pour du salé, et à la condition que le plat soit gratiné. Paul et le gratin, c'était quelque chose, quand il était gamin.

Souvent, Charles a cuisiné avec ses enfants et surtout pour eux. Il a toujours considéré que l'alimentation était une manière de prendre soin de ceux qu'on aime. Il n'était pas doué en desserts, mais réalisait une sauce au chocolat délicieuse, dont le secret tenait dans une crème fraîche entière de première qualité. Pour napper des bananes, des tranches d'orange, des noix, de la glace vanille, c'était parfait. Grâce à elle, il était passé maître dans le dessert improvisé.

Même Éliane aimait sa sauce au chocolat ! Elle a toujours été gourmande. Deux ou trois fois par mois, dans la poubelle, il retrouve un emballage de la maison Gautier, l'excellent pâtissier qui officie non loin de chez eux. Éliane aussi cuisinait bien. Elle aussi a arrêté.

La plupart du temps, désormais, ils mangent des choses simples, à peine préparées. Ils *grignotent*. Ou alors Éliane passe chez le traiteur.

C'est fou, il ne l'avait pas remarqué jusque-là. Depuis combien de temps ne se font-ils même plus cuire des pâtes ?

Éliane a cessé de cuisiner à un moment qu'il est incapable de situer. Lui, il a cessé avec le départ des enfants. Mais pourquoi, au fond ? C'est idiot. Il aimait bien la pizza maison. Il faudra qu'il songe à s'y remettre.

29

D'aussi loin qu'elle se souvienne, elle détestait sa mère et sa mère la détestait.

Barbara se demande si cette phrase pourrait constituer un bel incipit. D'autant que ceux débutant les romans avec des histoires de mère, c'est un match un peu plié par Albert Camus. Difficile de surpasser *L'Étranger* sur ce terrain. Bref, non, ce n'est pas un incipit valable, et puis rien ne prouve que cette phrase soit vraie. Rose et elle ont probablement été plus ambivalentes, surtout les premières années. Sans doute Barbara a-t-elle aimé sa mère quand elle était gamine, comme tous les enfants, et il est permis d'imaginer que Rose a essayé d'aimer sa fille, comme la société l'impose aux mères, y compris quand leur soi-disant instinct est inexistant. Bon, là, ce n'est plus un incipit, c'est carrément une extrapolation digne de *Psychologies Magazine*.

Barbara n'a pas mémoire d'une période de complicité, même mal foutue et bancale, entre

Rose et elle. À supposer que ces premières années de rapprochement possible aient existé, la rupture semble avoir été vite consommée et pour des raisons obscures, statue-t-elle avec une mélancolie désagréable. Elle n'aime pas se replonger dans ces souvenirs. Barbara a fugué de chez sa mère à peine arrivée au lycée. Le désarroi dans lequel elle baignait à l'époque était plutôt costaud. Il s'accompagnait depuis des années d'une puissante colère, qui se transformerait en besoin farouche d'indépendance, mais plus tard.

Aurait-elle eu une autre vie si, lorsqu'elle était enfant, sa mère lui avait avoué qu'elle était bipolaire ?

Non, alors là, c'est pitoyable, comme incipit.

Aurait-elle eu une autre vie si, lorsqu'elle était enfant, sa mère l'avait aimée ?

Il est urgent d'arrêter ce jeu, elle n'est pas prête à écrire un roman si elle n'est pas foutue de trouver un bon incipit. En même temps, elle n'arrive plus à lire, donc le moment est mal choisi pour envisager d'écrire.

Rose est restée une énigme pour Barbara. Elle n'a connu personne qui soit aussi rêche et imprévisible que sa mère. Où sont les gestes de tendresse, les moments de douceur et les mots d'amour qui lui revenaient de droit ? Rien de tout cela ne lui a été donné. Elle a passé la première partie de sa vie à porter cette attente à des hauteurs déraisonnables. Alors oui, il paraît que la mémoire est sélective, infidèle, mais tout de même… C'était bien sa veine, il fallait que le jackpot tombe sur elle.

Elle avait la mère la plus rugueuse du monde. Voilà un bon incipit, putain !

Son père. Ah, cher Dr Bodier, son père… C'est encore un autre pactole. Pas mal non plus, dans la série. Eh bien non, son père ne lui apportera pas de réponses, car Barbara n'a aucun moyen de lui poser des questions. Son paternel a mis les voiles juste avant sa naissance. C'est LE sujet tabou de la famille. Même la tante Suzanne a toujours refusé d'aborder son cas. La sœur de Rose était pourtant à l'époque le seul ancrage familial pourvu de tendresse de Barbara.

Adulte, après avoir quitté le domicile familial pour de bon, Barbara avait essayé de reprendre contact avec lui. Avec Internet, pister les gens est devenu plus facile. Cela lui avait pris quelques mois, mais elle avait retrouvé sa trace. Il était en Nouvelle-Zélande, à l'époque. Elle l'avait contacté par mail. Puis elle lui avait écrit. Et devant son silence, elle avait même fini par l'appeler. Elle avait laissé un message hésitant et plein d'espoir sur son répondeur, ça lui avait coûté une blinde.

Mais elle attend encore les réponses. Barbara est certaine qu'il avait reçu ses différents messages et qu'il avait su qu'elle cherchait à le retrouver. Même le jackpot et le pactole réunis n'auraient pas pu faire en sorte que toutes ses tentatives se soient égarées. Et son père n'avait pas daigné se manifester.

Vu le degré moyen d'attachement dans cette famille, Barbara n'allait pas non plus prendre un billet d'avion pour forcer les choses et sauter dans les bras d'un homme qui l'avait reléguée très loin dans sa tête et dans son histoire personnelle. Elle n'était pas assez stupide ou désespérée pour imaginer qu'une tentative pareille puisse réussir. Elle avait renoncé au père comme elle avait renoncé à la mère. Avec détermination et fureur.

Depuis, Barbara a grandi. Elle s'est construite *contre*, puisqu'il n'y avait pas moyen de le faire *avec*. Elle n'a pas trouvé d'autre voie. Y en avait-il une ?

Contre sa mère, contre son enfance, contre l'adversité dont les deux ont habillé sa vie dès sa naissance. Contre son père, contre l'absence en général, et celle d'affection en particulier. Guerrière cuirassée armée jusqu'aux dents. La colère plutôt que la tristesse, trop flippante. Aujourd'hui encore, Barbara est prête à en découdre à la première occasion, intranquille jusqu'au tréfonds d'elle-même.

Elle a quand même réussi à sceller une alliance avec son entourage, à partir du moment où elle a été prof. La fac l'aura réconciliée avec une partie du genre humain et, d'une certaine façon, avec elle-même. Elle est devenue prof à l'âge de vingt-sept ans. Après coup, elle a considéré que ça n'était pas si mal, de trouver à cet âge un genre d'apaisement, un certain plaisir relationnel, quand on avait aussi mal démarré qu'elle dans l'existence. Il aurait été compréhensible que ça prenne beaucoup plus de temps. Elle en a ressenti de la fierté. Au point qu'elle a cru l'affaire classée. Dialectique des bons et des méchants : la fille est la gentille, sa mère est la cruelle. Barbara s'en est sortie, applaudissements de la foule en délire – roulez, roulez jeunesse, *yes*.

De ce point de vue, elle était partie pour tenir sur sa lancée jusqu'au cercueil. Sauf qu'aujourd'hui, le dossier médical de sa mère semble avoir envie de chantonner à Barbara que sa génitrice, elle aussi, à sa manière, est intranquille. Et que cela aura duré toute sa vie. En tout cas, toute celle de Barbara.

C'est comme une petite mélodie qui dirait : *Rose a fait ce qu'elle a pu*. Barbara n'a pas encore assez de recul pour savoir si elle peut le comprendre, dans un premier temps, voire l'accepter. Est-ce que ça suffit, de faire ce que l'on peut, quand on ne peut pas grand-chose ?

Ce qui reste incompréhensible à ses yeux, c'est que personne ne lui ait jamais expliqué la maladie de sa mère. Grandir avec un mensonge, c'est se promener avec une bombe à retardement. Et ça, en revanche, elle n'a pas fini de clamer à tout va qu'elle ne le comprend pas et qu'elle ne l'accepte pas.

Point à la ligne.

Dans la nuit, une nouvelle insomnie tire Barbara de son lit jusqu'au frigo, pour un verre de lait qui menace de devenir un rituel. En passant, le panier de linge sale lui envoie de nouveau des signaux de détresse depuis la salle de bains. Mais même la perspective d'une pénurie de culotte propre est impuissante, Barbara ne trouve pas l'élan nécessaire pour lancer une machine. Le plan de travail est jonché de miettes et de traces diverses. L'évier dégueule de vaisselle sale et une odeur assez nauséabonde se dégage de la poubelle. Qu'à cela ne tienne, Barbara aérera. Il suffit d'ouvrir la fenêtre pour oublier les tracas domestiques.

Depuis le canapé où elle s'est réfugiée, l'air frais lui parvient et lui caresse le visage. Elle n'a plus eu d'amant depuis la dernière fois où elle a reçu l'Italien dans sa chambre. C'est inhabituel et, si elle n'était pas si fatiguée, cela pourrait l'alerter. Ne lit plus, ne baise plus. Alerte rouge.

Barbara s'est pas mal risquée aux jeux de la séduction, depuis qu'elle a été en âge de plaire aux hommes. Après son départ de chez Rose, pas avant. Avant, elle n'était pas disponible. Une fois installée chez Suzanne, puis après dans une piaule à elle, flirter a contribué à son sentiment de liberté. Ne plus côtoyer Rose, s'amuser à plaire, c'est ainsi qu'elle s'était imaginé faire virevolter le verbe vivre.

Et puis elle était tombée amoureuse. Un truc terrible auquel elle n'était pas préparée. Émilien. Un étudiant, comme elle, rencontré à la fac. Décidément, la fac lui aura tout appris en termes de relations humaines. Émilien était beau, bourré d'humour, intelligent et attentionné. Gentil et amoureux. Il adorait Proust. Le pauvre.

Elle était tombée amoureuse d'un homme qui l'aimait en retour. Un cataclysme. Elle qui en avait rêvé comme de l'émancipation ultime vis-à-vis de Rose s'était vite rendu compte qu'elle était incapable de construire une relation. Inapte à donner de l'attention ou à en recevoir. Mais surtout, la sérénité et la confiance envers un autre si proche d'elle lui étaient inconnues. Ses propres sentiments l'avaient terrorisée et elle n'avait pas pu composer avec les tempêtes que l'amour déclenchait.

Elle avait quitté Émilien, ses yeux marron et ses cheveux bouclés. Elle l'avait éjecté avec fracas. Il lui avait répété que c'était stupide, qu'il fallait qu'elle accepte d'être aidée, qu'elle n'allait pas pouvoir fuir toute sa vie, qu'il saurait la soutenir. Plus que tout, le voir souffrir, le voir pleurer à cause d'elle, lui avait été insupportable. Elle n'était pas ce genre de femme, elle ne pouvait pas prendre cette responsabilité envers quelqu'un.

À partir de là, elle s'était arrangée pour ne plus tomber amoureuse. Elle avait testé l'attachement et ce n'était pas concluant. On ne lui avait pas distribué les bonnes cartes, pas du tout. Elle s'était juré de ne pas se marier et de ne pas avoir d'enfant. Et elle avait pleuré toutes les larmes de son corps, comme dans les romans que lisait sa mère. Tout pareil, sans le dénouement heureux.

Quelques mois après, de loin, elle avait vu Émilien en compagnie d'une autre fille. Quand il s'était penché pour l'embrasser et qu'elle avait ri, ça avait transpercé Barbara. Fuite encore. Elle avait renforcé son serment – ne pas trop se lier, puisque les liens et elle, c'était n'importe quoi. Fuite. Fuite. Fuite. Serment.

Tenu jusqu'à aujourd'hui.

Barbara vide son verre de lait et le pose à côté des autres, sur la table basse. Elle se pelotonne sur le canapé, tire le plaid sur ses jambes nues et sombre dans un sommeil agité où un regard brun et des cheveux bouclés avivent en elle de vieux chagrins.

30

Charles ne s'y habituera jamais, il refuse même de l'envisager. C'est un rejet inscrit profondément en lui, bien en deçà de sa conscience, un rejet viscéral, instinctif et primaire.

Non, on ne gère pas la santé selon des critères de pure rentabilité. Et s'il faut que Charles se déploie en mode *lutte frontale*, comme celles qu'il a menées à l'hôpital, il n'y a pas de problème, il sait encore croiser le fer.

Aucun argument comptable ne lui apparaît recevable. Des discours pseudo-philosophiques qui masquent une réalité politique affligeante, pas davantage. Il n'envisage aucun effort pour accepter cette situation. Il était déjà du genre franc-tireur à la tête de son service de neurologie.

Charles sort du bureau de la directrice de l'EHPAD en claquant la porte. Sa voix a traversé les murs pour résonner jusqu'au fond du couloir. Il est en colère, ce qui n'est pas dans son tempérament. Encore une fois, il a trouvé la discussion surréaliste. Il avait demandé à être reçu pour discuter avec sa supérieure hiérarchique des remplacements de personnel soignant en cas d'absence. Ils sont gérés en dépit du bon sens, créant l'incompréhension de tout le service. Et Charles aimerait bien comprendre, justement. En tant que médecin, si des soins ne peuvent être réalisés, c'est lui le responsable. Et à ce titre, il attend qu'un salarié absent soit remplacé. Un point c'est tout ! Mais ce qui relève de la simplicité semble ne pas pouvoir être pris en compte par la direction de l'établissement.

Aux Genêts, comme partout ailleurs, on jongle avec les lignes budgétaires et les contraintes financières. Aux Genêts, comme partout ailleurs, si on ne va pas jusqu'à déshabiller le service de Paul pour habiller celui de Pierre, la réalité est que ni Pierre ni Paul n'ont plus de pantalon. Ils doivent se contenter d'un short, quelle que soit la saison. En substance, on peut bien crever du moment que ça ne coûte pas trop cher à la nation, si prompte à sabrer les budgets de la santé, mais si timorée pour combattre l'évasion fiscale. Eh oui, Charles peut avoir recours aux raccourcis faciles et caricaturaux, lui aussi. On lui donne bien l'exemple.

Avant de claquer la porte, il s'est fait un plaisir de rappeler quelques bases à la directrice qui le regardait par-dessus ses lunettes sans paraître plus désarçonnée que ça par l'attitude de son médecin coordonnateur.

— Madame, les soignants sont les premiers à se soucier du bien commun. Et pour cause, c'est leur outil de travail. Durant toute ma carrière, je n'ai pas rencontré un seul soignant qui jette l'argent par les fenêtres, en se disant *après moi le déluge* ! Les soignants sont des gens sérieux, madame, responsables et souvent engagés. Personne ne s'en est donc encore aperçu ?

— Docteur Bodier, j'ai le plus grand respect pour le personnel, j'applique juste les directives.

— C'est un joli mot qui sert souvent de parapluie. Cela permet à ceux d'en haut de ne pas écouter ceux d'en bas. À croire qu'ils ont mauvaise haleine. En bas, nous réclamons simplement les moyens d'un travail correct. Les justes moyens. Pas plus, mais pas moins.

— L'ironie ne vous mènera à rien, docteur, a commenté la directrice.

— Sait-on jamais, l'a tancée Charles sur un ton narquois. Éric, notre infirmier en chef, a été absent trois semaines. Et il n'a pas été remplacé. Trois semaines, madame ! Vous imaginez le bazar ? Je ne crois pas, non. Comment accepter une telle situation ? Quelle est la logique ? Soit on considère que son travail est superflu, et alors le garder en poste est du gâchis, il faut le virer. Soit on considère que son travail est essentiel, ce qui implique de le remplacer en cas d'absence. Mais on n'arrange pas les deux à sa sauce, selon ce qui va bien aux *directives*. On ne se contente pas de laisser les choses suivre leur cours et fluctuer à leur guise. C'est trop facile.

Le téléphone de la directrice a sonné à ce moment-là. Charles s'est brièvement demandé si sa secrétaire essayait de la sortir de ce mauvais pas. La directrice a pris l'appel en faisant un signe à Charles. Il a haussé les épaules et est sorti non sans claquer la porte derrière lui. Vlan, prends ça dans les oreilles !

La directrice de l'EHPAD des Genêts n'a jamais été sur le terrain. Des soignants de formation, dans les directions, il n'y en a plus beaucoup désormais. Ils connaissent intimement les difficultés et ne sont pas assez faciles à manier. À la place, on leur préfère des diplômés en master de gouvernance du secteur sanitaire et social. Ou d'autres titres ronflants du même acabit. Des gens qui seraient incapables de changer un pansement, qui n'ont jamais eu à supporter en face les effets dévastateurs de la douleur quand on n'arrive plus à la traiter, des individus pour lesquels perdre un patient en salle d'op ne renvoie à aucune peur viscérale, dont les mains resteront vierges du sang et de la merde.

Charles descend les escaliers quatre à quatre pour rejoindre son propre bureau. Ces gens bien propres n'hésitent pas à laisser pisser quand il s'agit de recruter un remplaçant, tablant sur la conscience professionnelle de ceux qui restent afin d'éviter les catastrophes. Les pans de sa blouse s'écartent devant lui tandis qu'il actionne ses jambes comme des pistons, en essayant de se défouler dans l'effort.

Charles éprouve un mépris résolu pour les décideurs quand ils manient les coupes budgétaires toujours plus franches, comme d'autres le sécateur dans les rosiers. Tant pis si ça tue des gens, faute d'un soignant présent au bon moment, au bon endroit. Sa main glisse le long de la rampe. Il est sidéré. Comment peut-on diriger des établissements ou des politiques de soin à l'aune de la seule rentabilité ? C'est sûr, il ne faut jamais être intervenu dans la chambre d'un malade soi-même, sinon ce serait impossible. Personne ne peut embrasser la complexité des métiers du soin, leurs forces et leurs faiblesses, pour aller ensuite briser les chaînes humaines et les complémentarités qui en garantissent la cohérence. Sauf à se cantonner aux hautes sphères, en réfléchissant à vide et surtout loin de toute expérience de terrain.

Charles croise une jeune auxiliaire dont il ne connaît pas le prénom. Elle le regarde avec de grands yeux effarés, il se rend compte alors qu'il marmonne entre ses dents. Il veille à poursuivre en silence.

C'est évident pour tout le monde qu'ils se plantent, sauf pour eux ! Rien ne les chatouille quelque part ? Rien ne les empêche de dormir la nuit ? Bande de guignols ! Comment peut-on être autant à côté de la plaque en se croyant dans le vrai ? Mascarade éhontée, volonté de nuire, avidité stupide ou déni ? Le problème du déni étant qu'on n'en sort pas quelqu'un malgré lui, notion de base. Et les décideurs n'ont aucune envie d'être exfiltrés de leurs certitudes.

Charles déboule enfin à son étage. Il fait une pause devant la porte d'accès. Parfois, il tente de se convaincre de rester calme face à ces gens. Il se répète que c'est leur accorder trop d'honneur que se mettre en colère. Pourtant l'histoire se termine à chaque fois de la même façon, il pète un câble et pas qu'un peu. Il entend encore les arguments de la directrice.

— Vous savez, docteur, si je recrute un infirmier pour trois semaines, le temps qu'il s'adapte, combiné à l'énergie que ça demandera à l'équipe de le former… Tout ça rendra le bénéfice ridicule. Je crois qu'il vaut mieux économiser ce salaire, ce qui permettra d'avoir un peu de marge de manœuvre ailleurs dans le budget contraint de l'établissement.

Classique, toujours le même discours. Le fric, le fric, partout, tout le temps. Le fric, comme arme de destruction massive. Il serre les poings avec l'envie furieuse de les balancer dans la porte. Le plus exaspérant, c'est qu'elle croit à son propre discours, persuadée que c'est la bonne manière de gérer un EHPAD. Profiter du beau temps pour laver le short de Pierre et le faire sécher fissa au soleil, en laissant Pierre cul nu. Allez, c'est juste pour quelques heures, ce n'est pas si grave. Compromissions permanentes. La directrice n'a pas mauvais fond, elle est loin d'être inattentive, blasée, ou désinvestie.

C'est juste une gestionnaire avec une logique qui lui est propre. Et des directives à appliquer.

Charles pense à ses patients, aux douleurs persistantes de Mme Carista, à l'hébétude de Rose Albin, aux angoisses qui terrassent M. Ruel, la nuit. Un jour prochain, on ne regardera plus les personnes fragiles autrement que comme des poids financiers. Charles espère être mort avant. Et de préférence, en ayant coûté un pognon fou à tous ces connards.

L'échange avait duré un moment, sans que Charles parvienne à faire bouger les lignes de la directrice.

— Et donc, lui a-t-il dit, en tant que cheffe d'établissement, vous escomptez que ceux qui restent tiendront parce qu'ils ont une déontologie solide. Vous partez du principe qu'il est acceptable de leur demander d'outrepasser leurs limites. Les mettre en danger n'est pas si grave au fond, c'est une façon constructive de gérer les problèmes ? Permettez que je m'inscrive en faux avec ces méthodes. J'ai conscience qu'elles ne vous appartiennent pas en propre, cela ne les rend pas honnêtes pour autant.

Elle ne s'est pas offusquée de son ton cinglant. Elle a souri, et, de toute évidence, ce sourire était sincère.

— Docteur, vous exagérez un peu, non ? Vous n'avez pas besoin d'être grandiloquent. Je suis attentive aux équipes, et vous le savez. Mais je suis également soucieuse du budget de l'établissement, oui. Et si je ne l'étais pas, les conséquences de ma négligence retomberaient un jour ou l'autre sur les équipes, de manière autrement plus désagréable que les efforts demandés par moments.

Charles a bondi de son siège à cet instant et le téléphone a sonné. Il s'est retrouvé à la porte du bureau pour son ultime regard noir et son claquage de porte déontologique. Elle n'a pas tort. Il a raison. Chacun est dans son rôle, mais ces rôles divergent. La faute à qui ? Il est peut-être temps qu'il prenne *vraiment* sa retraite.

— Quel monde de merde, lance-t-il avant de pousser la porte pour rejoindre Solange et les problèmes à régler.

C'est sûr, il va mettre un sacré moment à se calmer.

31

Lise entre d'un seul coup dans la chambre de Georges. Sans lui dire bonjour, elle se met à courir dans la chambre en scandant :

— Allez l'OM ! Allez l'OM !

Le ton est vif et enjoué, mais Lise veille à ne pas crier trop fort afin d'épargner les occupants des chambres adjacentes. Autour de sa tête, elle a noué une écharpe aux couleurs du club préféré de Georges. Elle l'a trouvée dans une friperie, la veille.

— Allez l'OM ! Allez l'OM !

Et puis elle sort. Lise attend un moment derrière la porte avant de frapper. Georges répond, l'air de rien :

— Entrez.

Lise entre. Elle porte toujours l'écharpe mais se comporte comme si de rien n'était.

— Bonjour, Georges, comment allez-vous aujourd'hui ? dit-elle en tapotant l'oreiller sur le lit.

Les deux extrémités de l'écharpe lui tombent devant les yeux, sa queue-de-cheval est de travers et elle se cogne dans la porte de la salle de bains. Un vrai clown, mais c'est le but. Georges, dont les mains tremblent si fort qu'il ne peut plus boire tout seul, est hilare. Son corps ne cesse d'être agité par un parkinson de plus en plus envahissant, ce qui ne l'empêche pas de rester fan de l'Olympique de Marseille. Fan un jour, fan toujours, répète-t-il souvent.

— Vous êtes timbrée, ma petite ! Et je vous en félicite, parce que nous finissons tous par l'être. Autant s'habituer jeune.

Lise est tordue de rire, fière d'avoir réussi son coup. Elle lui tend une main, pouce en l'air. Georges lui répond par le même geste, le tremblement en plus. Elle lui serre l'épaule au passage, manière de lui manifester soutien et affection, puis ressort et referme la porte. Au dernier moment, elle l'entrouvre de nouveau, passe la tête et souffle, les yeux exorbités par une affreuse grimace – Allez l'OM ! – avant de prendre la fuite dans le couloir. Aujourd'hui, elle ne s'occupe pas de cet étage, mais elle n'a pas résisté à cette petite mise en scène. La faute à une écharpe achetée cinq euros en friperie et qu'elle a laissée sur le lit de Georges.

Ninon marche dans la rue, le nez en l'air. Elle ne pense à rien de précis. Elle est prise dans une sorte de rêverie où tant de choses se bousculent en même temps qu'aucune idée n'arrive à se détacher.

Elle salue le tenancier du troquet de son quartier. Il prend l'air à l'entrée, en admirant sa terrasse couverte de tables rondes et de chaises en toile. Il lui rend son salut avec enthousiasme. Ninon dégage une énergie formidable qui contamine les gens autour d'elle.

En ce moment, elle a des envies. Des élans. Des fulgurances. Elle se sent sortir du cadre. Elle s'enthousiasme pour les fringues un peu folles, pour les soirées qui n'en finissent pas, pour les mecs qui la trouvent désirable et le lui font savoir.

Elle ne souhaite pas trier tous ces possibles. Surtout pas choisir. Elle caresse l'idée d'avoir plusieurs mecs, peut-être même ensemble. De s'abandonner. De bouffer la vie. D'organiser des cérémonies orgiaques.

Mais une sacrée trouille accompagne Ninon, en ce moment. Cette exaltation est-elle une bonne chose ? C'est tellement inhabituel et inattendu, aussi. Une peur autoritaire lui tord le bide, une vraie douleur physique. Ninon ne rigole pas vraiment, depuis quelques jours. Elle lutte. Mais les envies ne se laissent pas brider pour autant.

Envie, trouille – le grand écart. Il faut être souple pour suivre. Le sera-t-elle suffisamment ? Elle l'espère, sinon elle s'expose au claquage. Elle ne connaît pas l'énergie qui circule en elle. Puissante et légère en même temps, elle la rend joyeuse, jamais elle ne s'est sentie aussi vivante. C'est une lame de fond incontrôlable, qui vient de loin.

Ninon a l'impression de naître. De voir des choses autour d'elle pour la première fois. Acuité nouvelle. Elle se répète que c'est idiot. Mais voilà, elle remarque des détails sur les façades, des expressions sur les visages, des couleurs dans les paysages, qui ne l'auraient pas arrêtée avant. Les odeurs sont devenues plus riches. Et puis surtout, Ninon est traversée d'une incroyable quantité d'émotions qu'elle ne parvient pas toujours à reconnaître.

La sensation si intense de vivre l'ouvre aussi à la possibilité de sa propre fin. Ninon risque sa peau dans cette histoire. C'est peut-être exagéré, comme tout ce qui l'agite depuis quelques jours, mais elle a l'intuition qu'il ne lui reste que deux choix. Soit elle surfe sur la vague, soit elle se noie. Par instants, tout lui semble possible. Oser, essayer, rire, boire, faire l'amour, exploser, créer, rire, boire, vivre, faire l'amour. Mais Ninon a peur. Cette énergie est insensée. Peut-être destructrice, qui sait, si elle ne parvient pas à la canaliser. Peut-être qu'elle l'engloutira, si elle la libère complètement. Cela fait des années que Ninon dompte toute extravagance, pour mener sa barque. Une stratégie qui lui a plutôt bien réussi jusque-là. Est-elle sensée de changer de cap ?

Ninon remonte en direction de la fac. La longue artère qu'elle emprunte est comme un clin d'œil à ses pensées du moment. Elle a toujours dû filer aussi droit que cette avenue. Elle n'avait pas le choix. Elle ne vient pas d'un milieu où on a des choix. Elle met tout en œuvre, depuis des années, pour changer cette destinée. Pour ne pas être coincée à vie, sans portes ouvertes, sans bifurcations possibles. À aucun moment elle n'avait imaginé qu'elle aurait aussi peur, à l'instant où ses efforts paient enfin.

Elle revoit le regard naufragé de sa prof, Mme Albin. Elle y pense souvent, depuis le jour où elle l'a trouvée dans les toilettes pour femmes. Ce regard la hante. Si elle libère la belle énergie, si elle y prend goût, si elle tourbillonne à son rythme, que se passera-t-il le jour où la magie n'opérera plus ? Où la source se tarira ? Quand on a goûté au luxe d'être soi, déchoir est une pleine douleur.

À cet instant précis, Ninon réalise qu'elle n'est pas encore arrivée au stade de sa vie où elle peut mettre en pratique ce qu'elle a exprimé comme philosophie à Barbara. Dans l'immédiat, elle ne peut compter que sur elle. Elle s'engage sur le passage clouté.

— Mademoiselle, c'est rouge !

Une main sur son bras la retient au moment où une voiture passe en klaxonnant comme une furie. L'homme lui sourit, mais son regard lance un avertissement – traverser sans faire attention est une très mauvaise idée, mademoiselle. Ninon le remercie et rectifie le fil de ses pensées. Hormis pour éviter de se faire écraser, donc, elle ne peut compter que sur elle. Le temps n'est pas encore venu de pouvoir y changer quoi que ce soit. Elle est tenue au raisonnable. Un mot qu'elle n'est pourtant pas sûre de vouloir garder dans son vocabulaire.

Charles penche la tête sur le combiné en souriant.

— Ma chérie ? C'est papa.

— Ah bon ?! répond la voix enjouée de Louise. Heureusement que tu me l'annonces, je ne t'aurais pas reconnu, sinon.

— Humour à deux balles dès la première réplique, pas de doute, tu es bien ma fille ! C'est bon de t'entendre, ma petite chérie.

— Moi aussi, ça me fait plaisir, papa. Tu vas bien ?

— Très bien, ne t'en fais pas.

— Et ton nouveau boulot, c'est comment ?

— J'ai un grand bureau, avec une grande fenêtre qui donne sur un grand parc.

Louise éclate de rire.

— Bref, tu te fais chier en grand, si j'ai tout compris ?

— C'est tout à fait comme je le craignais avant de prendre ce poste. Il y a des limites et des contrariétés. Mais je ne me plains pas, il y a aussi de belles personnes à rencontrer et de nouveaux horizons à explorer.

— Blablabla, ne me la raconte pas à moi, papa.

Charles entend Louise répondre à une personne.

— Écoute, papa, on en discute la prochaine fois qu'on se voit, parce que là, j'ai une réunion. Désolée.

Charles imagine très bien la petite moue que Louise a eue en disant ce dernier mot. Une petite moue issue de l'enfance et qui reste, pour lui, terriblement attendrissante. Le ton est doux et complice, ce n'est pas une façon polie de l'éconduire. Elle a vraiment une réunion.

— Bien sûr, ma chérie. J'avais juste envie d'entendre ta voix. Je me suis un peu plombé le moral en me rappelant ta méningite, récemment. J'ai de drôles d'idées parfois, tu sais comment je suis.

— Houla, je vois bien le délire, oui ! Dis à ton cerveau de mettre ses données à jour. C'est un vieux souvenir, obsolète au possible. Je vais bien, rassure-toi.

— Je sais, ma chérie. Allez, tu vas te mettre en retard pour ta réunion. À bientôt, je t'aime, ma petite Louise.

— Moi aussi, papa. Je t'embrasse fort. À bientôt.

Elle raccroche. Charles pose son téléphone sur son bureau. Il se sent déjà mieux. Deux minutes de la voix de Louise, c'est le meilleur antidépresseur qu'il connaisse.

Son appartement ne ressemble plus à rien. Barbara n'est pas maniaque, mais elle a ses petites habitudes. Elle tient à ce qu'un minimum d'ordre et de propreté règnent chez elle. Et depuis sa première visite aux Genêts, ce minimum n'a cessé de baisser pour atteindre son point le plus bas. Élève Barbara, vous devez montrer les efforts dont vous êtes capable, et redresser la barre ! Il est attendu de votre part un solide changement d'attitude au prochain trimestre.

Elle continue d'assurer à la fac. Parfois, elle se met en pilote automatique, mais dans l'ensemble, elle ne s'en sort pas si mal. La passion, c'est ce qui résiste quand tout s'écroule autour. Barbara a toujours pensé que, si un jour il ne lui restait qu'une seule chose de sa vie actuelle, ce serait la littérature. Sauf qu'elle n'arrive plus à lire. Ce qui demeure envers et contre tout, ce qui la tient, finalement, c'est l'enseignement. Ce n'est pas si mal, au fond. Dans son travail, il y a exactement la même notion de partage porté par la langue que dans la littérature.

En revanche, elle n'assure pas un caramel côté femme d'intérieur. Il faut qu'elle s'y remette, elle va s'y remettre et pas plus tard que maintenant. Elle va procéder comme quand elle était une jeune étudiante fauchée. Elle dressait des plannings et des budgets. Remplissait des tableaux. Réalisait des petites fiches. Aujourd'hui vaisselle, demain lessive, après-demain ménage. Aujourd'hui, révision de français, demain de philo. Aujourd'hui, cinq francs pour manger. Ce genre de chose. C'est loin les francs, punaise !

Elle va tenter le même coup. Réfléchir une seule fois, tout prévoir, puis appliquer le plan prévu sans se poser de questions.

Ça peut marcher. Ça va marcher. Méthode Coué.

Barbara s'emploie avec application à oublier que, lorsqu'elle était étudiante, elle ne suivait jamais les plannings qu'elle établissait. Pas une seule fois elle n'en a respecté un. Mais c'est un détail. Elle a mûri depuis. Elle va y arriver. Méthode Coué *bis*.

Son joli stylo bleu turquoise, une petite fiche bristol, et c'est parti.

> Lundi soir : vaisselle. Rangement de la cuisine. Tri et nettoyage du frigo. Ménage.
> Mardi soir : rangement du salon. Ménage. Une machine à laver.
> Mercredi soir : rangement de la chambre. Ménage. Une autre machine à laver.
> Jeudi soir : ménage de la salle de bains et des toilettes.
> Vendredi soir : ouvrir le courrier de la semaine, vérifier qu'il n'y a rien d'urgent.

Voilà. Rien de bien compliqué au final. Vendredi, tout sera remis d'équerre dans la vie de Barbara. Abracadabra. Pour le coup, là, c'est plutôt la méthode Mary Poppins. Comme quand elle était petite. *On range et tout s'arrange*.

> Samedi : visite à l'EHPAD.

Vraiment, cette semaine va être riante. Le paradis sur terre.

Vivement dimanche.

32

Éric est revenu depuis quelques jours, après trois semaines d'arrêt. Ses traits sont encore tirés, et il n'a pas l'air de très bonne humeur – mais l'est-il jamais ? Il n'a pas donné d'explications, ou alors Lise n'est pas au courant. En revanche, il n'a rien perdu de son professionnalisme ni de sa disponibilité auprès des résidents. Lise considère que c'est bon signe. Quand on craque, dans leurs professions, on n'arrive plus à soigner. De toute évidence, ce n'est pas le cas d'Éric. Ce constat soulage Lise dans des proportions qu'elle trouve inquiétantes. Mais de quoi a-t-elle eu peur, et de quoi a-t-elle *encore* peur, au juste ? Peut-être que si elle parvenait à cerner cette trouille, ça ne serait pas reluisant. Alors, elle préfère en ignorer la cause.

Le truc qui l'obsède, c'est une question assez bizarre qu'elle s'est posée en revoyant Éric.

Comment se serait-elle occupée, elle, si elle avait été arrêtée trois semaines ? À quoi aurait-elle consacré ses journées ? Eh bien, elle ne sait pas répondre. Pas vraiment grave, elle peut toujours se dire qu'elle aime encore suffisamment son boulot pour ne pas avoir besoin d'autres centres d'intérêt majeurs. Elle en sourit, mais jaune. Tout miser sur le cheval *boulot*, alors qu'il menace d'avoir une patte folle, n'est pas une bonne idée.

Tout en s'activant à ses tâches de transmission quotidiennes, Lise prend la décision de s'employer à diversifier ses activités. Elle espère que ça l'aidera à garder son équilibre le plus longtemps possible. Dans l'ordre, elle pense à… faire du théâtre, de la couture, apprendre à reconnaître les oiseaux, fabriquer du savon. Quoi d'autre ? Danser le tango. Cuisiner marocain. S'inscrire dans une salle de sport. Eh bien, ça en fait des projets ! Si elle ne les consigne pas, elle va les oublier aussi vite qu'ils sont venus. Elle songe à l'application dictaphone de son portable. Et si elle enregistrait tout ce qui lui passe par la tête pendant un mois ? Tiens, chiche.

Elle n'oublie pas l'épisode récent dans le couloir de l'EHPAD, ce frottage de mains trop long à son goût. Peut-être n'était-ce qu'une fausse alerte. Si elle n'a pas mis en place d'autres loisirs que son yoga du mardi soir, c'est qu'elle allait plutôt bien. Depuis l'école, où elle n'était ni heureuse, ni aimée, Lise est dotée d'un solide instinct de survie. Si elle avait eu besoin de soupapes, elles seraient planifiées dans son agenda. Son travail compte beaucoup pour elle, jusque-là, il est passé avant tout, mais il ne lui interdit pas quelques écarts.

Est-ce qu'elle continue à aller bien ? Une alerte, même fausse, reste une alerte. Lise confirme son projet d'enregistrer toutes les envies qui lui passent par la tête durant un mois, jour pour jour. Elle avisera après.

Pour l'heure, elle ferme le logiciel de transmissions après avoir rapporté ses remarques de la journée. Elle ne sera sans doute jamais sûre, de toute sa vie d'aide-soignante, d'en écrire ni trop ni pas assez. C'est subjectif. Elle compose avec cette incertitude, plutôt sereine, en se répétant qu'après tout, dans une équipe, la subjectivité de chacun complète celle des autres. L'objectivité ne tombe pas du ciel, elle naît de la conjonction des regards portés sur le patient X, la situation Y ou l'événement Z.

Lise se lève de la chaise, elle s'étire, masse sa nuque quelques instants avant d'enlever sa blouse. Elle la range dans son vestiaire où elle récupère ses affaires. Elle a fini pour aujourd'hui et il n'est pas tard. Joie.

Les semaines comme celle-ci, où elle est du matin, elle s'occupe de lever les résidents, des toilettes et de quelques repas en chambre. Du coup, la fin d'après-midi est à elle. En hiver, elle s'en fout. Une fin d'après-midi d'hiver ne sert pas à grand-chose quand on aime la lumière et le soleil. Sur ce point, Lise rejoint Simone. Mais dès l'apparition des beaux jours, une fin d'après-midi devient un moment précieux. Et

Lise les goûte à leur juste valeur. Sans compter qu'on est samedi, le jour où le centre-ville est animé. Lise aime le mouvement, c'est aussi pour ça qu'elle habite en ville.

Sur le parking de l'EHPAD, alors qu'elle s'apprête à monter dans sa voiture, elle aperçoit Barbara qui claque sa portière, ferme sa voiture à clé, puis s'engage en direction de l'entrée. Les regards des deux femmes se croisent. Aussitôt, Barbara se dirige vers l'aide-soignante de sa démarche décidée. Cela répond à la question de savoir si je vais la saluer ou pas, se dit Lise. Barbara lui tend la main. La poignée est énergique, le sourire tendu à l'extrême.

— Bonjour, Lise. Vous partiez ?

— Bonjour, Barbara. Oui, je file. Ma journée est terminée.

— Vous avez de la chance. La mienne, pas encore.

Lise perçoit nettement que la remarque est sans malice. Ce passage à l'EHPAD n'est pas une partie de plaisir pour Barbara, elle l'avait d'ailleurs dit à la machine à café. La douceur ne viendra pour elle, sans doute, qu'après avoir surmonté l'épreuve de la visite.

Barbara ne bouge pas. Lise se demande si elle a besoin d'un petit coup de pouce pour trouver le courage d'y aller.

— Vous avez rendez-vous avec le Dr Bodier ? interroge-t-elle.

— Même pas. Je viens rendre visite à ce qui me sert de mère sur les formulaires d'état civil. Il va bien falloir y passer à un moment.

Barbara fixe ses chaussures, concentrée sur la nécessité de tenir bon.

— C'est un peu violent, comme façon de présenter les choses, non ? avance Lise.

Elle a peur que sa remarque soit déplacée, mais elle n'a pas pu s'empêcher de donner son opinion. Elle connaît Rose, elle a de l'affection pour elle, et la façon dont sa fille en parle la met sur la défensive sans même qu'elle s'en rende compte. Barbara relève la tête avec vivacité et la regarde en fronçant les sourcils.

— Pardon, Lise, prononce-t-elle d'une voix sourde, mais si vous n'avez pas eu ma mère pour génitrice, vous n'avez aucune idée d'où se trouve la violence dans cette affaire. Laissez-moi manipuler ce terme, et épargnez-vous des jugements qui n'ont pas l'air compatibles avec le parfum de vraie gentillesse qui vous précède.

Barbara vient de renvoyer Lise dans les cordes, ce n'est jamais très agréable.

— Vous avez raison, réplique-t-elle aussitôt. Je vous prie de m'excuser. Je peux être franche ?

— Ce n'est pas déjà ce que vous avez fait ? suggère Barbara dans un mince sourire.

Lise sent poindre la détente et sourit à son tour.

— Je note que rentrer aux Genêts semble être une épreuve pour vous. Alors, admettons que vous suiviez mon avis, voilà ce que je vous propose. Allez voir votre mère, puisque vous êtes venue dans ce but. Et si vous ne savez pas quoi lui raconter, lisez-lui quelques pages du roman qui est rangé dans sa table de nuit. C'est une façon comme une autre de rentrer en communication avec elle. En tout cas, c'est celle que moi j'ai trouvée. Bon, je dois y aller, j'ai pas mal de trucs à faire.

— Merci pour le conseil, se contente de répondre Barbara.

— Je vous laisse, bon courage pour la suite. Mais j'ai confiance, tout va bien se passer, ajoute Lise en s'éloignant.

En s'installant dans sa voiture, Lise est consciente qu'elle y est allée un peu fort avec Barbara. Elle a coupé court parce qu'elle ne voulait pas engager une bataille d'opinions. Elle n'a pas tous les éléments de l'histoire en main, et ne souhaite pas les avoir. Dans son rétroviseur, elle aperçoit Barbara qui rentre dans l'EHPAD. Elle croise les doigts de sa main gauche sur son volant, et quand elle s'en rend compte, sourit malgré elle.

33

Barbara est devant la porte de sa mère.

Les souvenirs de sa visite précédente sont flous. Barbara est devant la porte de sa mère, et elle a peur, bordel. Oui, elle devient de plus en plus grossière. Non, ce n'est toujours pas son style, mais il s'agit d'un cas de force majeure, il s'agit de sa mère. Même si elle se doit de reconnaître que jurer ne l'aide en rien.

Elle ne veut surtout pas avoir un nouveau malaise – *Respire, Barbara* – c'est hors de question. Elle est prête à beaucoup donner – tiens, l'Alsace et la Lorraine – pour ne pas être là. Pour ne pas avoir à pousser cette porte. D'autant plus qu'aucune des deux régions ne lui appartient, alors c'est dire si elle s'en fiche de les céder contre sa tranquillité d'esprit.

Pourquoi sa vie se retourne-t-elle de cette manière ? Pourquoi se retrouve-t-elle dans une situation qu'elle ne veut absolument pas traverser ? Pourquoi cette réalité s'impose-t-elle en renversant tout ce qui ressemble à une certitude ? Pourquoi l'existence de Barbara apparaît-elle soudain comme un équilibre fragile qui peut être foutu en l'air du jour au lendemain, sans laisser de porte de sortie ? Pourquoi, à plus de cinquante ans, dont au moins trente passés dans une fière indépendance, le libre arbitre de Barbara est-il balayé aussi facilement ?

Barbara s'adosse au mur en attendant de recouvrer son calme. Elle espère que personne ne va passer dans le couloir et lui demander ce qu'elle a. Une fine sueur perle à son front. On a dit pas de malaise !

Où se trouve le gros bouton rouge *Emergency*, qu'elle pourrait presser en ultime recours, maintenant que tout est devenu trop compliqué ? Il commanderait l'évacuation immédiate hors des périodes à problèmes, pour raison de sécurité, comme dans certains *blockbusters*. À cet instant, Barbara veut habiter dans un film américain, un vrai. Ce doit être reposant.

Et puis, sur une impulsion – question de survie – elle frappe à la porte et entre sans attendre de réponse. Voilà, elle y est. Il n'aurait pas fallu qu'elle reste plus longtemps dehors. Dans certains contextes, les préliminaires ont un intérêt flagrant, mais c'est loin d'être le cas ici.

C'est une chambre. Ça alors. Tendance minimaliste tout de même. Il y a un lit, une table de nuit, une commode qui accueille la télé et un vieux fauteuil en velours marron. Il pourrait bien venir de chez sa mère, c'est crédible. Mais il n'est pas familier à Barbara. En plus de trente ans, Rose a eu le temps de changer de mobilier. Elle a même pu changer de maison. Barbara s'en fout. Elle ne pense qu'à une chose, c'est absurde d'être là. Vraiment.

Dans le vieux fauteuil, il y a une vieille femme, avec de vieux cheveux gris coupés court et de vieilles mains croisées sur ses vieux genoux. Tout est assorti, c'est parfait. Le cœur de Barbara bat fort et sa vision devient floue. Quoi, un malaise ? Elle a pris une décision à ce sujet, n'est-ce pas ? Elle ne va donc pas y revenir. Barbara aperçoit les pantoufles carmin, seul détail l'ayant marquée lors de son premier passage, mais elle ne cherche pas le regard de Rose, ne veut pas savoir si elle l'a vue, si elle l'a reconnue. C'est trop tôt, elle y va par étapes.

Au mur, il y a un tableau multicolore, sans doute la copie d'une croûte, et sur la table de nuit, un radio-réveil électronique imitant le style des années 1950. Barbara se demande si la déco est réalisée par l'EHPAD ou si chaque résident amène ses petits grigris. En tout cas, cela fait beaucoup d'imitations. La chambre n'est ni cosy, ni chaleureuse, sans pour autant verser dans la froideur impersonnelle. Une espèce de compromis, donc.

Ce n'est pas le truc de Barbara, les compromis. Une des raisons pour lesquelles elle ne s'est jamais mariée. C'est l'argument qu'elle sort pour clouer le bec aux indiscrets et ne pas repenser à Émilien. Mais ce n'est pas le sujet du jour.

— J'ai soif ! lance soudain Rose.

La chambre est plongée dans un clair-obscur grâce au store tiré sur le soleil. Comme la fois précédente, la voix de sa mère résonne de façon familière aux oreilles de Barbara. Cela lui remet les idées en place. Elle cherchait comment entamer la conversation, mais ce n'est plus la peine de se tracasser. Rose a pris les devants. Comment Barbara pourrait-elle en être surprise ? Elle s'avance vers la carafe, posée sur la table de nuit.

Le visage, c'est autre chose. Est-ce qu'elle reconnaît le visage de sa mère ? Elle aurait envie de répondre qu'elle retrouve la dureté de ses traits. Mais, honnêtement, elle se demande si elle n'a pas imaginé cette phrase avant même d'entrer dans la chambre. *Je retrouve la dureté de ses traits.* La vieille femme ne sourit pas. C'est conforme au souvenir de Barbara. Elle aurait très mal supporté le contraire.

— Bonjour, Rose, lâche-t-elle en versant de l'eau dans le verre. Je suis Barbara. Tu te souviens de moi ?

C'est bizarre de la nommer. Bizarre de lui parler, après tout ce temps. Cette fois, Barbara est sûre que Rose la regarde. En revanche, sans surprise, la fille est incapable de rien déchiffrer des émotions qui passent sur le visage de sa mère. Elle a toujours été incompétente dans ce domaine, et en souffrait quand elle était enfant. Il aurait été étrange qu'elle ait appris à lire Rose alors qu'elles ont été séparées depuis tant d'années. Et puis de toute façon, elle ne lit plus.

— J'ai soif, répète Rose sans la quitter des yeux.

Ni bonjour ni s'il vous plaît. Bien. Barbara est restée le verre rempli à la main, immobile, à scruter Rose. Ce geste simple lui a permis de s'approcher et maintenant, elle lui tend le verre en silence, elle est physiquement près d'elle, sans éprouver de malaise – *bravo, ma grande ! C'est riant, cette visite*, pense-t-elle. Rose prend le verre et commence à boire par petites gorgées. Un peu d'eau coule sur son menton. Barbara réprime le geste de l'essuyer. À la place, elle tire une chaise et s'assoit en face de Rose.

— Merci, murmure celle-ci en reposant le verre vide sur la table de nuit.

Ah, tout n'est peut-être pas perdu, Rose a conservé un minimum de politesse. Ou bien l'a-t-elle acquise depuis que sa fille est partie ? Barbara se méfie des distorsions temporelles et de leur effet sur sa mémoire.

— Évidemment, que je me souviens, affirme Rose. Plus pour longtemps, remarque, je fous le camp par la cervelle. Toujours des problèmes avec ma cervelle, c'est pas nouveau.

Elle tapote sa tempe avec son index avant de laisser retomber sa main.

— Mais quand même, reprend-elle sans sourciller.

Elle ne sourit pas. Barbara est médusée, elle ignore si Rose l'a réellement reconnue.

— Elle pleurait tout le temps, cette gosse. Tout le temps, tout le temps, tout le temps.

Un frisson parcourt le dos de Barbara. Elle est bien bonne, celle-là.

— Elle aurait peut-être moins pleuré si tu t'étais occupée d'elle, tu ne crois pas ?

Rose ne répond pas, une mimique malicieuse passe sur son visage, elle lâche un petit rire incongru qui irrite Barbara. Un long silence et puis :

— Barbara, Barbare.

La gorge de Barbara se contracte, elle peine à déglutir.

— Merci beaucoup, lance-t-elle d'un ton mordant. J'apprécie l'association de mots, tu n'imagines pas à quel point.

Rose se tait. Son regard est fuyant et laisse à penser qu'elle ne dira plus rien, qu'elle a sans doute épuisé son quota de mots pour la journée. Barbara espère qu'il n'y a pas de caméras de surveillance dans les chambres, sinon le type de la régie pourrait se demander quelle pièce de théâtre se déroule sous ses yeux. Une vieille folle et une vieille en devenir, assises face à face sans échanger un mot ni un regard. Qu'attendent-elles ? Mystère.

Quand on attend Godot, au moins, on se parle.

Barbara trouve que c'est long. Elle observe autour d'elle et finit par se rappeler ce que lui a dit Lise, à son arrivée tout à l'heure. Elle tend le bras et ouvre le tiroir de la table de nuit. Le livre est bien là, mais la couverture hideuse lui saute au nez en même temps que le titre : *Une passion dévorante*. Putain, un roman à l'eau de rose. Manquait plus que ça.

En matière de lecture, Barbara n'est pas adepte des chapelles élitistes, certes, mais Harlequin, il ne faut pas pousser. Elle ne va pas lire à sa mère, avec sa plus jolie voix et en restant stoïque, des scènes d'embrassades fougueuses sur la plage.

Juste. Pas. Possible.

C'était une belle idée, le coup de la lecture. Barbara s'était même dit, en écoutant Lise, que sa-mère-de-maintenant et elle avaient un point commun. Ben non, Rose aime toujours les trucs à l'eau de rose, ça n'a pas changé. Barbara revoit les couvertures aguicheuses dans le salon, mais à l'époque, il s'agissait surtout de romans-photos. Du moins si elle se souvient bien.

La vieille femme regarde dans le vague, ses mains froissent machinalement le tissu de sa robe. Une mouche verte s'est mise à bourdonner comme une furie. Dans sa tête, Barbara imagine un gros, un énorme bouton rouge. *Emergency*. En pensée, elle le presse de toutes ses forces.

Évacuation d'urgence.

34

Ce soir, c'est le gala de l'école. Une vaste aventure qui revient chaque année, juste avant les grandes vacances, aussi sûrement que le beau temps fait son retour après la pluie. C'est un foutu spectacle. Toutes les classes travaillent dès septembre pour que ça soit une grande fête, et les parents débarquent, acquis d'avance aux prestations de leurs chérubins. Il y a foule, c'est joyeux, les enfants sont aussi surexcités et impressionnés qu'ils sont costumés et maquillés. Il faut préparer des gâteaux pour pouvoir les racheter ensuite découpés en parts à la buvette, et répondre non, en amont, à tout un tas de sollicitations. « Nous aurions besoin de parents pour aider à monter la scène », « Pouvez-vous nous aider à maquiller les enfants avant le spectacle ? », « N'hésitez pas à vous faire connaître si vous avez des talents de couturière », la liste est interminable. Non, non, et non ! Rose déteste l'idée même du gala de fin d'année avec force et constance. Bruyant, brouillon, et beaucoup trop fréquenté.

Cette année, Barbara est fière. Sa classe de CM1-B joue un rôle central dans le spectacle. Et elle, elle incarne le personnage principal dans la danse qu'ils présenteront. Elle en parle depuis des mois, avec enthousiasme.

Il y a une quinzaine de jours, Barbara a demandé à Rose d'être là. Rose n'est jamais venue au spectacle de fin d'année, elle a toujours réussi à se défiler, mais Barbara lui a dit que, cette année, ça lui ferait vraiment plaisir que sa maman vienne. Elle a insisté gentiment, sans crier, elle a ajouté « S'il te plaît, maman », et pour une fois elles ne se sont pas engueulées. Alors Rose a donné son accord. Elle y a cru elle-même, qu'elle irait, et que ça serait chouette. Et puis qu'elle serait contente de l'avoir fait au moins une fois pendant le primaire de Barbara.

C'est ce soir, le spectacle débute dans moins d'une heure. Il est temps de partir. Et Rose est incapable d'y aller. Incapable.

Depuis midi, elle sent monter l'angoisse, d'abord de manière diffuse, puis de plus en plus nette. La douleur dans son ventre est bien là, métallique. Elle a tenté la diversion, elle s'est occupée avec un peu de ménage, elle a regardé un de ces téléfilms sentimentaux dont elle raffole, elle a écouté la radio. Rien n'y a fait. Elle s'est préparée quand même, avec l'estomac de plus en plus cadenassé, et un poids grandissant sur le plexus. Et au moment de quitter la maison, c'est la crise d'angoisse, la vraie qui lui explose au nez. Rose étouffe. Rose vomit. Rose pleure.

Ça la met dans une rage folle d'être dans cette situation. Barbara pourrait comprendre que sa mère déteste les fêtes d'école. Ça n'est pas si grave. La colère contre un peu l'angoisse. Rose apaise son souffle, lentement, mais elle a encore mal au ventre et envie de vomir. Alors elle reste à la maison. Barbara est déjà à l'école, depuis le milieu de l'après-midi, pour les dernières répétitions. La gamine ne ratera pas sa fête.

Depuis la scène, Barbara scrute les spectateurs. Elle cherche sa mère des yeux. Elle ne la trouve pas. Elle cherche encore. Son cœur bat trop vite et l'anxiété de l'attente lui fait rater le début de son solo, alors qu'elle le connaît par cœur. Lors de la dernière répétition, tout à l'heure, sa maîtresse l'a complimentée. Et ce soir, elle rate le début. À la fin, tout le monde applaudit et les félicite, tandis que Barbara se retient de pleurer.

Plus tard, la directrice appelle. Le téléphone réveille Rose. Quand l'angoisse lâche, il lui faut dormir. L'épuisement est tel, alors, qu'il ne permet pas autre chose. Personne n'est venu récupérer Barbara à la fin du spectacle, que se passe-t-il ? Rose élude la question et donne son accord pour qu'une autre maman raccompagne la gamine.

Rose se lève, malgré sa tête qui tourne. Elle tient à être là pour accueillir Barbara, lui demander comment ça s'est passé, et lui expliquer son absence. La petite peut comprendre.

En arrivant, Barbara jette son sac sur le très beau vase de l'entrée. Il se brise en petits morceaux et sera impossible à réparer. Elle reprend son sac, puis le balance de nouveau sur les morceaux éparpillés. Elle lance un regard noir à Rose.

— Bien fait pour toi ! se met-elle à crier, rouge de colère. On peut jamais compter sur toi. T'avais promis ! T'es qu'une menteuse !

Barbara pleure et n'écoute pas. Rose ne peut rien lui expliquer. De toute façon, elle n'en a plus envie. Elle y tenait à ce vase, il appartenait à ses parents, et Barbara le sait.

— Je t'ai déjà dit mille fois qu'on ne parle pas à sa mère sur ce ton. Monte dans ta chambre. Tu y resteras enfermée toute la journée de demain, ça t'apprendra.

Barbara ramasse son sac, et se dirige vers l'escalier :

— Tant mieux, continue-t-elle tout en montant. Ça m'évitera de te voir. Tu ES NULLE !

L'enfant a hurlé ces deux derniers mots. Toi aussi tu es nulle, pense Rose. Mais elle ne le dit pas et retourne se coucher.

35

Ce matin, Charles s'est levé en se demandant comment il définirait sa vie privée, si on lui posait la question. Terne et caricaturale. Ce sont les deux mots qui lui sont venus. Il faudra qu'il se souvienne d'éviter de se poser à lui-même des questions un peu connes, surtout au réveil. C'est mauvais pour son teint.

Il aurait dû se barrer du domicile conjugal depuis longtemps. Quitter Éliane. S'il en avait eu les couilles, peut-être aurait-il pu aujourd'hui, aligner autre chose que deux petits mots sans envergure. Mais il n'y est pas arrivé.

Durant la pire période, les gosses leur ont servi de monnaie d'échange. Éliane ne s'est pas gênée, côté chantage. S'il la quittait, elle mettrait tout en œuvre pour le couper des enfants. Alors il restait. Longtemps, ils ont joué ce jeu-là. Serait-elle allée au bout, en aurait-elle eu les moyens légaux ? Charles n'a pas osé le vérifier. Il a toujours été dingue de ses mômes. En être privé lui semblait inconcevable. Intolérable.

Quand Éliane le menaçait de réclamer une garde exclusive, il avait l'impression de chuter dans le vide depuis le trentième étage. Alors il restait. Peut-être que ça l'arrangeait, finalement. Que c'était plus facile. Aujourd'hui il a du mal à discerner la part de lâcheté qui lui incombe et celle qui revient à Éliane. Mais il a décidé, une bonne fois pour toutes, de ne pas se réfugier derrière l'excuse d'être *resté pour les enfants*. Non, il est resté pour lui, parce qu'il ne supportait pas l'idée d'être privé de Paul et de Louise.

Il continue de penser à Charlotte. Ses grands yeux clairs, ses petites bottines rétro aux talons bobine, lacées par un ruban. Il les adorait ! Elles donnaient à Charlotte un pas vif, dansant comme un numéro de claquettes. Et son rire, qui l'a séduit en premier. Ce rire. Tout était une occasion de se réjouir, pour elle. Charlotte, sa *serial* optimiste si contagieuse. Elle lui avait rendu le monde plus vivable. À son contact, les gens étaient plus heureux, l'ambiance à la fête. Avec elle, le verre était toujours à moitié plein.

Forcément, à côté d'Éliane que l'ennui conjugal avait ternie petit à petit, le contraste était saisissant. Éliane et ses lèvres pincées, sa façon de chercher la petite bête pour avoir le dernier mot, sa faculté à se plaindre et à le rendre responsable de tout. Il ne rejette pas sa part de responsabilité dans cette situation. Il n'y était pas pour rien si Éliane était devenue revêche et si elle lui semblait plus difficile à aimer. Mais pourquoi avait-elle accepté que la situation entre eux se dégrade sans rien tenter ? Pour les mêmes raisons que lui, sans doute. Plus de ressort, peur du changement, monotonie de l'habitude ou toute autre justification aussi vague que mal foutue. Des motifs peu reluisants.

Grâce à l'amour de Charlotte, il avait renoué avec la joie. C'était simple, léger, euphorisant. Beau, et énergique, aussi. Peut-être qu'il avait traversé une classique crise de la quarantaine, un peu anticipée. Ou peut-être que c'était autre chose de plus grand, de plus noble, un véritable amour. La supposition restera en l'état. Charlotte était chef de clinique en gynéco, dans le même hôpital que lui. Elle avait quatre ans de moins et un divorce à son actif. Leur histoire était possible, elle aurait pu être belle. Elle aurait pu être gaie.

Bien sûr, Éliane avait fini par découvrir leur liaison. On ne vit pas avec un homme durant toutes ces années sans se rendre compte qu'il est en train de changer. Que quelque chose le fait pétiller. Ce fut l'histoire classique du mec marié qui n'a pas le courage d'agir et laisse traîner des preuves de sa liaison comme un con. Un petit mot tendre dans une poche de son pantalon. Il n'avait qu'à apprendre à vérifier ses affaires avant de laisser sa femme laver son linge sale, aussi. Il aimait Charlotte depuis six mois, lorsque c'était arrivé. Trente ans plus tard, ou presque, il ne comprend toujours pas comment il a pu commettre une maladresse pareille. Il paraît que les actes manqués ont un sens, il en a conclu qu'il avait oublié ce petit mot pour se forcer à sortir du bois. Se décider, enfin.

La douleur d'Éliane avait été cinglante. Même si leur couple s'était enlisé, elle y croyait encore. Quand elle l'avait confronté, ce soir-là, la première réaction de Charles avait été d'assumer. Il s'était dit qu'il allait enfin boucler sa valise, que le moment était venu. Il avait pensé à Charlotte, à son rire, pour galvaniser ses forces.

Éliane l'avait d'abord pris de haut. On agit comme on peut quand on souffre. Il avait tenu bon, Charlotte riait. Puis Éliane avait pleuré, beaucoup et longtemps. Il avait tenu bon, Charlotte riait. Quand Éliane avait tenté de jouer les enjôleuses, il avait tenu bon. Charlotte riait toujours.

Enfin, Éliane s'était mise en colère. C'est le moment où il avait espéré qu'il y était presque. Charlotte riait de plus belle. Alors Éliane avait sorti le grand jeu et mis les enfants dans la balance. C'était de bonne guerre, mais assez dégueulasse, somme toute. Pas plus dégueulasse que sa tromperie à lui, il en convenait cependant. Les enfants l'avaient fait flancher, Éliane avait surenchéri de plus belle. Alors Charlotte avait cessé de rire et Charles avait cédé.

Depuis, il a beaucoup perdu en estime de lui-même. Éliane n'a pas pu lui pardonner les extrémités auxquelles elle s'était sentie réduite pour l'obliger à rester. Et lui n'a pas supporté le chantage aux enfants. À partir de là, leurs relations ont terminé de dégringoler. Elle s'est transformée en affreuse bonne femme confite dans l'aigreur et le ressentiment, ne jouissant plus que de la maîtrise qu'elle pouvait exercer sur lui. Et lui, qu'était-il devenu exactement ? Ce type qui se la racontait en se reconnaissant une part de responsabilité, mais en rejetant sur sa femme le soin de s'occuper de son amertume.

Il avait rompu avec Charlotte, de manière lâche et honteuse. Décidément. Il l'avait invitée à boire un verre, le lendemain soir, après leur travail. Elle l'avait rejoint dans un café où ils avaient leurs habitudes. Elle était si jolie, si heureuse de le retrouver. Et lui, il l'avait coincée dans un lieu public, pour limiter les esclandres. Il lui avait annoncé qu'Éliane savait tout, elle avait eu un sourire radieux. Sans doute avait-elle cru, à ce moment-là, qu'il avait pris la décision de tout dire pour pouvoir partir avec elle.

Il s'était raclé la gorge pour ajouter qu'il ne voulait pas perdre ses enfants. Le sourire de Charlotte avait instantanément disparu. Elle en connaissait un bout sur les hommes, elle avait compris qu'il la quittait avant même qu'il le dise.

Quand il était parti, elle pleurait, assommée par le coup, sur la banquette en Skaï rouge. Il n'avait même pas payé les consommations, il avait oublié. Il souffrait tellement qu'il ne songeait qu'à s'enfuir au plus vite. Trancher dans le vif et se débiner. Aujourd'hui encore, il ne trouve pas de mot assez fort pour qualifier son attitude. Il n'est pas sûr que le langage s'abaisse à définir des comportements aussi laids.

Le reste est d'une navrante banalité. Charlotte et lui se sont évités avec talent dans les couloirs de l'hôpital pendant plusieurs mois. Son rire ne résonnait plus nulle part. Et puis Charlotte avait dû surmonter son chagrin, et son rire était revenu. À chaque fois qu'il l'entendait de loin, Charles avait l'impression qu'un glaive lui ouvrait les entrailles. Il avait même fait une vilaine chute, un jour où elle avait ri comme avant, quand elle riait pour lui. Il s'était étalé de tout son long en plein couloir. L'infirmière qui l'avait soigné lui avait parlé de surmenage et lui avait conseillé de prendre quelques jours de repos chez lui.

Chez lui... La bonne blague.

Charlotte a fini par obtenir une mutation. Il n'en a plus jamais entendu parler. Il n'est plus jamais tombé amoureux, non plus. Il a pu lui arriver de jouer de son charme, quelques chassés-croisés de séduction gentillette. Mais plus d'histoire, plus de liaison. Une manière inconsciente et stupide à l'extrême de rester fidèle à Charlotte. Elle aurait détesté que l'on s'enferme dans une demi-mort sous prétexte qu'on l'avait perdue. Il n'a pas le droit de lui mettre sa petitesse sur le dos. Au fond, c'est assez simple, il ne s'est plus autorisé à retomber amoureux parce qu'il avait fait souffrir tout le monde – lui compris – et qu'il n'y avait eu que des perdants.

Ses enfants ont grandi. Ils sont indépendants, désormais. Paul travaille dans une société de production cinématographique. Louise travaille pour l'industrie pharmaceutique, assez haut placée. Aucun des deux n'est encore parent. Ça ne tardera plus trop, si la nature ne leur joue pas de vilains tours. Chacun d'eux en a envie et est en couple dans une relation stable. Pour ce qu'il en sait.

Il ne partage plus rien avec Éliane, vraiment plus rien. Et réciproquement. Il faudrait un solide ravalement de leur couple pour qu'il en aille autrement. Est-ce du domaine du possible, en a-t-il envie ? Quant à partir, il a raté le coche. Comment s'y prendrait-il alors qu'il n'a pas été foutu de saisir sa chance, soutenu par le rire de Charlotte ?

Il s'est habitué à l'idée qu'il mourra en ayant honte. Et aussi bizarre que ça puisse paraître, il n'en est plus triste. Il ne se révolte même pas. Il considère qu'il a raté sa vie en grande partie, mais il l'accepte.

Après tout, ce sont des choses qui arrivent.

36

C'est un mauvais jour pour Simone, Lise le voit dès qu'elle entre dans sa chambre. Le logiciel de transmissions l'avait prévenue, mais ce n'était pas nécessaire, c'est flagrant. Son gros chignon blanc un peu de travers, Simone sourit quand même à Lise, elle n'est pas du genre à économiser la politesse. Elle lui a expliqué que bien accueillir les gens qui viennent la voir est essentiel si elle veut qu'ils continuent à lui rendre visite :

— Les gens n'aiment pas les vieux, surtout quand ils se plaignent, lui avait-elle soufflé.

Lise se souvient d'avoir pensé avec émotion que les gens étaient bien bêtes, parfois. Mais Simone lui avait adressé un clin d'œil malicieux pour signifier que ce n'était pas grave.

Alors aujourd'hui, comme tous les autres jours, Simone accueille Lise en s'obligeant à sourire. Mais la jeune femme connaît bien sa patiente. La douleur est forte, Simone a pleuré et elle a l'air épuisée. Une belle crise d'arthrose, à n'en pas douter. Lise a lu que sa nuit avait été agitée et qu'elle avait peu dormi.

— Bonjour, Simone, dit Lise en s'approchant du lit.

— Bonjour, ma belle.

Lise pose sa main fraîche sur le front de Simone qui ferme les yeux sous la caresse. Elle ne semble pas avoir de fièvre. Lise lui prend la main. Les deux femmes se regardent avec chaleur.

— Ce n'est pas la grande forme, hein ? reprend l'aide-soignante.

Simone secoue la tête en signe que non.

— Quand c'est comme aujourd'hui, je me demande quel est l'intérêt d'être encore de ce monde, confie-t-elle.

Une larme coule sur sa joue. Lise l'essuie avec délicatesse de sa main restée libre.

— C'est un jour de plan B, Simone ?

La vieille dame acquiesce. Lise décroche le téléphone posé sur la table de nuit. Elle compose le numéro du combiné mobile qu'Éric porte toujours sur lui. L'infirmier décroche dès la deuxième sonnerie.

— Je crois que j'ai un plan B chez Simone. Tu peux venir ?

En reposant le combiné, Lise aperçoit le sourire un peu plus affirmé de Simone. Elle sait que le soulagement se rapproche.

— Il arrive, annonce Lise comme pour le faire apparaître plus vite.

— C'est la meilleure nouvelle de la journée, soupire Simone.

Le plan B, aux Genêts, c'est l'appellation générique d'un protocole de soins préétabli par le médecin, et connu de tous, mais que l'on déploie uniquement dans des situations critiques. Plusieurs patients de l'EHPAD ont des plans B, au cas où. La plupart concernent des pathologies chroniques, et correspondent à des marches à suivre en période de crise. Pour Simone, le plan B est antidouleur. Quand l'arthrose la torture trop, que les antidouleurs administrés par voie orale ne suffisent plus, on passe aux injections.

Éric arrive. Il a fait vite. Lise suppose qu'il a lu les transmissions, lui aussi, et qu'il guettait son appel. Son ton est vif. Il prend le parti du dynamisme, car il sait que Lise a pris celui de l'écoute et de la prévenance.

— Bonjour, Simone. Alors, c'est un jour de méchante rouille ?

Sans attendre sa réponse, mais en la regardant avec empathie, Éric commence un rapide examen clinique. En installant le brassard du tensiomètre, il chantonne ce refrain de Maxime Le Forestier – *la rouille aurait un charme fou, si elle ne s'attaquait qu'aux grilles.* C'est leur rituel à tous les deux, les jours de plan B. Ne pas nommer le mal, et chanter. Une façon comme une autre de lui tenir tête.

Comme toujours, les gestes d'Éric sont précis, efficaces, rapides. Lise est restée dans la chambre. Elle s'est postée de l'autre côté du lit. Éric prépare l'intraveineuse, effectue l'injection, scotche un petit pansement sur le bras de Simone. Puis il chantonne cette autre phrase, *Avec le temps tout se dénoue*, évitant avec soin celle qui prétend que *contre la rouille, il n'y a rien à faire*. Dans la poche de sa blouse, le téléphone sonne de nouveau. Il répond, dit deux fois oui, une fois non, et précise qu'il arrive.

— Je vous laisse, Simone. Vous allez vite être soulagée.

Il lui serre l'épaule chaleureusement, et puis s'éclipse, en adressant à Lise un regard passeur de relais. La jeune femme reprend la conversation là où elle s'était arrêtée.

— Simone, nous avons laissé une question en suspens, tout à l'heure, je crois. Pour ce qui est de l'intérêt d'être encore de ce monde, figurez-vous que j'ai une hypothèse.

Lise sort de sa poche un DVD, sans boîte, qu'elle va glisser dans le lecteur de Simone. En se saisissant de la télécommande, elle retourne s'asseoir sur le bord du lit.

— Aux grands maux les grands remèdes, Simone. Je vous ai amené *Chantons sous la pluie*.

Lors d'une précédente visite, les deux femmes avaient discuté comédies musicales hollywoodiennes. Lise n'était pas très calée en la matière. À la suite de la discussion, elle avait acheté quelques DVD, histoire de découvrir. Elle avait adoré.

Depuis quelques semaines, Lise a amené celui de *Chantons sous la pluie* – la comédie musicale préférée de Simone, de son propre aveu –, et elle l'a rangé dans son casier. Elle voulait le garder pour un jour où il serait particulièrement utile. Alors en lisant les transmissions ce matin, quand Lise a vu que Simone avait passé une mauvaise nuit, elle a glissé le DVD dans la poche de sa blouse. Le jour est venu.

Lise lance la lecture du DVD, et sifflote l'air de *Singing in the Rain*.

Elle remonte un peu la tête de lit, pour que Simone soit bien installée. Dans ses yeux, il n'y a plus trace de larmes. Quelque chose s'est remis à pétiller.

— Je vous laisse avec la magnifique voix de Lina Lamont, Simone.

Le film n'effacera pas les heures passées, mais il ramènera un peu de quiétude dans la chambre de Simone, après cette nuit et ce réveil douloureux. Une heure et demie ou deux heures de plaisir, c'est précieux, quand on a tangué fort. Lise et Simone ne diront pas le contraire.

« Bonjour, ce message est à l'intention du Dr Bodier. Ici Londres, les Français parlent aux Français. La vieille peau n'a toujours pas pris de cours chez Nadine de Rothschild, je répète : la vieille peau n'a toujours pas pris de cours chez Nadine de Rothschild.

Ne vous inquiétez pas pour moi, accordez-moi cette faveur. Mais il va sans doute falloir un peu de temps pour que je revienne, là. Veni, vidi, rien vici du tout, surtout pas les fantômes qui nous entourent elle et moi, et pas du tout envie de re-Veni. Cela vous étonne ? Bonne journée. »

Aujourd'hui, Barbara n'a pas cours. Et comme elle n'a rien respecté de son super-planning de la semaine dernière – quelle surprise ! – elle a quand même prévu quelques activités domestiques. Un peu de ménage. Une lessive. Du rangement sur son bureau.

Il est onze heures et demie, elle n'a pas commencé. Elle se demande comment serait sa vie si elle n'avait pas fui Émilien, des années plus tôt. Une brillante façon de perdre son temps, puisque, bien évidemment, la réponse est impossible à connaître.

Allez zou, cesser de penser pour se mettre à agir.

Avant de s'y mettre, il lui faut un verre de vin. Elle débouche un sancerre rouge. Il n'est pas fréquent que Barbara boive seule, mais en ce moment, tout se ligue pour déjouer les habitudes patiemment mises en place. Hier, par exemple, elle a acheté *Gala*. C'est rare et on pourrait même aller jusqu'à dire que c'est rarissime. Elle vomit *Gala*, *Voici*, et toute cette presse, en réalité. Mais elle voulait un truc à lire, différent de ses livres, pas compliqué. Au pire, elle regardera les sourires fabriqués pour le papier glacé, et elle râlera parce que, vraiment, elle n'en a rien à fiche, des *people*.

À peine s'est-elle installée dans le canapé, un joli verre en cristal à la main, que son téléphone sonne. Barbara n'a pas eu le temps d'ouvrir le magazine. Numéro de portable non identifié. Elle répond. Geste machinal, sans logique, car elle ne répond pas aux numéros masqués, d'habitude. Ces derniers temps, les habitudes se disloquent, c'est ainsi.

— Bonjour, c'est Charles Bodier.

Tiens donc, voilà qu'il l'appelle depuis son portable, maintenant.

— Bonjour, docteur.

— C'est étrange de vous avoir au téléphone, fait-il remarquer, après tous ces messages par répondeur interposé.

— Je peux raccrocher, si vous préférez. Vous rappelez, vous laissez un message, et le tour est joué.

Barbara entend Charles sourire. Car oui, les sourires s'entendent, au téléphone.

— Non, non, c'est bien de vous parler en direct, aussi. J'ai cru comprendre que la visite à votre maman avait été difficile.

— Ni plus ni moins que l'ensemble de mon histoire avec elle. Donc oui.

— Il me vient une idée saugrenue, finit-il par dire après une pause. Ça doit être de vous avoir en direct. Je peux vous inviter à déjeuner un de ces jours ? Nous avons une histoire de cheesecake à éclaircir, il me semble. Il faut que vous m'instruisiez sur ce point : celui du restaurant où j'aime le manger est-il bon ?

— Pourquoi pas, réplique-t-elle aussitôt. À condition que vous répondiez à une question. Pourquoi vous veillez sur moi, au juste ? Mettons-nous d'accord : je n'ai pas envie, ni besoin, que l'on cherche à me séduire.

La question réussit la prouesse d'être à la fois un reproche et un remerciement masqué. Quant à la mise au point, elle est maladroite et lourdingue, mais au moins elle est posée. Barbara ne veut pas avancer sans être claire sur ce sujet, pas en ce moment.

— Je n'ai ni envie ni besoin de vous séduire, répond-il du tac au tac. Nous sommes d'accord sur ce point. Quant à ce qui est de veiller sur vous… J'ai deux raisons assez inavouables, sans doute. La première, c'est que vous avez un goût parfait en matière de chaussures, j'en suis ému. J'aime les belles chaussures, et j'aime les gens qui se donnent la peine d'en choisir.

Barbara ne peut retenir un rire discret. Elle ne s'attendait pas à une réponse pareille.

— La seconde, poursuit Charles, c'est qu'être médecin d'EHPAD n'est pas non plus le boulot le plus dynamique au monde. Je viens d'arriver et je n'ai pas encore trouvé mon rythme. Parfois, je m'emmerde même un peu. Alors quelques échanges humoristiques, tout en essayant d'aider… Vous voyez l'idée ?

Il est sincère, Barbara le perçoit. Elle aime cette franchise.

— Je crois que je vois, oui. OK, alors si vous vous emmerdez, docteur, je suis libre pour déjeuner. En plus, cela m'évitera d'avoir à passer l'aspirateur, ce qui serait tout aussi agréable que déraisonnable vu l'état de mon appartement. Que voulez-vous, j'ai toujours préféré l'agrément à la raison.

— Vous pouvez me retrouver à midi à l'EHPAD ?

— Vous êtes rude, soupire-t-elle. Je vous ai prévenu que je ne souhaite pas y revenir trop vite.

— Je vous envoie l'adresse du restaurant par SMS si vous préférez me rejoindre là-bas.

Barbara réfléchit à toute allure.

— Non. Je viens à l'EHPAD. Je pourrai me vanter d'une immersion supplémentaire. Il va bien falloir que j'y arrive.

Salutations de circonstances. Ils raccrochent.

Barbara ne va pas avancer des masses la remise en état de son intérieur. Sauf à considérer que, pour l'instant, *son intérieur*, c'est plutôt son cerveau, sa tête et ses tripes. Chantier autrement plus vaste que de passer la serpillière sur le carrelage d'un appartement. Au moins, elle ne boira pas seule.

37

— Barbara, maintenant, ça suffit, tu sors un peu. Tu vas finir par être malade, planquée à l'intérieur tout le temps.

Vautrée sur le canapé du salon, un livre ouvert dans les mains, Barbara ne bouge pas un orteil. Ou plutôt si. Elle bat la mesure en alternance, un pied puis l'autre. Comme si ce qu'elle lisait était rythmé. Syncopé. Saccadé. De temps à autre, Barbara rit discrètement. Ce roman est cadencé et joyeux.

— Barbara, s'il te plaît, tu poses ce livre, il faut laver et ranger les chaises dans le jardin.

Rose est montée d'un ton. Barbara continue à battre le tempo et à tourner les pages. L'a-t-elle seulement entendue ? Cette gosse, quand elle est plongée dans un livre, c'est infernal, on ne sait plus si elle est encore sur terre ou si elle est en villégiature sur la planète Mars. C'est bien beau, de bouquiner, mais rester autant enfermée n'est pas sain. C'est évident. Rose ne sait plus quoi dire. Elle est debout, derrière le canapé. Elle se sent impuissante, et l'impuissance est un boulevard pour la douleur de métal. Elle ne supporte pas quand Barbara l'ignore. Que doit-elle faire ? Lui arracher le livre des mains ? La gifler ?

— Barbara, c'est la dernière fois que je te le demande, tu te lèves et tu fais ce que je te dis.

Bon sang, à onze ans, un gamin normal écoute ses parents et accepte de filer un coup de main, non ? Barbara ne moufte pas.

— Tu l'auras voulu. Je confisque ta carte de bibliothèque. Tu la récupéreras quand tu auras obéi.

Les pieds de Barbara s'immobilisent. Elle détache ses yeux du livre. Le regard qu'elle lance à Rose est noir-c'est-noir-il-n'y-a-plus-d'espoir. Elle se lève. Sans un mot, elle file dans le jardin non sans claquer la porte derrière elle. Vite, s'acquitter de la tâche que Rose lui a imposée. Elle nettoie le salon de jardin avec des gestes hâtifs. Vite et mal. Elle rentre en claquant de nouveau la porte. Reprend sa place dans le canapé sous les yeux de Rose. Termine rapidement la lecture de son livre, il ne lui restait que deux chapitres. Plus de pieds qui battent la mesure. Plus de rires. Une fois fini, elle le pose sur la table.

— Tu n'auras qu'à le rendre toi-même à la bibliothèque, puisque tu as ma carte.

Le ton est grinçant. Provoquant. Barbara se dirige vers la salle de bains de son pas élastique, c'est l'heure où elle aime prendre sa douche. La voix de Rose la stoppe dans son élan.

— Très bien, puisque tu le prends de cette manière, ta carte est confisquée pour le mois complet.

Barbara se retourne.

— Tu déconnes ? Je les ai nettoyées, tes chaises !

— Tant que tu me parleras sur ce ton, je ne vois aucune raison de te la rendre.

Barbara sent comme un vent de panique souffler dans son cerveau. Sans sa carte de bibliothèque, elle n'est rien.

— Tu tiens même pas parole ! Tu fais chier ! J'en ai besoin, de ma carte.

Rose parle avec froideur. Il ne faut pas réveiller la douleur de métal.

— Je sais très bien ce que cette carte représente pour toi. Tant pis, tu te passeras de lecture. Si tu n'apprends pas dans la douceur, tu apprendras dans la douleur. Tu finiras bien par plier et apprendre qu'on doit le respect et l'obéissance à sa mère.

Barbara secoue la tête. Elle sait déjà qu'il ne sert à rien d'argumenter. Elle entre dans la salle de bains et, juste avant de s'y enfermer, elle envoie sa dernière cartouche.

— Tu fais vraiment chier. T'es folle.

Barbara reste longtemps sous l'eau chaude. Au moins, sous la douche, les larmes passent inaperçues. Dans la cuisine, Rose fait la vaisselle. L'eau chaude, même si ça n'est que sur ses mains, lui fait du bien à elle aussi.

Elles ne sont pas mère et fille pour rien, malgré les apparences, parfois.

38

Barbara est arrivée aux Genêts en avance. La belle et grande idée que voilà. Il fallait vraiment qu'elle ait une bonne raison d'échapper au ménage. Elle est partie presque aussi sec après le coup de téléphone du Dr Bodier.

Vingt minutes à patienter. Dans l'absolu, ce n'est pas la fin du monde. Mais vu les circonstances, elle sent qu'aujourd'hui, ça va être long. C'est fou comme le temps peut être à géométrie variable. Trop long, trop court. Et le plus souvent *a contrario* de ce que l'on aimerait, sinon ce n'est pas drôle. Vingt minutes, donc, et comme Barbara est capable de se montrer stupide, elle n'a pas pris de livre, ni son *Gala*, pour s'occuper. Ah, elle a failli oublier, elle ne lit plus, de toute façon.

Vingt minutes… Va-t-elle finir comme la plupart de ses contemporains, le nez rivé à son smartphone chargé d'applications en tous genres et de jeux plus abrutissants les uns que les autres ? Jusque-là, les livres la protégeaient, elle en mettait un dans son sac et le tour était joué. Mais si elle ne lit plus, comment occuper vingt minutes d'attente ?

Barbara est en train de se diriger vers la chambre de sa mère. Elle s'en rend compte, se dit que c'est encore plus idiot que d'être venue sans lecture, mais elle agit comme une automate, mue par une impulsion qui n'est ni très claire ni vraiment consciente. Elle pourrait se résumer à *bon, puisque je suis là…* Niveau zéro de l'argumentation, reconnaît-elle intérieurement.

Elle frappe. Elle entre. Personne.

Est-elle bête ! C'est l'heure du repas.

Barbara prend place sur la même chaise que lors de sa visite précédente, en face du fauteuil marron et de ses accoudoirs usés. Le calme l'enveloppe. Au loin, elle entend des cliquetis et la voix d'une personne qui en interpelle une autre. Quel effet a cette chambre sur elle, quels sentiments lui inspire-t-elle ? Elle oscille entre être oppressée et touchée, entre colère et tristesse. Pour elle, pas pour sa mère. Il ne faut pas pousser. Ce qu'elle pensait être une affaire classée – sa génitrice : sa vie, son œuvre et ses méfaits – ne l'était pas, en particulier sur le versant émotionnel. Sinon, elle ne serait pas chamboulée à ce point. Et elle a beau vouloir repousser cette fragilité ressurgie, il faudra bien accepter de la considérer, à un moment ou un autre. Finalement, cette chambre ne lui est pas désagréable. Il lui aurait été pénible, voire impossible, c'est une certitude, de rencontrer sa mère sur un territoire qui aurait été celui de la vieille femme. Chez Rose, dans une maison ou un appartement qu'elle aurait habité durant des années, qu'elle aurait contaminé de son énergie nuisible. Ici, c'est difficile, mais c'est plus neutre.

Comment va-t-elle procéder pour tirer au clair cette histoire de neuroleptiques ? De bipolarité ? Qui répondra aux questions que Barbara aurait voulu ne jamais avoir à se poser ? Pourquoi, en même temps que la colère de la dissimulation, sent-elle poindre le vague et insupportable espoir d'y trouver une possible justification au comportement de Rose ? Ça non plus, elle n'y avait donc pas complètement renoncé ?

Sur la table de nuit, un napperon démodé accueille une petite peluche panda, élimée, de la taille de sa main. Elle se demande si elle est à Rose et quelle est son histoire. Qu'elle puisse l'utiliser comme un doudou lui paraît à la fois dérisoire et bizarrement touchant. Mais cela lui rappelle aussi, flash chargé de colère et de tristesse, qu'un lendemain d'orage, Rose avait fini par jeter son doudou lapin adoré.

Bien sûr que Barbara sait à qui s'adresser pour avoir des réponses. C'est juste qu'elle n'a pas encore réussi à se lancer. Elle ne se résout pas à décrocher son téléphone. Quinze ans qu'elle n'a plus parlé à Tante Suzanne qui, contrairement à sa mère, lui a manqué.

Barbara se lève dans un soudain accès de fureur. Pourquoi est-elle là ? Où est-il écrit qu'elle doit vivre de tels moments ? Pourquoi Rose lui fait-elle ce sale coup ? Questions sans réponses et insupportables pour cette raison même. Barbara se les pose en boucle. Ce n'était donc pas assez, son enfance de cauchemar, son adolescence massacrée et sa vie amoureuse d'opérette ? Juste après l'épisode Émilien, elle a réalisé qu'elle ne voulait pas d'enfants, pas plus que de mari. Impossible de prendre le risque de reproduire le bazar douloureux qu'elle a vécu avec Rose. Elle ignore ce que contiennent ses gènes. Elle a peut-être le grand-n'importe-quoi ultime planqué dans ses chromosomes, attendant le bon moment pour monter à l'assaut et prendre la main, qui sait ? Elle n'a voulu courir aucun risque, ni en faire courir à d'éventuelles personnes qui l'aimeraient. Une telle responsabilité lui a semblé au-dessus de ses forces.

Elle ouvre le tiroir de la commode avec le sentiment d'être une cambrioleuse. Elle y trouve du linge de corps dont la simple vue la révulse, un châle de laine grise et une petite pochette marquée *Personnel*. Barbara referme aussitôt. Elle ne veut rien connaître de *personnel* sur Rose. Elle ne veut que se tirer, elle, de ce mauvais scénario. Comprendre, oui. Mais le strict minimum. Juste ce qu'il faut pour retrouver la paix. Après, au revoir, madame.

La porte s'ouvre. Barbara sursaute. Lise raccompagne sa mère. Rose marche avec un déambulateur. Elle regarde ses pieds, sans expression sur son visage.

— Oh ! Bonjour, Barbara, dit Lise dans un grand sourire, vous attendiez Rose ?

Lise est vraiment étonnante. On sent chez elle une bonté fondamentale qui surgit dès que l'occasion se présente.

— Bonjour, Lise. C'était une visite improvisée. Je repars, j'ai rendez-vous avec le Dr Bodier.

Barbara n'arrive pas à saluer Rose, c'est plus fort qu'elle. Sa mère n'a pas tourné la tête en entendant sa voix, d'ailleurs.

— Son état est fluctuant, annonce Lise en forme d'excuse. Aujourd'hui, je n'ai pas réussi à échanger avec elle. Elle est très loin, depuis son réveil.

Barbara se mord la lèvre pour ne pas hurler : *qu'elle y reste !*

— J'avais des questions à te poser, Rose. Mais voilà, tu n'y répondras pas, tu n'es pas en état. De toute façon, tu n'as jamais répondu à rien, hein. Alors un peu plus ou un peu moins…

Barbara perçoit l'amertume dans sa voix. Elle ne se connaissait pas cette tonalité, pas marquée à ce point. Et puis elle est un peu malhonnête, elle en a conscience. Elle n'est pas venue pour discuter avec Rose, ce matin. La raison de sa présence, c'est qu'elle a été invitée pour le déjeuner.

Rose continue d'errer dans son univers mental, les yeux fixes, comme sourde. Lise l'installe dans son fauteuil sans commenter la déclaration de Barbara. L'épisode du parking est encore frais dans sa mémoire.

— Vous êtes bien installée, Rose ?

Puis, sans attendre de réponse :

— Je vais vous laisser, reposez-vous bien.

Devant l'absence de réaction de Rose, Barbara ramasse son sac et quitte la chambre en même temps que Lise.

Elles avancent un moment avant que Barbara ne se décide à parler.

— Vous ne m'aviez pas avertie que c'est un roman à l'eau de rose que vous lui lisez. J'admire le sens de l'à-propos, de l'eau de rose pour Rose, mais il est hors de question que je lise un truc comme ça.

— Pourquoi ? répond Lise avec calme, sur un ton presque naïf.

— Mais parce que c'est mal écrit, c'est ridicule et risible. Une enfilade de clichés. Et puis je ne vais pas lire des scènes d'amour à une mère qui ne m'en a pas témoigné, même si c'est un autre registre.

Parce que quoi d'autre, au juste ? C'est évident, non ? Ce qui est évident n'a pas à être argumenté.

— Barbara, je ne connais pas votre histoire et vous pouvez considérer, à juste titre, qu'elle ne me regarde pas. Mais si vous tentez de renouer avec votre mère, alors laissez-vous une chance à toutes les deux. Personne ne vous y oblige et vous n'avez pas à vous justifier. Simplement, quand on veut ouvrir une voie, on ne verrouille pas la porte en même temps. C'est malhonnête.

Malhonnête ? Qui s'est soucié d'honnêteté dans la relation entre Rose et sa fille ? Certainement pas ma mère, pense Barbara. Que peut-elle répondre ? Cette Lise n'en rate pas une. Pour la peine, Barbara reste muette.

— Et si vous cherchiez un livre qui vous plaît et serait susceptible de lui plaire aussi ? propose Lise avec entrain. Après tout, les histoires d'amour, ce n'est pas ce qui manque dans la littérature, non ? Moi je me chargerai des romans sentimentaux.

Lise tend la main à Barbara, qui la serre en retour.

— Pensez-y, lui dit-elle dans un dernier sourire, cela ne coûte pas grand-chose.

Lise s'éloigne en direction de la salle commune. Pendant qu'elle attend l'ascenseur, Barbara se demande si elle va accorder de l'importance à la suggestion de la jeune femme. En a-t-elle envie ? L'idée de lire *Roméo et Juliette* ou *Autant en emporte le vent* à Rose lui arrache une grimace. Il faudra trouver le bon livre, un peu moins tragico-emphatique. Bon, ce n'est pas le tout, le Dr Bodier l'attend.

Et il faudra aussi qu'elle appelle Suzanne, se décide-t-elle en appuyant sur le bouton de l'étage.

39

Barbara rentre du collège avec un air mystérieux. Elle ne dit pas grand-chose, en tout cas rien d'important. Rose est en train de boire un thé.

— Ta journée s'est bien passée ?

Barbara grommelle une vague réponse que Rose prend pour un oui. La jeune fille fouille dans le frigo, se coupe une part d'emmental et attrape un bout de baguette – un goûter honorable. Puis elle s'engouffre dans l'escalier, direction sa chambre. Rose ne pose pas d'autres questions. Elle est habituée. Elle ne reverra pas sa fille avant le dîner. C'est bien comme ça.

Quand Rose l'appelle, deux heures plus tard, Barbara ne répond pas. L'heure du dîner approche. Rose appelle plusieurs fois. Laisse passer dix minutes puis recommence. Pas de réponse. Elle finit par se résoudre à monter l'escalier. Elle trouve Barbara en train de lire une BD, allongée sur son lit.

— C'est nouveau, ça ? lui demande-t-elle.

Elle n'a jamais vu Barbara lire de BD auparavant. Elle l'a même entendue dire, une fois, que ça ne l'intéressait pas. Qu'elle préférait les romans, les histoires longues dans lesquelles elle pouvait se perdre longtemps. Dans lesquelles elle pouvait déménager. Elle avait ajouté qu'un roman, c'est rassurant. Que même s'il y avait une foultitude de rebondissements, ça suivait une logique, un début, une fin, on y comprenait quelque chose, pas comme dans la vie. Rose est d'accord.

— C'est Marina qui me l'a prêtée, déclare Barbara en levant le nez. En vrai, c'est super, la BD ! Les dessins sont hyper beaux, et puis l'histoire, c'est un peu une histoire de mythologie viking. J'adore !

Bien la veine de Rose.

— Donc, tu as trouvé un nouveau truc pour t'aspirer, et ne pas répondre quand je t'appelle ? Grande nouvelle ! Allez, tu viens mettre le couvert et desservir le lave-vaisselle, s'il te plaît.

Pour une fois, Barbara obtempère sans râler. Rose en est plus que surprise. Ça fait une semaine que Barbara dîne dans sa chambre, car elle refuse à peu près tout ce que Rose lui demande. Une semaine que Rose, elle, ne dîne pas, l'estomac livré en pâture à la douleur familière. Si la BD rend Barbara un peu plus conciliante et détendue, elle va lui en offrir toute une palanquée.

40

C'est un restaurant à la décoration épurée, plutôt contemporaine. Matières naturelles, bois brut et ardoises. L'ensemble est de bon goût. Une ambiance agréable les saisit dès leur arrivée. Tandis que Charles attend qu'on vienne les accueillir, les odeurs attisent leurs papilles. Barbara note que le brouhaha des conversations n'est pas envahissant et que le ballet des serveurs est enjoué. L'énergie qui circule lui semble positive. Elle lui rappelle un petit boui-boui avec toiles cirées collantes sur vieilles tables bancales qu'elle a fréquenté du côté de Lyon, il y a quelques années. Ce n'est pas simple de trouver un lieu accueillant, et la plupart du temps, on ne sait pas à quoi ça tient. Barbara a remarqué qu'à ses yeux, cela se nichait souvent dans de petits détails. La bande-son, la gestuelle des serveurs ou la couleur des murs. Ce qui est certain, c'est que ce restaurant l'est. Et Barbara en est heureuse.

Le Dr Bodier est salué par le responsable de salle comme un habitué. Barbara récolte au passage un peu de cette notoriété. On les installe à une petite table tranquille, un peu en retrait et dissimulée des autres par un joli ficus, qui a le bon goût de ne pas être artificiel. Barbara juge les plantes artificielles déloyales. Si on veut un arbre, on se donne la peine de l'entretenir et on accepte d'y consacrer du temps et des efforts. La nature en plastique, c'est une option intenable.

Le serveur leur propose la carte et leur explique que le menu du jour figure sur l'ardoise, en face de leur table. Rien que de très classique. Barbara écoute d'une oreille distraite. Elle ne se sent pas encore posée dans ce lieu qu'elle ne connaît pas. Il lui faut toujours un temps d'intégration pour que ses sens s'apaisent, quand elle arrive sur un territoire inconnu, même accueillant. Ne pas avoir été tranquille au plan émotionnel depuis toute petite, toujours sur le qui-vive, n'est sans doute pas étranger à ce fonctionnement.

Charles semble ravi en lisant l'ardoise.

— Bonne nouvelle, c'est jour de blanquette ! Elle est excellente, ici.

Barbara en prend bonne note, mais elle n'a pas envie de manger un plat en sauce. Elle n'irait pas jusqu'à dire qu'elle a faim, vu comme la visite à sa mère lui a brassé l'estomac. Un poisson, une salade, ou n'importe quoi de léger, lui conviendra beaucoup mieux. Elle va passer son tour en ce qui concerne les plats roboratifs et les burger frites.

— Et bien sûr, il faut que vous goûtiez le cheesecake, puisqu'on est venus pour ça. Il convient de compléter mon éducation dans ce domaine.

Charles offre à Barbara un sourire franc et généreux. Sans le savoir, il l'aide à atterrir et à se sentir bien dans ce restaurant, assise à cette place. Ses sens en alerte s'apaisent enfin.

Le serveur vient prendre la commande. Une blanquette pour Charles, donc. Barbara, quant à elle, opte pour une papillote de joue de lotte à la framboise. Elle va goûter cette bizarrerie. Deux cheesecakes en dessert, puisqu'il paraît qu'ils sont en mission sur ce point. Un verre de gaillac rouge bien tannique pour le docteur, un sancerre rouge plus léger pour Barbara, le même vin que celui qu'elle envisageait de boire chez elle avant l'invitation au restaurant. Tout ça se présente plutôt bien. Le serveur repart.

Barbara soupçonne le Dr Bodier de ne pas avoir l'intention d'initier la conversation, et elle a déjà pu constater que le silence ne l'effraie pas. Elle n'est pas contre lancer la discussion, elle-même, mais craint de ne pas savoir par où commencer. Et puis finalement, les mots viennent tout seuls, et la surprennent.

— Je suis passée par la chambre de ma mère, avant de vous rejoindre, attaque-t-elle. J'étais en avance. C'était une idée stupide.

— D'être en avance ou d'aller voir votre mère ?

Le serveur amène les verres de vin.

— Les deux, mon capitaine. On ne pouvait même pas croiser son regard, aujourd'hui.

Charles lève son verre.

— À la vôtre, Barbara. Et à la santé de cette force vive que vous avez en vous, celle qui vous aidera, je n'ai aucun doute là-dessus, à dépasser cette période étrange et compliquée.

Barbara se joint au toast porté en son honneur.

— Je vais feindre de croire que vous avez raison. Et pour vous, docteur Bodier, à quoi trinque-t-on ?

— Au plaisir de déjeuner avec vous, ça me va très bien !

Barbara jurerait qu'il a hésité. Il y a eu une seconde de retenue dans sa voix, avant qu'il ne se lance. Tant pis. Ça sera pour une autre fois. Ou pas. Ils boivent une gorgée de concert avant de reposer leurs verres.

— Effectivement, reprend Charles, l'état de votre maman est fluctuant. Il y a des jours où il est impossible de croiser son regard, et d'autres où on se retrouve à parler avec elle, même si l'ampleur de l'échange est désormais limitée.

— Je sais. Lise m'a expliqué.

Barbara se risque à picorer une petite tuile au fromage, servie avec les verres de vin en guise de mise en bouche. C'est bon. C'est doux et corsé en même temps. Le biscuit croque avant de fondre sur la langue avec un goût prononcé de vieux comté. Il y a du savoir-faire dans cette tuile au fromage. Barbara en pleurerait presque, tellement c'est bon. Elle en pleure, d'ailleurs. Et on dirait même que ce sont des gros sanglots.

Merde, elle ne l'a pas vue arriver, cette averse-là. Charles ne bouge pas, il se contente de rester à sa place, calme et solide. C'est heureux. Barbara aurait détesté qu'il se croie obligé de lui tapoter l'épaule.

— Je ne suis pas mécontent de mon coup, dit-il au bout d'un petit moment. Je n'avais pas d'autre intention que celle de vous offrir une dégustation de cheesecake, mais si ce déjeuner vous permet aussi de pleurer, alors c'est parfait. Il était grand temps que cette tension s'exprime.

Il n'a pas tort, même si Barbara n'aime pas l'idée de sangloter en public, ni la façon un peu paternaliste avec laquelle il accueille sa peine.

— Qu'en savez-vous, docteur ? Je pleure peut-être à chaudes larmes tous les soirs chez moi.

Elle réagit comme un cheval qui se cabre devant un danger de pacotille.

— C'est possible, mais permettez-moi d'en douter, Barbara. Vos larmes ressemblent fort à une digue qui vient de lâcher pour la première fois. Je peux me tromper, sans aucun doute, dit-il en buvant une gorgée. Est-ce le cas ?

Il y a trop de générosité dans ses intonations pour que Barbara s'autorise à mentir.

— Non.

Elle attrape son sac à main et farfouille à l'intérieur en espérant y trouver un paquet de mouchoirs. C'est loin d'être gagné, son sac est à l'image de son appartement, un vrai foutoir. Pourtant le miracle a lieu. Dans la petite pochette centrale, un vieux paquet contient encore trois mouchoirs rescapés du dernier rhume. Elle s'essuie les yeux et se mouche. C'est le moment que choisit le serveur pour poser des assiettes fumantes devant eux. Barbara profite de la diversion pour se ressaisir. Puisque les masques tombent, alors il est temps d'y aller franco de port.

— Docteur…, commence-t-elle, dès que le serveur est reparti.

— Vous ne voudriez pas m'appeler Charles ?

Il n'a pas attaqué sa blanquette, ni Barbara son poisson.

— Qu'est-ce que ça changerait ? demande-t-elle.

— Je ne sais pas. J'aimerais vous entendre m'appeler Charles, c'est tout.

— C'est une bonne réponse. J'apprécie qu'on s'autorise à être ignorant, ça rassure mon côté prof. Je vais essayer. Charles, est-ce que vous imaginez ce que c'est de vivre avec quelqu'un dont on ne trouve jamais le mode d'emploi ? Dont la majeure partie des réactions est imprévisible ? D'évoluer dans un contexte où rien n'est fiable, ni compréhensible ? De vivre en tension permanente ? J'ai passé mon enfance à craindre de rentrer chez moi, je ne savais pas ce qui m'y attendait. Pas un nid douillet, en tout cas.

Charles, mon enfance ; mon enfance, Charles. Les présentations sont faites.

Charles pose ses couverts et fait tourner le pied de son verre de vin entre son pouce et son index. Il a l'air de considérer que les questions de Barbara appellent une réponse de sa part, alors que c'est juste la manière qu'elle a trouvée d'exposer la situation. Il boit une gorgée de vin, avant de parler à son tour.

— Je comprends, du moins en partie. Je me demande si, au fil du temps, ma vie de couple n'est pas devenue exactement ce que vous décrivez là. La différence avec vous, c'est que je n'ai pas eu à grandir dans ce contexte.

Il sourit à Barbara, son visage ne présente aucune colère. Elle mesure la force qu'il faut pour pouvoir évoquer ce genre de réalité en restant aussi calme. Respect, Charles, moi je n'en suis pas là, pense Barbara. C'est comme si, à cet instant précis, sa tirade la plombait plus que lui.

La confidence de Charles fait l'effet d'une gifle à Barbara. Voilà, une bonne baffe. Elle ne souhaite à personne, c'est évident, de savoir vraiment dans quelle ambiance elle a grandi. Elle n'avait pas imaginé que Charles puisse lui répondre par l'affirmative. C'était un effet de style, une figure de rhétorique, pas une invitation au partage d'expériences traumatisantes. Avant qu'elle retrouve l'équivalent du calme affiché par Charles, il va lui falloir un moment. Ce genre de révélation n'a rien de sympathique.

41

Ce matin, Éric est seul dans la salle du personnel quand Lise y entre à son tour. Elle n'a rien prémédité, mais elle se dit que c'est l'occasion qu'elle attendait.

— Bonjour, Éric.

— Salut, lui répond-il machinalement, sans lever la tête de sa liasse de documents.

Lise le rejoint et lui propose un café, tandis qu'elle remplit son propre mug. La cafetière est toujours pleine dans la salle des transmissions. Il décline sa proposition. Lise se mordille la lèvre inférieure. Éric n'a pas l'air causant, mais elle ne veut pas repartir sans avoir au moins essayé de lui parler.

— Excuse-moi si je suis indiscrète, Éric.

Il lève la tête et la regarde, interrogatif.

— Je ne suis pas du genre à écouter les rumeurs, mais là… J'ai entendu dire que tu avais été en arrêt, parce que tu aurais craqué…

Lise s'interrompt, la mine d'Éric lui coupe la chique. Il semble à la fois énervé et blasé. Il inspire à pleins poumons, comme s'il voulait être sûr de ne pas se fâcher, avant de lui répondre.

— J'ai eu une pyélonéphrite. Une infection des reins, sévère en plus, qui a nécessité plusieurs jours d'hospitalisation, suivis d'un temps de repos. Ça te convient comme réponse ? Fin de la rumeur.

Lise se trouve bête.

— Je sais bien que des bruits ont couru, reprend Éric. Merde, c'est insupportable. Qu'est-ce que ma santé peut bien vous foutre ? Que chacun s'occupe de ses fesses et de son moral, et les moutons seront bien gardés, tiens !

Lise sent le rouge lui monter aux joues. Éric s'en aperçoit et s'adoucit un peu.

— Que les collègues baignent dans leurs blabla et leurs incertitudes, qu'ils pataugent dans leur bêtise, tant pis pour eux. Je n'ai pas l'intention de démentir, ce serait trop facile. Ils cancanent ? Qu'ils assument ! Chacun ferait mieux de traiter ses propres inquiétudes. Non mais je te jure… J'en ai parlé avec Bodier, c'est tout. J'ai confiance en lui. Il s'est mouillé pour obtenir mon remplacement, même si ça n'a servi à rien. Cela me montre au moins qu'il comprend l'importance de mon travail. Et je t'en informe toi, parce que tu as l'honnêteté de me poser la question en face. Je t'en remercie.

Puisqu'il loue son honnêteté, et bien qu'elle soit gênée, Lise s'autorise à pousser plus loin.

— Mais… ta pyélonéphrite… Elle pourrait être d'origine psychosomatique à ton avis ?

Est-ce que tu as l'impression d'avoir trop tiré sur la corde ces derniers temps ?

— Non.

Il a répondu sans avoir besoin de réfléchir. Et après une courte pause, il poursuit :

— Je connais mes limites. J'ai trouvé mes propres stratégies, pour assimiler au fil du temps les contraintes grandissantes du job, sans me mettre en vrac. Pour moi, cela fait partie intégrante de nos missions. Se laisser atteindre trop souvent, ce n'est pas une option, Lise, j'espère que tu en es consciente, toi aussi. Et si un jour j'en arrivais là, plutôt que de *craquer*, c'est très simple, j'irais voir ailleurs.

Lise repense à ses petits week-ends de douceur, où elle s'emploie à se recharger en *off*. Elle lui confie qu'elle pense comme lui et qu'elle aussi partira si un jour ce n'est plus tenable pour elle. Il lui sourit en retour. C'est assez rare pour qu'elle l'apprécie. Et puis il se renfrogne aussitôt, en ajoutant que le système finira quand même par avoir leur peau. Mais que le plus tard sera le mieux.

Il est l'heure, pour l'un comme pour l'autre, de filer dans les étages. Ils quittent ensemble la salle du personnel.

À la fin de sa journée, avant de rentrer chez elle, Lise s'offre une pause en terrasse. Une envie impérieuse qui s'est imposée à elle. Il ne fait même pas beau, mais peu importe, la terrasse est abritée. C'est un de ces jours où elle a besoin de ressentir du mouvement autour d'elle. Des pas pressés, sautillants, ou nonchalants. Des foulées qui expriment la colère, la tristesse, la gaieté. Certaines qui tracent, efficaces, et d'autres qui déambulent. Elle accorde beaucoup d'importance aux mains, aussi. Celles qui portent des sacs, qui adressent un signe à quelqu'un au loin, ou qui lissent une mèche de cheveux entre le majeur et l'index. Peu importe au fond, pourvu que ça bouge ! Que ça parle ! Que ça vive ! Comme une montre automatique, Lise a besoin de se nourrir du mouvement des autres pour se recharger. Souvent, elle a tenté de s'en expliquer. Souvent, on lui a soufflé de se mettre elle-même en action. On lui a suggéré que ce serait sans doute plus nourrissant, encore plus efficace, si c'était sa propre chair et son propre sang qui s'animaient. Hormis quand elle se frotte les mains, elle a constaté que non. Lise n'a aucun plaisir à courir, sauter, danser. Elle a essayé, au fil du temps, plusieurs disciplines. Rien ne l'a réellement conquise, à part le yoga. Surtout, rien n'a sur elle le même effet que la chorégraphie des autres. C'est étrange, non, d'être indifférente aux contractions de ses propres muscles, tout en ayant besoin du mouvement des autres ?

Une petite fille bouclée, sans doute à peine plus d'un an, crapahute sur le trottoir. Elle n'est pas encore assurée sur ses jambes, sa maman n'est pas loin. Lise a commandé un diabolo citron. Les sodas, et autres joyeusetés débordantes de sucre, ne sont pas son fort, mais là, c'est ce qui la tente. Et elle n'aime pas censurer une envie quand elle pointe son nez. Elles ont leur raison d'être, même quand elles sont indéchiffrables. Elle se repasse la discussion du matin, avec Éric, en sirotant sa boisson. C'est plutôt calme, la rue, aujourd'hui. Bien sa veine. Tel que c'est parti, il va lui falloir un deuxième diabolo, avant d'avoir rechargé ses batteries.

Elle sort son portable de son sac. C'est le moment idéal pour commencer à lister tous les trucs à faire qui lui passeraient par la tête. Elle est heureuse de commencer son inventaire. Elle appuie sur la fonction dictaphone :

— Aller à un spectacle de hip-hop. Et même à plusieurs.

Elle y a souvent pensé, et là, dans cette rue qui bouge trop lentement pour elle, le désir revient en force. Dans la foulée, Lise commande un deuxième diabolo. Elle serait preneuse d'un groupe d'ados bruyants et qui gesticuleraient. Mieux, qui danseraient devant elle. Comme lorsqu'elle passe par la gare et qu'elle admire les gamins qui s'entraînent à tourner sur la tête comme des toupies.

Lise n'a toujours pas réussi à analyser pourquoi les rumeurs sur la santé d'Éric l'avaient autant secouée. Elle se demande, avec une certaine inquiétude, si sa réaction démesurée marque la fin d'une époque, celle de son bien-être à l'EHPAD. Elle n'a rien osé dire à Éric à ce sujet.

42

Charles ne s'attendait pas à cette question. Vraiment pas. Mais quand elle a surgi, il lui est apparu qu'il ne pouvait pas s'y dérober. Et il a été surpris lui-même de pouvoir répondre avec autant de sincérité. Peut-être, au fond, espérait-il depuis pas loin de trente ans qu'on l'interpelle de la sorte.

Le ton employé par Barbara suggérait que c'était juste sa façon de commencer l'échange. Peu importe, puisque la demande était formulée, il y a répondu. Oui, sans aucun doute, il aspirait depuis presque trente ans à ce qu'on l'interroge sur ce point.

Il a dit que oui, il connaissait cet état qui consiste à être sur le qui-vive, tout le temps, même sans en avoir conscience. Il connaît aussi l'absence de repos, le sentiment d'être englué, l'impuissance à assainir la relation, et donc, à se sauver soi-même. À trouver – retrouver ? – le chemin de la douceur.

Charles a reconnu que ces empêchements existaient dans sa vie et c'était comme s'il faisait un coming-out. Il en a été le premier surpris. Dans leur entourage, qui réalise vraiment ce qui se passe avec Éliane ? À quoi ressemble leur couple ? Comment imaginer le professeur Bodier, cet homme brillant et charismatique, adoptant profil bas chez lui, jouant l'évitement en permanence, et n'échangeant guère plus de trois mots par soirée avec son épouse ? Ah mais oui, pardon, est-il bête ! Ils n'ont pas d'entourage, pas vraiment. C'est compris dans le forfait du tango sinistre qu'il danse avec Éliane : pas d'amis, même pas en rêve. Il n'imagine pas inviter du monde à dîner chez lui, ou accepter une invitation à l'extérieur en compagnie de son épouse. Impossible. D'emblée, leur couple plomberait l'ambiance. Leur merdier conjugal a limité toute ambition de vie sociale.

Il repense à ce long regard qu'ils ont partagé, Barbara et lui, juste après qu'il lui a confié la vérité sur sa situation personnelle. Il a peur que cela ait coupé l'élan d'éventuels aveux de Barbara, il trouve qu'il y a eu beaucoup de silences, durant ce déjeuner. D'autant qu'elle n'était pas là pour l'écouter raconter sa vie, aussi n'est-il pas allé plus loin sur le sujet, contribuant aux absences momentanées de conversation.

Mais il n'a pas de regrets, ces blancs dans leur discussion n'étaient pas pesants. Il fallait juste laisser le temps à chacun d'intégrer que les cartes étaient un peu redistribuées, que le référentiel de leurs échanges avait subi un léger ravalement. Charles trouve même que ces pauses ont été fondatrices. Elles ont prouvé qu'ils avaient, l'un comme l'autre, une capacité viscérale à comprendre le nœud du problème. Entre eux, il n'est pas nécessaire de jouer un rôle, de tenter les faux-semblants, ni de remplir l'espace sonore. En l'admettant de manière tacite, ils ont scellé un accord.

Par la suite, ils ont parlé de sujets plus anodins. Des chaussures à talons, de la blanquette. Barbara a parlé de Lise et de la littérature à l'eau de rose, puis de la littérature au sens large. Charles ne se rappelle pas tout, mais ce ne sont pas tant les mots que le moment partagé qui comptaient, cette paire d'heures où ils se sont laissés voir dans leur fragilité.

Charles a demandé à Barbara si elle aimait la chanteuse qui portait le même prénom qu'elle. Lui apprécie son répertoire et la singularité indémodable de l'artiste. Il n'utilise pas le verbe *adorer*, le terme convoque chez lui l'imagerie d'Épinal peu reluisante des groupies de base. Il a trop de respect pour *adorer* l'artiste. C'est plus complexe. Il est admiratif et se définirait plus distancié qu'un adorateur, alors même qu'il est incapable d'écouter *Mon enfance* sans pleurer.

Barbara lui a répondu qu'elle n'avait jamais osé se pencher sur cette œuvre. Adolescente, il lui est arrivé de penser que, peut-être, elle portait ce prénom parce que sa mère appréciait la chanteuse. C'était juste une idée d'ado, elle ignore si elle est fondée ou pas, mais dans le doute, elle a toujours gardé ses distances avec les chansons. Question de sécurité. Elle ne pouvait pas prendre le risque de les aimer. Elle connaît *L'Aigle noir*, comme tout le monde, et elle n'aime pas. Charles l'a surprise en lui confirmant que lui non plus n'écoutait pas ce titre, bien qu'il apprécie tant la chanteuse.

Il lui a proposé de découvrir *Joyeux Noël*, en rentrant chez elle. Une chanson légère, jolie, sautillante. On la trouve sûrement sur internet, vu que maintenant, on trouve tout sur internet, a-t-il argué. Il ne pouvait pas lui suggérer *Nantes* ou *Göttingen*, encore moins *Mon enfance* qui l'émeut si fort. Sublimes, mais émotionnellement trop chargées vu la période que Barbara traverse. Il verra bien si elle suit ses conseils ou pas.

Le cheesecake a ramené un peu de rondeur dans leur tête-à-tête. Barbara l'a jugé au-dessus de la mêlée. Hors du commun, a-t-elle certifié. L'hypothèse *tarte à la crème* a été balayée d'un revers de main. Barbara a retrouvé son sourire en dégustant le chef-d'œuvre à petites cuillerées. Charles a été ému dans des proportions extravagantes d'entendre que son opinion pouvait être juste et partagée par quelqu'un. Fût-ce sur quelque chose d'aussi anodin que la qualité d'un dessert.

Ils sont ensuite rentrés à l'EHPAD. Charles a proposé un café que Barbara a décliné. Elle préférait rester sur celui du restaurant et le souvenir de ce bon repas, plutôt que d'écraser les saveurs avec une boisson de distributeur. Il n'a pu qu'approuver son choix. Elle a ensuite ajouté qu'elle n'avait pas le courage de remettre les pieds dans l'établissement pour aujourd'hui. Là, il n'y avait rien d'autre à faire que respecter.

Ils se sont salués sur le parking. Ils ont été maladroits, presque cocasses. Ils ne sont pas amis, mais ils ne sont plus de simples interlocuteurs, désormais. Ils ont découvert que ça pouvait devenir étrange, la manière de se dire bonjour ou au revoir, quand on ne cerne pas avec précision ce que l'on représente l'un pour l'autre.

43

Barbara aime le lycée, c'est une révélation. Elle a toujours été scolaire, comme disent les profs, mais le lycée, c'est autre chose. Elle sent qu'elle se déploie, qu'elle est enfin moins à l'étroit, qu'on lui laisse davantage de marge de manœuvre. L'échange avec ses profs n'est plus du même ordre, la possibilité d'approfondir ses connaissances est plus grande, la liberté d'être se révèle autrement plus vaste. Bref, depuis quatre mois que Barbara fréquente la seconde, elle se sent pousser des ailes.

Ce contexte exacerbe ses émotions de manière hallucinante. À certains moments, ça l'amuse, à d'autres, ça la terrifie. Tout ce qu'elle ressent se trouve démultiplié. Elle ne serait pas capable de dire pourquoi.

Barbara est plutôt seule. La plupart de ses amis de collège sont partis vers d'autres établissements. Elle aurait bien fait pareil, mais Rose a insisté pour qu'elle aille dans cette boîte privée, soi-disant la meilleure du coin – compte tenu de ses potentialités. Elle n'a pas eu le choix. Pour le moment, cet isolement relatif lui convient. Elle a bien assez à faire avec la maîtrise d'elle-même. Elle ne serait pas de très bonne compagnie, sans doute.

Elle dort mieux. C'est fou, car son sommeil pose problème depuis longtemps. Noël arrive à grands pas. Sa classe organise une soirée juste avant les vacances. Barbara souhaite y participer. Elle crève d'envie de danser et de se défouler, de découvrir ses camarades de classe. De boire aussi, même si elle n'en dira rien à Rose. De noyer ses émotions démesurées, le temps de quelques heures, dans le mouvement, les rires, et l'alcool.

— Je serai absente vendredi prochain, au fait, je sors.

Rose et Barbara sont à table quand elle lance sa bombe. La conversation est inexistante, Rose continue de mâcher sa bouchée de poulet rôti. Elle semble prendre son temps. Lorsqu'elle a terminé, elle répond :

— L'usage voudrait que tu demandes l'autorisation, tu en es consciente ?

Oui, Barbara en est consciente, elle n'est pas stupide. Mais elle a vraiment cru que ça pouvait passer, que Rose pourrait valider sans poser de questions, voire ne rien répondre. À force de ne plus vraiment lui parler, Barbara a oublié comment procéder avec sa mère. L'a-t-elle d'ailleurs jamais su ?

— Je… Oui, tu as raison, pardon, j'étais un peu perdue dans mon truc. C'est une soirée orga-

nisée par la classe, juste avant les vacances de Noël, pour marquer le coup. Ça me paraît naturel d'y participer, puisque je fais partie de la classe. Tu veux bien que j'y aille ?

Rose la regarde droit dans les yeux, un mince sourire aux lèvres.

— Non. Je ne connais personne parmi tes nouveaux amis. Il est bien trop tôt pour une sortie de ce genre.

Barbara se dresse dans un élan particulièrement vif. Sa chaise se renverse avec un bruit fracassant. Elle n'en peut plus de cette mère qui ne comprend rien à sa vie, rien à ses besoins, rien à ses envies ! La tension entre elles deux atteint son apogée depuis le début de l'année scolaire. Si le lycée convient à merveille à Barbara, le goût de la liberté qu'il lui donne ne convient pas à sa mère. Quant aux élans émotionnels de Barbara, chaque jour plus bruts, ils ne facilitent en rien les relations entre la mère et la fille.

23 h 32. Barbara ne dort pas. Elle ne parvient pas à calmer la colère qui gronde en elle. Elle veut aller à cette soirée. Ou peut-être qu'elle s'en fout, mais qu'elle veut que Rose la comprenne. Elle ne sait pas. C'est un tel bazar, cette année, dans sa tête, dans son bide, dans ses veines. Elle pleure. Comme ça, sans prévenir, les grandes eaux. Quelle vie, merde, à la fin !

23 h 45. Elle n'y tient plus. Barbara s'habille chaudement, attrape son sac à dos et y fourre quelques affaires. Elle descend sans bruit, pique les soixante francs qu'elle trouve dans le portefeuille de Rose, et elle se tire. Ras le bol de cette baraque, de cette mère, de cette vie !

23 h 52. Barbara marche dans la rue. Le froid est saisissant. Idéal pour se tenir éveillée, si elle en avait besoin. Mais la colère et la tristesse, ses deux compagnes de route depuis si longtemps, sont efficaces aussi. Barbara presse le pas.

0 h 57. Rose se lève, encore une insomnie. L'engueulade avec Barbara n'y est pas pour rien. Elle se dirige vers la cuisine. Elle remarque tout de suite que quelque chose ne va pas. Sur le porte-manteau de l'entrée, il manque la doudoune de Barbara. Son sac à main, posé sur la table de la cuisine, est ouvert. Montée d'adrénaline, cœur qui s'affole. Rose se précipite dans la chambre de Barbara. Elle n'est pas là. Son pyjama est en vrac sur le lit défait. La gamine s'est habillée. La douleur débarque avec une violence rarement égalée. Rose s'écroule sur le lit de Barbara. Fugue. Le mot pulse dans sa tête. Fugue.

1 h 12. Barbara cesse de marcher. Le froid commence à la mordre. La colère et la tristesse sont retombées. Elle se sent soudain incroyablement fatiguée. Elle regarde autour d'elle. Elle ne sait pas où elle est. D'un coup, elle a peur. On peut mourir de froid, elle en a conscience. On peut se faire attaquer aussi. Elle s'assoit sous un porche. Elle est perdue, elle a froid, elle a peur. Quelle vie, merde !

1 h 23. Barbara pleure. Elle se balance. Elle se répète en boucle « Rue Marie-Curie, rue Marie-

Curie », comme une incantation, comme un appel au secours. « Venez me chercher, je suis rue Marie-Curie et je suis perdue. »

2 h 32. Rose se gare devant Barbara. Elle ne se serait pas crue capable de vaincre la douleur et l'angoisse pour sortir en pleine nuit et conduire dans la ville déserte. Mais elle l'a fait. Elle a tourné un moment, et puis elle l'a vue. Sa gamine, prostrée, assise sur des marches d'immeuble. Rose s'est arrêtée, est descendue de voiture. Elle a giflé Barbara, puis elle l'a serrée dans ses bras. Elle l'a giflée de nouveau.

Sur le chemin du retour, Barbara n'a rien dit, elle continuait de pleurer. Rose se concentrait sur sa conduite, elle était sortie, il fallait rentrer. En arrivant, elles sont aussitôt montées se coucher.

Au déjeuner, le surlendemain, Barbara dira juste :

— Je suis désolée.

Et puis l'instant d'après :

— Merci.

Rose acquiescera d'un signe de tête, incapable d'autre chose. Elles n'en parleront plus jamais, ensuite.

44

— Allô ?

— Suzanne ? C'est... c'est Barbara.

— Je reconnais ta voix, ma toute belle. Elle est inoubliable, tu sais. Comme c'est bon de t'entendre, ma chérie, après tout ce temps.

La voix de Suzanne tremble et Barbara trouve que sa tessiture a changé. Le phrasé n'est plus le même, le débit s'est ralenti. Barbara réalise un rapide calcul mental. Suzanne a quatre-vingt-six ans. Un âge qui commence à être respectable. Peut-être est-elle moins en forme qu'avant, plus fatiguée. Peut-être même a-t-elle eu un pépin de santé, bien des événements peuvent se produire en quinze ans. Barbara balaie cette pensée. Elle s'aperçoit qu'elle n'est pas prête à ce qu'il arrive quelque chose à Suzanne. Il eût été intelligent de ne pas mettre quinze ans de vie, de pur train-train quotidien, à s'en rendre compte. Ce que le temps passe vite, quand on s'enferme en soi-même, pense Barbara. Pourquoi n'a-t-elle pas été capable, jusque-là, de se le formuler avec des mots aussi clairs ?

Je suis heureuse de t'entendre aussi, Suzanne devrait être la réplique suivante, c'est une évidence. Mais Barbara est incapable de la prononcer. Elle est cadenassée. La phrase résonne dans sa tête, sans passer la barrière de ses lèvres. Serait-elle sincère en l'énonçant ? Elle n'a pas envie de mentir, alors tant qu'elle n'en est pas certaine, elle préfère continuer d'une autre manière. Tant pis.

— Suzanne, c'est bizarre de t'entendre de nouveau. J'espère que je ne te dérange pas ?

— Quelle idée, bien sûr que non !

— J'ai besoin de te parler de Rose, si tu veux bien, ajoute Barbara dans un souffle.

Suzanne laisse passer un moment, comme si elle craignait de ne pas avoir les bons mots et que Barbara raccroche.

— Dis-moi d'abord comment tu vas, Barbara.

Voilà une sacrée question…

Barbara sent sa main se crisper sur le combiné. Il y a six mois, elle aurait répondu que tout allait au mieux pour elle dans le meilleur des mondes poussifs. Quelque chose du genre. Mais il y a six mois, Barbara n'avait aucune intention d'appeler Suzanne. Aujourd'hui, elle ne sait plus, au fond, comment elle va.

— C'est difficile à dire, reprend-elle tendue, j'ai l'impression de marcher sur un fil. Il s'est passé tant de choses en peu de temps. Je…

n'arrive plus à lire, Suzanne, c'est perturbant au possible.

— Je m'en doute, oui.

C'est la confidence qui est venue, comme si elle résumait, à elle seule, le naufrage de Barbara. Suzanne l'a vue naître à la lecture, puis se déployer dans cet univers. Elle mesure à quel point c'est important dans l'histoire et la vie de Barbara.

— Mais c'est certainement passager, ma chérie. Raconte-moi ce qui s'est passé.

— Tout allait bien, très bien, même, reprend Barbara qui se sent encouragée, et puis il y a eu l'appel du Dr Bodier…

— Tu es malade ? s'alarme aussitôt Suzanne.

— Non, je vais bien. C'est au sujet de Rose. Elle est en EHPAD, je suppose que tu es au courant ?

— Bien sûr que je suis au courant. Le Dr Bodier, d'accord. Je m'en rappelle maintenant. Il m'a donné l'impression d'être un bon médecin. Je n'y pensais plus, mais oui, c'est moi qui lui ai donné ton nom. Il t'aurait trouvée de toute façon, tu es le seul ayant droit de Rose. Je me suis dit que c'était aussi bien de lui faciliter la tâche.

— Tu as eu raison.

Barbara s'entend prononcer cette phrase, presque malgré elle. Sa colère semble avoir décidé de céder du terrain. Pour autant, son ventre est toujours verrouillé. Elle respire un grand coup pour se laisser le temps de chercher ses mots.

— Rose est bipolaire, finit-elle par lâcher. Elle est sous traitement depuis ma naissance ou presque, et les médicaments lui ont vrillé le cerveau. Tout le monde a l'air au courant, son dossier médical est clair et précis, et moi je viens seulement de l'apprendre… Je suis un peu chamboulée, c'est un euphémisme… Et toi, tu le savais, bien sûr ?

Barbara a eu une intonation très rentre-dedans. Suzanne ne peut pas être passée à côté.

— Évidemment que je le savais, ma chérie, c'est quand même ma sœur. Rose est bipolaire, avec un pôle dépressif nettement plus marqué, pour être précise. Ma pauvre petite sœur…

— Tu ne vas pas la plaindre, en plus !

— Barbara, dit Suzanne d'un ton apaisant, tu sais bien que même si j'ai désapprouvé sa manière de faire avec toi et bien des épisodes malheureux entre vous causés par son instabilité émotionnelle, je n'ai jamais rompu les liens avec elle.

Oui, Barbara le sait. Elle a mis du temps à l'accepter, elle n'est même pas sûre de l'avoir *vraiment* accepté d'ailleurs, ce lien qui perdure. Il est au cœur de leur rupture. Quinze ans, c'est dire si ça lui importe ! Suzanne prône la nuance et a toujours refusé de juger en blanc ou noir. Au moment de leur dispute, Barbara a trouvé que c'était un peu facile. Faiblesse de caractère typique. Elle en voulait à Suzanne de ne pas faire de choix. Elle avait besoin que tout soit tranché. Dans le vif et avec violence. Elle aurait voulu, sans avoir à l'avouer, que Suzanne la choisisse. Mais Suzanne disait que Barbara était en colère pour ne pas regarder sa tristesse en face et cette phrase exaspérait la jeune femme.

— Suzanne, pourquoi je n'ai rien su ? Pourquoi tu ne m'as rien dit ? Merde, à la fin !

Barbara a retenu sa voix et pourtant elle a l'impression d'avoir crié. Les larmes ne sont pas loin.

— Parce que Rose avait défendu que je t'en parle, répond Suzanne. Personne n'avait le droit de te mettre au courant, c'était son choix. Son psychiatre a proposé plusieurs fois de vous recevoir toutes les deux, elle n'a pas donné suite. J'ai essayé de la convaincre, au début, parce que ça me semblait évident qu'il fallait t'en parler. Mais tu sais comment elle est. À force, je me suis trouvée coincée. Je n'aurais plus su comment te l'annoncer. On s'est beaucoup engueulées sur ce sujet, je n'étais pas d'accord avec elle. J'étais persuadée de parvenir à la convaincre, j'avais les arguments pour. Mais elle n'a pas changé d'avis.

Suzanne marque une pause. Barbara serre si fort son combiné qu'elle a mal à l'oreille. Tout son corps est tendu vers l'avant pour recevoir les réponses aux nombreuses questions qu'elle se pose.

— Si j'ai accepté ton si long silence, ma chérie, reprend Suzanne d'une voix émue, si je l'ai subi sans réagir, c'est aussi pour cette raison. À mes yeux, tu étais en droit de t'éloigner de moi puisque je t'avais menti, même si tu l'ignorais. J'ai souvent craint, durant ton enfance, que ce mensonge fausse notre affection. J'avais si peur de devoir le payer un jour… Je n'ai pas été surprise, quand c'est arrivé. Presque soulagée, c'était fait, je t'avais perdue…

Suzanne s'interrompt et Barbara se demande si elle est en train de pleurer, toute seule à l'autre bout du fil. Bon sang, cette histoire aura entraîné une belle quantité de dégâts, quand même, songe-t-elle. Que doit-elle répondre à Suzanne ? Que voulait-elle lui demander ?

— Est-ce que ça explique le comportement de Rose envers moi ? Je veux dire, ça n'a jamais été possible entre elle et moi… tu crois que la maladie pourrait l'expliquer ?

Toujours cet espoir d'une justification… Barbara s'en veut mais c'est plus fort qu'elle. Suzanne semble s'être remise lorsqu'elle lui répond :

— Ta mère est fragile depuis qu'elle est petite. Nos parents ont passé leur temps à s'en occuper, ma mère se croyait responsable de son état. Elle en a beaucoup souffert, elle aussi. La grossesse, puis ta naissance, ont majoré ses troubles. Ce n'est pas rare, il paraît. Quand le psychiatre a posé le diagnostic de bipolarité et qu'il en a expliqué les tenants et les aboutissants à Rose qui était déjà fragile, son élan vital s'est détérioré. Et puis, ton père l'a quittée.

— La double peine, quoi. Pour moi comme pour elle.

— Oui. On a cru que ce serait temporaire, et puis non. La fracture ne s'est pas réparée. Rose a eu peur pour toi, à ce moment-là. Et elle ne s'est pas rassurée ensuite. Je me rappelle qu'elle répétait – il faut l'éloigner de moi, je ne serai jamais une bonne mère. On incarne nos pires craintes, Barbara, de manière inconsciente. Ta mère n'a pas fait exception. Alors sa maladie, la peur qu'elle en a toujours eue, son tempérament… bien malin qui pourrait trancher et affirmer qu'il y a une seule raison à ce qui s'est passé.

Suzanne et ses nuances. Le blocage se transforme soudain en une douleur intense qui vrille en profondeur dans le ventre de Barbara. C'est à hurler. Elle vacille et se raccroche comme elle peut à la chaise près d'elle. Elle finit par s'asseoir, les paumes moites et la gorge nouée.

— Barbara ? Est-ce que ça va ?

— Oui, Suzanne, un moment, s'il te plaît.

Barbara récupère lentement. Malgré les explications de Suzanne, les reproches sont encore là, il faut qu'elle les exprime.

— Tu te rends compte que j'ai grandi en devant composer avec l'idée que ma mère était bizarre et inaccessible ? Qu'elle était froide et qu'elle ne m'aimait pas ? La méchante reine, c'était ma mère, quoi ! Personne ne semble pouvoir affirmer que ma vie aurait été différente en sachant Rose malade, mais tout de même.

Toi qui as partagé mes colères et mes souffrances, plus que quiconque, tu voyais bien que ce n'était pas facile, tu ne pouvais pas passer outre et me dire la vérité ? Tu ne crois pas que ça aurait été plus compréhensible pour moi, tout ce merdier ? Bon sang, Suzanne… ?

Barbara oscille entre colère et désespoir. Suzanne a déjà répondu sur ce point, mais Barbara n'est pas satisfaite, n'y trouve pas son compte. Elle en veut plus. C'est l'heure des explications, elles lui sont nécessaires. Elle veut passer le cap.

— Je te l'ai déjà expliqué, Barbara, j'y ai pensé presque chaque jour, cela me taraudait. Mais j'étais prise entre mon affection pour toi et ma loyauté envers ma sœur. Rose allait si mal. Tu n'allais pas mieux. Ensemble ou séparées, on aurait dit que la souffrance était le seul lien possible entre vous. Je n'ai pas réussi à arbitrer cette situation de manière satisfaisante. Je te demande de me pardonner, ma grande.

Le tremblement est revenu dans la voix de Suzanne. Barbara comprend qu'elle a peur de perdre le lien une fois de plus. Et elle réalise d'un seul coup – enfin ! – que cette conversation, qui doit être à la fois une torture et un soulagement pour la vieille femme, n'aurait pas dû avoir lieu au téléphone. Il est grand temps de la clore. D'un coup, la colère de Barbara rend les armes. Elle repense à cette phrase, qu'elle a été incapable de prononcer tout à l'heure.

— Je suis heureuse de t'entendre, Suzanne, dit enfin Barbara.

Maintenant, c'est sincère.

— Oh, ma chérie..., balbutie Suzanne.

Barbara sent monter une émotion puissante qui menace de la submerger. Elle a assez pleuré pour cette semaine. Elle tente de relâcher sa gorge nouée car elle n'en a pas tout à fait fini.

— Je suis désolée, Suzanne...

Le reste de la phrase reste coincé. Elle est désolée de quoi, au fond ? D'être en colère ? D'être parfois malheureuse ? D'être stupide ? De ne jamais avoir réussi à être la fille de sa mère, à accepter que c'était cette mère-là, la sienne ? De s'être privée de quinze ans d'échanges précieux avec une femme d'une grande richesse, et qui a peut-être été la seule dans sa jeune vie à lui témoigner bienveillance et amour ? De ne pas avoir pris de SES nouvelles à elle, Suzanne, pendant ces quinze ans, de ne pas avoir été présente pour elle ? D'autre chose encore ?

— Oui, Barbara, moi aussi je le suis. Ne t'inquiète pas pour ça. Tu ne pouvais pas agir autrement qu'en mettant cette distance, je l'ai acceptée. J'ai eu du mal, je ne vais pas te le cacher. Il a fallu beaucoup de temps pour que j'arrête de sauter sur le téléphone à chaque fois qu'il sonnait. Tu m'as manqué, ma petite Barbara... Mais il fallait en passer par là, non ? J'espérais tellement te réentendre avant de mourir. Aujourd'hui est un beau jour !

Barbara discerne à la fois une profonde tristesse et une grande joie dans le ton de Suzanne. C'est difficile à supporter car elle a aussi ses propres émotions à gérer. Quinze ans, bordel !

— Suzanne… Est-ce que je peux venir te voir dimanche ? Tu me feras des crêpes ?

Les crêpes de Suzanne sont uniques dans l'existence de Barbara. Si souvent, elles ont adouci son chagrin et sa révolte. La demande, posée d'une petite voix, a tapé juste. Cette fois Barbara entend pleurer Suzanne, il n'est plus question de rien contenir.

— Je t'en préparerai tellement, dit-elle entre hoquet et sourire, que tu en auras pour tout le mois à venir ! Je t'attends dimanche. Quel bonheur de te retrouver, comme tu m'as manqué !

— Tu m'as manqué aussi, Suzanne. Fort. Souvent.

Bon, ben voilà, Barbara pleure à son tour. Sortez les mouchoirs !

— Je suis heureuse que tu me le dises. Je t'embrasse fort, ma chérie. À dimanche.

Après avoir embrassé Suzanne elle aussi et avoir raccroché, encore assise sur sa chaise qui lui donne l'impression de tanguer comme un bateau en pleine tempête, encore un peu sonnée, le ventre cisaillé, Barbara réalise quelque chose d'assez paradoxal. C'est Rose-qui-a-ressurgi-dans-sa-vie qui lui a donné une raison de passer ce coup de fil. Qui lui a permis de rétablir ce lien précieux. C'est Rose qui l'a ramenée vers Suzanne.

45

Barbara se réveille tôt. Il y a du givre sur la vitre. Un autre jour, elle remonterait la couette sur sa tête, et continuerait sa nuit. Mais pas le jour de ses dix-huit ans. Elle se sent joyeuse et impressionnée. Elle se lève. Enfile le gros pull bleu bien chaud et trois fois trop grand, donc génial, que lui a offert Tante Suzanne à sa demande, l'année dernière, et qu'elle affectionne de porter comme tenue d'intérieur.

Tout est silencieux dans la maison. Barbara descend à la cuisine. Sur la table, les vestiges d'une insomnie de sa mère, encore une. Un bol, un sachet de tisane, un magazine à la con. Elle dépose le bol dans l'évier, jette le sachet à la poubelle, ferme le magazine. Barbara branche la bouilloire pour son thé du matin. Elle attrape son mug préféré dans le placard. Elle y trouve une enveloppe roulée, entourée par une ficelle cadeau rouge. Barbara est parcourue d'un frisson. Elle enlève le ruban, ouvre l'enveloppe. Elle contient un court mot de Rose, écrit sur une fiche car-

tonnée : « Joyeux anniversaire, ma grande fille ! Dix-huit ans, comment est-ce possible ? » Elle contient aussi la carte d'un restaurant qu'elles apprécient toutes les deux, avec un Post-it indiquant « Ce soir, 20 h ». Pour finir, Barbara déplie une feuille A4, où est dessiné au feutre un immense point d'interrogation. En bas, écrit en tout petit : « Pour le cadeau, surprise ce soir, espèce de curieuse ! »

Il y a longtemps que sa mère n'a pas fait autant d'efforts pour elle. Sa mère, la voilà, justement. Rose a sa tête des mauvais jours. L'insomnie a dû être sévère. Elle ne dit pas bonjour.

— Cette bouilloire fait un bruit insensé !

— Bonjour, maman !

Rose regarde Barbara debout, à côté de la table, avec l'enveloppe entre les mains.

— Tu te remets à m'appeler maman ? Qu'est-ce qui me vaut l'honneur ?

Barbara se mord la joue pour ne pas répliquer du tac au tac. C'est un jour de paix. Elle agite l'enveloppe.

— Merci. J'ai hâte de connaître mon cadeau !

Rose ne sourit pas, elle a l'air assommée de fatigue. C'est presque comme si elle n'était pas là. En ce moment, Rose est tout le temps angoissée. La douleur ne laisse que peu de répit à son estomac. Elle se sent à l'ouest, à côté d'elle-même. Elle se fait peur. Elle a parfois l'impression d'agir malgré elle.

— Ah, oui, dit-elle. Le cadeau. Mais tu t'habilleras mieux que ça, pour le restaurant. Tu ne

ressembles vraiment à rien, avec ce pull. Il est trop grand, je ne sais pas à quoi pensait Suzanne, toujours à te passer tes caprices.

Rose détaille sa fille, de la tête aux pieds. Elle réalise que sous le pull, qui lui arrive à mi-cuisses, Barbara ne porte pas de pantalon, juste ses grosses chaussettes.

— Et en plus, tu es à poil, là-dessous ?! Bravo, on dirait une pute.

Barbara lâche l'enveloppe. Le mot tourbillonne dans sa tête, se cogne aux parois de son crâne, ricoche, résonne. Pute pute pute. En réponse à un « maman » qui revenait de loin. Et le jour de ses dix-huit ans. Elle sent la colère froide et familière remonter en flèche. Les mots semblent jaillir de sa bouche sans qu'elle puisse les retenir.

— Vieille salope ! J'en peux plus, tu m'entends ? Je me casse !

Pendant un instant, Rose a l'impression que sa fille va lui tomber dessus et la frapper. Sa sauvagerie la sidère. Barbara lui jette un regard de haine pure, brûlante et sans entraves. Ses poings sont serrés, ses paumes en garderont la marque durant plusieurs jours. Elle jette son mug contre le mur et quitte la cuisine en courant.

46

La fin de l'année universitaire n'est plus si loin. Barbara hésite : c'est une bonne ou une mauvaise nouvelle ? Tenir ses cours au cœur de la tourmente est un exercice d'équilibriste. Elle n'ignore pas qu'ils contribuent à lui garder la tête hors de l'eau, mais elle fatigue. Et son appartement n'a toujours pas retrouvé sa dignité, Barbara n'entretenant que le minimum vital. Pour remettre les compteurs à zéro et opérer un redémarrage total du *système appartement*, elle a encore du chemin. Chez elle, depuis plusieurs semaines, c'est digne d'un stage de survie.

Les étudiants commencent à se plonger dans leurs révisions, du moins ceux qui ne gèrent pas leurs études via du bachotage de dernière minute. L'air du temps est aux examens, et chacun y réagit à sa manière. En angoissant, en travaillant, en préparant les vacances qui suivront. C'est selon. La permanence du mardi matin n'est pas prise d'assaut, il ne faut pas exagérer, mais Barbara voit défiler dans son bureau quelques visages qui ne lui sont pas familiers. Elle reste indulgente, elle aussi elle a séché des cours, quand elle était jeune. Avoir l'honnêteté de venir discuter avec ses profs, même en dernière minute, pour essayer de produire un écrit passable à l'examen, demeure une démarche intéressante.

Barbara souhaiterait qu'il reste quelque chose de ces conversations, le souvenir d'un entretien vivant et personnalisé qui marquerait davantage les étudiants que trois fiches de résumé piquées à un copain et apprises par cœur la veille de l'épreuve. Ceux qui viennent la voir ne sont pas perdus pour la science, pardon, pour la littérature. Même s'ils n'ont rien fichu jusque-là.

Barbara en est là de ses réflexions, après un échange plutôt agréable avec Édouard, deuxième année de licence. Il est arrivé pour sauver les meubles, et il est reparti, c'est flagrant, avec l'envie de se laisser emporter par Proust. Comment l'amour de la littérature peut-il être à la fois global et s'individualiser ? C'est une source d'étonnement constant pour Barbara. À titre personnel, Proust n'est pas sa tasse de thé. Pourtant, aborder la littérature au sens large avec Édouard a donné à celui-ci l'envie de découvrir Marcel. Barbara ne croit pas au hasard dans ce domaine. Si Edouard s'est cristallisé sur Proust, alors qu'elle ne l'a pas spécialement évoqué ni défendu, c'est que l'auteur lui est destiné. Barbara espère que la rencontre sera belle. Comme ils ont évoqué la guerre de 1914, un peu plus tard dans leur échange, elle lui a conseillé Jean Echenoz et Pierre Lemaitre. Elle donne des références contemporaines quand les élèves citent les classiques, et l'inverse. C'est son petit côté taquin. Prendre le contre-pied de leurs attentes, afin que la littérature reste un ensemble équilibré et cohérent. Un continuum dynamique.

Barbara en est là de ses réflexions quand Ninon entre sans frapper. Elle rayonne ! Une allure éclatante, une coiffure déstructurée et des vêtements colorés, plus rien de classique. Sa jupe volantée à motifs géométriques lui arrive au genou, sur un collant résille orange. De grosses chaussures noires à lacets, portées ouvertes. Charles désapprouverait avec force, Barbara admire. Un tee-shirt largement décolleté dans le dos, bleu turquoise. Sur n'importe qui d'autre, ce serait ridicule, sur Ninon, c'est flamboyant. Elle est maquillée avec goût, ses cheveux longs remontés en un chignon imprécis. Barbara ne peut s'empêcher de la complimenter.

— Bonjour, Ninon. Vous êtes magnifique ! Quel plaisir de vous voir aussi belle !

Un large sourire fend le visage de la jeune femme, alors qu'elle semblait en pleine réflexion l'instant d'avant.

— Vous allez bien, madame Albin ?

Barbara est en période d'honnêteté avec les gens qui la touchent, aussi répond-elle honnêtement :

— Pas tellement, non. J'ai peur, depuis quelque temps. Mais ce n'est pas grave, et vous n'êtes pas venue me voir pour écouter ces bêtises. Vous, Ninon, comment allez-vous ?

Malgré la frousse avouée, Barbara ne peut s'empêcher de sourire. Ninon lui envoie une belle énergie, et elle s'en nourrit. En revanche, l'étudiante affiche de nouveau un air sérieux.

— Je vais bien, et même mieux que je ne me suis jamais sentie jusque-là. Je suis dans la situation contraire à la vôtre, et pourtant, c'est paradoxal, mais cela m'effraie, moi aussi.

Ninon prend place sur la chaise en face de Barbara. Les deux femmes se regardent un moment avant de partir dans un fou rire monumental et incontrôlable. Elles rient comme deux gamines, deux copines, qu'elles ne sont pas, bien évidemment. Ou alors est-ce juste comme deux êtres humains qui avaient besoin de rire et qui profitent de l'occasion ? Elles laissent la parenthèse se déployer, s'y vautrant joyeusement.

— C'est bon de rigoler, non ? reprend Barbara. On devrait se le rappeler plus souvent. De quoi avez-vous peur, Ninon ?

Ninon n'a pas besoin de réfléchir avant de répondre. De toute évidence, elle a déjà tenté d'analyser la situation.

— J'ai envie de fantaisie, de plaisir et de laisser-aller. Mais je n'ai pu en arriver là où j'en suis qu'avec une discipline rigoureuse. Si je la lâche, maintenant, est-ce que je perds tout, ou bien est-ce que je vais encore plus loin, encore plus haut ? Est-ce que c'est le bon moment ? C'est un pari, en tant que tel, je peux le perdre. Il est impensable, pour moi, de retourner à la case départ.

Barbara pourrait lui rétorquer qu'elle a confiance pour deux, cela ne servirait à rien. Malgré ses inquiétudes légitimes, Ninon a décidé de croire en elle, Barbara s'en rend compte en la regardant. Et c'est le plus important. Car il s'agit de son chemin, après tout, et ce n'est pas le bon moment pour qu'un regard extérieur interfère. Ses mots sont encore hésitants, certes, elle tergiverse, mais son corps est déjà en mouvement. Elle a raison : c'est un pari. Barbara comprend sa peur, même si elle approuve Ninon et lui donne raison d'oser.

— Et vous, madame Albin, de quoi avez-vous peur ?

Quelle excellente question ! Si seulement Barbara avait sur ce sujet les idées aussi claires que Ninon. Elle tente, néanmoins, de formuler ce qui la traverse. Ce n'est pas simple.

— J'ai peur… que le changement soit plus compliqué, pour moi. Mon enfance n'a pas été très heureuse, c'est un euphémisme. J'ai grandi comme j'ai pu, beaucoup en réaction. Et je croyais avoir fini par trouver mon équilibre. Il y a peu, j'ai découvert que ma mère était malade, depuis ma naissance. Peut-être même avant. Elle est bipolaire.

Barbara marque une pause. Elle soupire, avant de poursuivre.

— Peut-être que ça explique une partie de son attitude envers moi. Mais je ne sais pas si j'ai la capacité de remettre en cause mes perceptions d'enfant et d'ado. Suis-je capable de modérer ma colère ? Et, plus important encore, en ai-je envie ? Ma mère m'a menti, en plus de m'avoir maltraitée affectivement. Peut-être avec l'intention de me protéger, j'en conviens, mais cela reste un mensonge. Alors, est-ce qu'il se rajoute à la liste de ses méfaits, ou bien est-ce qu'il les tempère ? Je suis incapable de le discerner.

Ninon l'écoute avec attention sans l'interrompre. Quand elle comprend que Barbara a terminé, elle réfléchit un moment avant de répondre.

— La maladie mentale, c'est compliqué, oui. Vous ne vous êtes jamais dit, à propos des gens qui en souffrent, que c'était courageux de leur part, de continuer à vivre avec ça ?

Ninon fixe Barbara, consciente d'être sur un terrain glissant. Elle tente de préciser sa pensée.

— C'est comme si… Je les plains et je les admire en même temps. Quand je tombe sur des émissions qui en parlent, je trouve vraiment que ce sont des héros. On soutient les gens qui se battent contre un cancer ou contre une maladie génétique, on organise des téléthons et des courses pour des tas de maladies physiques… Est-ce qu'on ne pourrait pas rendre hommage, aussi, aux gens qui souffrent de maladie mentale ? Ce doit être si dur à vivre !

C'est la dernière chose que Barbara s'attendait à entendre. Elle est tellement surprise par ce discours qu'elle en oublie de se braquer. Au contraire, la réflexion de Ninon l'interpelle. Elle constate, étonnée, qu'elle a même envie de la considérer comme une option plausible.

Jamais, jusqu'ici, elle n'avait accolé ces deux mots : Rose et courage. Elle se demande ce que cette hypothèse pourrait produire en elle. Elle n'en est plus à une bizarrerie près.

47

Charles fait le tour du bassin aux canards et se dit que, de tout temps, il a nagé. Il a commencé au primaire. C'était une préconisation du médecin, une histoire de dos, si ses souvenirs sont exacts. Au lycée, il est allé jusqu'à pratiquer la compétition. Il a décroché quelques médailles. Puis est venue la fac, et le retour au simple plaisir. Il n'avait plus le temps de suivre un entraînement intensif alors il a renoncé aux podiums.

Il a toujours aimé être dans l'eau. La sensation l'apaise, le contact sur la peau, le corps allégé, les mouvements facilités. L'eau ne soulage pas que sa carcasse, elle est opérante aussi sur son mental.

Au début de leur mariage, Éliane et lui allaient nager ensemble, le dimanche matin. Par la suite, il a souvent conduit Louise et Paul à la piscine. Ils adoraient ça, mais ni l'un ni l'autre n'ont montré de dispositions particulières.

Il jette le pain dur récupéré au self aux trois colverts qui ne le lâchent pas des yeux, créant une ridule d'eau dans leur sillage. L'un d'entre eux, plus rapide, saisit un gros morceau dans son bec et plonge sous l'eau pour échapper aux deux autres qui cancanent de frustration.

Charles ne se rappelle plus à quel moment il a arrêté de fréquenter les piscines. Quand les enfants sont entrés au lycée ? C'est fou, que l'on puisse cesser du jour au lendemain, presque par inadvertance, une activité qui avait été si bénéfique jusque-là qu'on l'avait crue essentielle. Faut-il être étourdi.

Pourquoi a-t-il arrêté de nager ? Et qu'est-ce qui a pu l'empêcher de réaliser que cela lui manquait et que c'était aberrant ? Charles vide les dernières miettes contenues dans le sac en plastique, provoquant la bousculade des deux colverts qui n'ont pas eu de pain. Il consulte sa montre et constate qu'il est l'heure de rejoindre son bureau. En marchant, il sourit à la perspective de reprendre son activité sportive favorite. Il faut qu'il retourne à la piscine au plus vite. Rien que l'idée le réconforte déjà.

— Mme Carista est morte cette nuit. On penche pour un arrêt cardiaque. Et comme elle avait affirmé à de nombreuses reprises qu'elle ne souhaitait pas être réanimée, eh bien, l'équipe soignante l'a laissée partir.

Lise apprend la nouvelle en arrivant à l'EHPAD après le déjeuner. Elle a croisé le Dr Bodier qui rentrait d'une balade dans le parc et il l'a accompagnée jusqu'à la salle des transmissions. Aujourd'hui, elle est d'après-midi et de soirée. Elle est reconnaissante au médecin de lui annoncer la mort de la résidente de vive voix et de prendre le temps. Lise s'est familiarisée avec les transmissions écrites. Mais elles ont leurs limites. Découvrir un décès via un logiciel, en prendre connaissance sur un écran, ce n'est pas possible. Il y a un accord tacite entre eux tous : pour les décès, on se parle. La règle n'a pas été édictée de manière formelle, son vote n'a jamais été à l'ordre du jour des réunions d'équipe, mais elle est appliquée sans exception. Comme une poche d'humanité que l'on préserve envers et contre tout.

Charles lui pose la main sur l'épaule pour la réconforter.

— Vous l'aimiez bien, malgré son foutu caractère, constate-t-il.

Lise sourit, en tâchant de contenir sa peine.

— Je les aime tous, souffle-t-elle.

— Et c'est tout à votre honneur. Mais il faut aussi se préserver, Lise. Ne l'oubliez pas.

Mme Carista est morte. Lise le prend à la fois comme une claque et comme une bonne nouvelle. Un décès n'est jamais joyeux, mais la vieille dame répétait depuis longtemps qu'elle n'avait plus envie d'être là. Vu la véhémence de l'affirmation, il semble raisonnable d'accepter l'idée que c'était vrai. C'est étrange, mais travailler en EHPAD a fait vriller certains des référentiels de Lise. Elle ne considère pas la mort comme une catastrophe, par exemple, et elle n'a pas l'intention de changer d'avis sur ce point. Cela peut paraître inhabituel. Elle s'en expliquerait volontiers, si elle avait des amis pour l'interroger à ce sujet, mais elle n'en a pas. Tant pis.

Le Dr Bodier est reparti, et Lise doit embrayer. Avant de quitter le bureau des transmissions, elle attrape son téléphone dans la poche arrière de son jean, et elle dicte :

— Aller voir les grandes marées à Saint-Malo, de préférence une année où ils annoncent de la tempête.

La mort impressionne Lise. La jeune femme la regarde comme un mystère fascinant, comme un sujet digne d'un grand respect. Pas comme un truc chiant qui fout les jetons. C'est une des raisons de son travail en EHPAD, et une des causes de sa relative solitude amicale. Quel que soit l'âge, elles ne sont pas si nombreuses les personnes qui ont envie de se lier d'amitié avec une nana qui côtoie la vieillesse, la maladie et la mort. Une nana qui, de surcroît, résonne en profondeur et vibre au rythme de cette réalité. Pour la plupart des gens, il s'agit d'un travail insupportable dont ils ne souhaitent pas entendre parler.

La mort émeut Lise, et lui donne des envies de nature, de puissance, de beauté. Comme s'il fallait, à ces moments-là encore plus qu'à d'autres, se connecter au cycle de la vie pour se sentir appartenir à l'univers. Les grandes marées à Saint-Malo, elle en parle depuis longtemps. Elle y pense, et puis elle oublie. Alors hop, dans les projets à réaliser ! Elle songera à Mme Carista, quand elle ira contempler la danse folle des vagues. Elle l'imaginera, enfin apaisée, souriante. Exercice de fiction s'il en est, personne à l'EHPAD n'a jamais vu Mme Carista de bonne humeur.

Lise remet le téléphone dans sa poche. Il est grand temps d'y aller, maintenant, sinon elle n'aura pas le temps d'échanger quelques phrases avec Georges au sujet du match de foot de la veille. Et ce serait fort dommage.

48

C'était vingt-deux heures à peine, ce vendredi-là
C'était veille de Noël et, pour fêter ça,
Elle s'en allait chez Jean-Pierre, près du pont de l'Alma…

Barbara se dit que Charles a raison. Elle est épatante, cette chanson ! Il faudrait peut-être que Barbara la prof se penche sur l'œuvre de Barbara la chanteuse. Mais dans l'immédiat, c'est l'heure de partir voir Suzanne.

Tandis qu'elle manœuvre sa Mini Austin rouge entre les files, Barbara réalise qu'elle a pensé sans efforts *Charles*, et non pas *D*r *Bodier*. Vraiment ? Il semblerait que oui. Il faudra qu'elle le lui dise. Cet aveu pourrait suffire à égayer la journée du médecin.

Suzanne habite une petite maison dans un lotissement périurbain, à une heure et demie environ de chez sa nièce. Barbara a soigné son allure pour retrouver sa tante. Quand elle s'est regardée dans le miroir, elle s'est trouvée belle.

Elle n'avait pas pris le temps de se pomponner depuis un bon moment, et c'était agréable de rompre avec cette période. Attention, elle est présentable, au jour le jour. Mais il y a une différence de taille entre se rendre présentable et se faire belle.

Suzanne vit seule, elle ne s'est jamais mariée. Pas si simple de garder le libre arbitre sur sa vie quand on veille sur sa nièce, et qu'on est aux prises avec une sœur… comme Rose. Barbara va éviter les adjectifs malencontreusement qualificatifs pour le moment.

Faire de nouveau cette route la ramène quinze ans en arrière. Une époque où Barbara n'allait pas très bien. Elle venait de fêter ses quarante ans et ils lui laissaient un goût amer. Même si elle reconnaissait le côté subjectif, tendance absurde, des affres liées à l'âge, elle était obligée de le constater : le cap était compliqué à franchir.

D'un coup, Émilien s'était remis à lui manquer. La décision qu'elle avait prise de ne pas avoir d'enfants devenait irréversible, cet âge le lui hurlait. Elle avait les quarante ans tonitruants. Elle se rendait compte que décréter de ne pas avoir d'enfants quand on avait encore le choix de changer d'avis était une chose bien différente que de réaliser qu'on flirtait avec le terme du possible dans ce domaine.

Le jour de la dispute avec Suzanne, elle était allée déjeuner chez elle, comme elle le faisait à peu près chaque semaine. Elle avait une clé de la maison. Elle était entrée. Suzanne, en tablier à fleurs, lui avait adressé un petit signe de la main et un grand sourire. Elle était au téléphone. Barbara lui avait rendu la pareille, et s'était installée dans le canapé pour attendre la fin du coup de fil.

— Rose, je te laisse, Barbara vient d'arriver. On t'embrasse.

Et Suzanne avait raccroché. Entendre le prénom de sa mère n'était jamais une partie de plaisir pour Barbara, mais Suzanne ne s'en privait pas pour autant. Elle n'avait pas rompu le contact avec sa sœur et ne s'en cachait pas. Elle n'abordait pas le sujet de manière gratuite ou systématique pour autant, elle avait conscience de l'inconfort que cela représentait pour Barbara. Mais quand le sujet se présentait, ou qu'elle estimait avoir quelque chose à en dire, Suzanne parlait de Rose. Pas de tabou, c'était sa décision.

Ce jour-là, Barbara n'avait pas supporté l'intrusion du prénom dans son cocon. La période était déjà tendue, trop de sentiments pénibles remontaient à la surface, malgré elle, au fil des semaines.

Ces putains de quarante balais remuaient la merde, et à grandes brassées ! C'est la conclusion à laquelle Barbara était arrivée. Elle s'était entendue demander Suzanne, sur un ton cinglant :

— *On* t'embrasse ? Non mais tu rigoles, Suzanne ?

Sa tante avait rougi.

— Je suis désolée, Barbara, j'ai réalisé en le disant... ça m'a échappé... C'est stupide.

Pour être stupide, ça l'était. Grave con, tendance n'importe quoi. Barbara s'était sentie perdre pied.

— Mais alors, Suzanne, quand je ne suis pas là, tu racontes à Rose que je l'embrasse ? Tu lui glisses qu'elle me manque ? Tu inventes quoi d'autre comme conneries ?

Suzanne avait eu l'air outrée.

— Bien sûr que non, enfin ! Écoute, Barbara, j'ai dit *on* parce que je pensais déjà à la suite, parce qu'aujourd'hui *on* va passer un bon moment toutes les deux. Ma langue a fourché. Est-ce que c'est la fin du monde ? Il faut comprendre, aussi. Elle sait que nous nous voyons, c'est dur pour elle.

Elle s'était assise sur le canapé à côté de Barbara, qui s'était levée d'un bond en entendant les derniers mots.

— C'est dur pour elle ? s'était-elle écriée sans pouvoir contenir sa rage. Putain, et moi, c'est pas dur pour moi, Suzanne ? Tu crois que je l'ai choisie ma mère ? Merde, mais comment je peux te faire confiance, maintenant ?

Suzanne avait commencé à se décomposer. Barbara ne s'en était pas aperçue sur le moment, aux prises avec un tourbillon incontrôlable. Elle ne l'avait compris que plus tard, en se repassant la scène pour la énième fois.

— C'est à toi de chercher la réponse, Barbara, avait répliqué Suzanne d'une voix blanche. Je ne t'ai jamais rien caché de ma relation avec Rose. Ça ne t'a pas empêchée de venir trouver refuge chez moi, et j'en suis heureuse. Tu devais bien avoir confiance en moi, alors, non ? Rien n'a changé depuis.

Barbara avait secoué la tête avec force en ramassant son sac. Elle avait attrapé son manteau avec une telle violence qu'il s'était déchiré à la couture de l'épaule.

— Suzanne, je t'ai toujours prévenue que c'était casse-gueule, de ne pas choisir son camp.

— Et moi, je t'ai toujours répondu que je n'avais aucune raison de prendre parti. Je vous aime toutes les deux. Tu es ma nièce et Rose est ma sœur.

— Tant pis pour toi, avait conclu Barbara en tournant les talons.

Elle s'était ruée sur la porte sans écouter les paroles d'apaisement que Suzanne tentait de lui adresser. Quand la main de sa tante s'était posée sur son bras, elle l'avait repoussée avec énergie, au risque de la faire tomber. Elle avait entendu le petit *Oh* de surprise et de douleur mêlées sans s'y arrêter, n'avait pas salué Suzanne et s'était barrée en claquant la porte. Derrière elle, elle avait entendu Suzanne ouvrir et l'appeler depuis le perron – *Barbara, reviens, ma chérie, s'il te plaît !* Mais elle ne s'était pas retournée, une part d'elle observant malgré tout qu'elle fuyait encore et semblait incapable d'agir autrement. Depuis, elle s'en était souvent voulu de son impuissance.

Elle avait roulé au hasard et s'était garée en catastrophe, le long d'une voie ferrée. Longtemps, elle était demeurée dans sa voiture, comme anesthésiée par un mélange de colère et de désespoir, avant de pouvoir remettre le contact et rentrer chez elle.

À l'instant où Barbara presse la sonnette, ce dimanche, toute la scène a défilé sous ses yeux et son cœur bat à vive allure, tambourinant comme un dératé. Suzanne vient lui ouvrir, dans son éternel tablier à fleurs, précédée d'une merveilleuse odeur de crêpes et de curry. C'est un mélange détonant, autant dire que c'est Suzanne tout craché.

En un coup d'œil, Barbara constate qu'elle a beaucoup vieilli. À quoi s'attendait-elle ? Dans son souvenir, Suzanne était restée inchangée durant ces quinze ans. Mais peu importe, c'est elle. Les deux femmes se tombent dans les bras. Leur accolade dure longtemps. Puis Suzanne saisit Barbara par les épaules, et la contemple avec soin.

— Tu es belle, ma chérie. Encore plus belle que dans mon souvenir. Rentrons, on ne va pas passer la journée sur le pas de la porte !

Barbara essaie de trouver ce qui est nouveau dans la maison de Suzanne. Elle détecte les changements induits par le vieillissement de sa tante : les portes sont plus larges, un lit médicalisé est installé dans le salon. Il n'a pas l'air d'être utilisé, sans doute Suzanne y a-t-elle eu recours à d'autres moments. Au fond du couloir, Barbara aperçoit un déambulateur et un fauteuil roulant. Suzanne marche avec difficulté, mais elle marche encore. A-t-elle eu des problèmes de santé ? Sont-ils résolus ?

Hormis ces changements, ainsi qu'une peinture blanche dans le salon et l'entrée, qui a remplacé la tapisserie, vieillotte à un point tel que ça confinait au sublime, la maison de Suzanne reste la maison de Suzanne. La même énergie qu'au temps de la jeunesse de Barbara y circule. La chaleur et la tendresse qui caractérisent ce lieu sont inchangées. Ici, c'est le seul endroit où elle se soit sentie bien quand elle était gamine. Un lieu stable. Prévisible. Fiable. Donc précieux. Rose l'emmenait chez Suzanne environ une fois par semaine. Elle aussi, sans doute, se sentait bien – ou moins mal – en présence de sa sœur.

Suzanne a préparé un curry de poisson et une montagne de crêpes. Les deux plats préférés de Barbara, dans la palette culinaire de sa tante. Le repas sera exceptionnel, dans tous les sens du terme. Elle en est là de ses réflexions quand Suzanne lui colle une bouteille de champagne entre les mains.

— À toi de jouer, ma belle. Je n'ai plus assez de force pour l'ouvrir, je suis bien obligée de me passer de ce genre de plaisir la plupart du temps. Alors je profite que tu sois là.

Suzanne a un faible pour le champagne. Rose prétendait même qu'elle l'avait un peu trop aimé à une certaine période de sa vie. Mais là, il n'est pas question de savoir si c'est raisonnable ou pas. Il est question de fêter leurs retrouvailles comme elles le méritent.

Barbara fait sauter le bouchon et remplit les flûtes sur la table. Les deux femmes trinquent – santé ! Cela leur suffit, pas besoin de longs discours. Chacune peut mettre ce qu'elle veut d'autre dans ce toast, et c'est très bien ainsi.

Le curry est chaud et savoureux. Suzanne et Barbara se parlent avec complicité, en évoquant de vieux souvenirs et des anecdotes qui les font rire de nouveau. Elles se racontent aussi l'essentiel des quinze années qu'elles ont passées séparées. Au fromage, Barbara apprend que Suzanne a été victime d'un accident vasculaire cérébral, huit ans auparavant ; c'est un choc, elle ferme les yeux sous le coup. Suzanne lui assure qu'elle s'en est bien sortie, qu'elle a bien récupéré, mais qu'elle reste plus fatigable. Les réaménagements dans la maison sont consécutifs à cet épisode.

En saupoudrant sa quatrième crêpe d'un sucre roux parfumé comme de la réglisse, Barbara raconte la fac, et la géniale Ninon. Elle enjolive aussi quelques histoires amoureuses, sans mentir pour autant. Elle les présente juste de manière inventive pour amuser Suzanne dont les yeux brillent. Elles sont en train de vider la dernière coupe de champagne. Barbara réalise que ces quinze ans ont été banals, qu'elle n'a rien vécu d'extraordinaire. Ah, ça, elle n'a pas été débordée ! Qu'est-ce qui l'a empêchée, dans ce cas, de se pencher sur son erreur, et de revenir ?

C'est Suzanne qui aborde le cœur du sujet, elles en sont déjà au café. Elle doit considérer qu'il est temps.

— C'est à la fois étrange et tellement bon que tu sois là, dit-elle en remuant son café.

Suzanne pose sa cuillère sur la soucoupe, d'une main qui est restée fine, aux doigts intacts, aux ongles longs et soignés. Barbara la prend, cette main, et la tient dans la sienne.

— J'aurais voulu que tu m'appelles, tu sais.

— Moi aussi, Barbara, j'aurais voulu que tu appelles.

— Je n'y arrivais pas.

Suzanne presse la main de Barbara.

— Et moi je n'osais pas, j'avais peur que tu me rabroues. Et puis après, cela m'a paru insurmontable. Quand on laisse passer trop de temps, on se fait des idées, on ne voit plus les choses avec exactitude. J'aurais dû avoir plus de courage.

— C'était à moi d'appeler, c'est moi qui suis partie.

— Sans doute, oui, ma chérie. Tu as fui Rose. Tu as fui Émilien. Tu m'as fuie moi… Il y a des moments où il faut laisser les gens que l'on aime chercher leur propre chemin, même si on en souffre, même si c'est long. J'ai beaucoup accepté de toi. Tes empêchements, tes colères et tes coups de sang, aussi. J'ai toujours essayé de comprendre tes douleurs en même temps que celles de Rose. J'ai trouvé tes reproches si injustes, ce n'était pas la première fois, d'ailleurs, que tu m'en adressais. Je n'avais rien à y opposer, mais je me suis sentie terriblement blessée.

Barbara convient qu'elle a raison. Elle n'a rien à ajouter.

— Ma chérie, ajoute Suzanne en souriant, dans les mises au point qui ne sont pas pour te plaire... Parle à Rose. C'est elle qui a les réponses aux questions que tu te poses. Mais ne tarde plus, elle s'évapore.

Parler à Rose... Comme si c'était aussi simple... Mais il faut croire que Barbara continue de progresser : il ne lui vient même pas à l'esprit de se cabrer. Mieux, elle serait plutôt d'accord avec sa tante. Rose s'estompe petit à petit, c'est incontestable. Est-il déjà trop tard ?

— C'était si douloureux, Suzanne, d'avoir mal agi avec toi et de t'avoir perdue que j'ai tout cadenassé. J'ai basculé dans une autre vie où je n'avais plus de liens familiaux. Je me sens tellement stupide, c'est énorme, là, maintenant... Quinze ans de notre vie, gâchés par... quoi ? De la fierté mal placée ? De l'orgueil ? Je n'ai pas trouvé le moyen de désamorcer cette fâcherie, de t'appeler et je m'en veux.

— En même temps, tu n'as jamais donné dans la demi-mesure, hein ? répond Suzanne avec malice. Tu crois que je ne m'en suis pas voulu ? Mais le passé est le passé, et comme j'aime à le dire, il faut le laisser derrière nous.

— J'ai besoin d'un peu d'aide, si tu m'autorises.

Barbara se lève, et file ouvrir la vieille armoire du salon. Elle en extrait l'eau-de-vie hors d'âge qu'elle connaît bien. Elle prend deux petits verres à digestif qu'elle remplit de gnôle. Elles trinquent et boivent une minuscule gorgée, suffisante pour leur brûler l'œsophage.

— C'est bon, dit Suzanne en grimaçant. Il faut parfois ce genre de sensation exagérée pour se sentir vivant.

— Je vais tenter de parler à Rose, dit Barbara en se raclant la gorge. Mais si elle ne me répond pas, je pourrai revenir vers toi ?

— Tu pourras toujours revenir vers moi, ma chérie.

49

S'il est honnête avec lui-même, il doit reconnaître que tout professeur Bodier qu'il soit, il est bien démuni face à la colère et à la détresse de Barbara. Il ne déteste pas être bousculé par ces décharges d'émotions, cela le change de ses habitudes. Mais depuis le début, dans leurs échanges, il improvise dans les grandes largeurs sans savoir où il va.

Au début, il a sans doute cru qu'il pourrait aider Barbara. Un réflexe de médecin reconnu et un brin tout-puissant – j'en connais plus que vous sur ces problématiques, j'ai davantage bourlingué dans ce domaine, donc je vais vous faire bénéficier de ma grande expérience.

Tentative caractérisée de se reposer sur ses lauriers et condescendance, ah le beau mariage que voilà.

Il a assez vite compris que ce serait sans doute plus compliqué. Ce caractère qu'il apprécie tant, chez elle, c'est la partie émergée d'un iceberg d'émotions brutes. Peut-être même brutales. Il peut l'écouter et être présent, il n'a peur ni de son caractère, ni de la violence de son histoire. Il ne se sent pas menacé par son côté cash. Mais une fois qu'il a dressé cette liste, il est à peu près au bout de ses compétences. Comment pourrait-il accompagner ou conseiller quelqu'un empêtré dans une relation mal foutue ? Il aurait l'air malin, non ? Charité bien ordonnée commence par soi-même, prétend l'adage, et de ce point de vue, sa crédibilité est à zéro. S'il avait trouvé comment inverser la tendance avec Éliane, il pourrait peut-être causer du sujet. De l'art et de la manière de s'en sortir, de rebondir, de se reconstruire, et autres trucs en ir(e). En l'état actuel des choses, tout au plus peut-il être un frère d'armes, un collègue troufion embarqué dans la même galère.

Néanmoins, il comprend la situation de l'intérieur et ça, c'est son atout. Il ressent encore chaque jour à quel point une relation qui dysfonctionne bouscule les différents protagonistes qui la vivent. Abîme. Désagrège. Il connaît la puissance de ces mécanismes, la façon dont ils vous donnent le sentiment d'être une mouche prise au piège sur un papier collant. En vertu de quoi, il ne s'aventurera pas à juger une personne aux prises avec des tourments similaires.

Jamais il ne dira à Barbara ce genre de phrases toutes faites si faciles à prononcer : *Il est temps de tourner la page*, *Il faut regarder devant soi*, et autres *Lâchez prise*. Barbara est la seule juge en la matière. Qui d'autre qu'elle peut estimer ce qui est devant et ce qui est derrière elle ? Le tri lui appartient, il est bien placé pour le savoir.

C'est peut-être la raison de sa présence dans cette histoire, pense-t-il soudain. Et s'ils avaient besoin, tous les deux, d'être en phase avec quelqu'un qui comprend, qui traverse une situation aussi complexe et éprouvante, même si chaque histoire est singulière ? Quelqu'un dont on peut espérer qu'il ne fera pas preuve de trop de maladresse. On se sent si fragile, parfois, qu'un simple mot peut s'avérer une balle tirée à bout portant.

On frappe à la porte de son bureau. Solange fait son apparition, toujours aussi adorable et mal chaussée. Une paire de ballerines informes, hideuses, et probablement en matière synthétique. Malgré ses goûts douteux en matière de chaussures, Charles conserve son affection pour sa secrétaire, parce que c'est une femme formidable, doublée d'une professionnelle exemplaire. Ou alors, il vieillit… Cette idée lui arrache une grimace.

— Le fils de Mme Carista a appelé, dit Solange en consultant ses notes. Il prend l'avion demain. Sa petite-fille devrait arriver aujourd'hui, elle habite moins loin.

— En même temps, fait remarquer Charles, moins loin que New York, ce n'est pas très dur.

Solange sourit sans répondre. Elle lui dépose une petite liasse d'enveloppes.

— Le courrier du jour.

Puis elle tourne les talons – si seulement elle en portait ! – et quitte le bureau. Une notification attire l'attention de Charles sur son portable. Un nouveau SMS vient d'arriver.

Bonjour. Hier j'ai songé à vous, et je vous ai appelé Charles. *Je me demande si cet exploit ne mérite pas un autre cheesecake. J'ai écouté* Joyeux Noël, *une chanson épatante. Et j'ai rappelé ma tante Suzanne, je suis même allée la voir. Elle m'a préparé des crêpes. Vous en voulez ? Elles consolent, les crêpes de Suzanne. Avez-vous besoin d'être consolé ? Passez une bonne journée.*

C'est la première fois que Barbara lui envoie un SMS. En même temps, c'était la première fois, l'autre jour, qu'il l'appelait depuis son portable. C'est cohérent. Il est un peu décousu, ce SMS, c'est sans doute ce qui constitue son charme.

A-t-il besoin d'être consolé ? Ce n'est pas la bonne question. Mérite-t-il de l'être ? Là, d'accord, on peut y réfléchir. Et la réponse est non.

Bonjour, Barbara. Je ne me rappelle même plus à quand remonte la dernière crêpe que j'ai mangée. Il faut croire que je suis distrait, sur des choses pourtant essentielles. Pour le reste, notre besoin de consolation est impossible à rassasier, prétend Stig Dagerman, alors que voulez-vous y faire ? À bientôt !

Il envoie le message et réalise aussitôt son oubli.

P.-S. : Vous me direz qui est Tante Suzanne ? Je ne crois pas que vous m'en ayez déjà parlé.

De nouveau, il envoie le SMS, puis repose son téléphone. Il est soudain submergé d'une vague de tristesse. Depuis combien de temps n'a-t-il pas vu ses enfants ? Plus de quinze jours, pour les deux. C'est trop. Il rédige un petit mail, dont ils sont tous les deux destinataires. C'est leur habitude quand il s'agit d'organiser une rencontre, plus pratique que d'échanger des tonnes de messages.

Il y a quelques années, maintenant, qu'ils se voient régulièrement tous les trois autour d'un déjeuner. Une façon de passer du temps ensemble, sans Éliane. Ce sont des moments merveilleux, à chaque fois, et bien souvent, ils essaient de se libérer une partie de l'après-midi pour pouvoir en profiter davantage. Ils ne se cachent pas, mais prétextent un rapide déjeuner de gens qui bossent. En réalité, personne ne l'a formulé de cette manière, mais Charles pense que se voir sans Éliane leur fait du bien. Tout est plus léger, quand Charles et Éliane ne sont pas ensemble.

Le mail propose un resto et demande leurs disponibilités à Paul et Louise. Charles termine en leur écrivant qu'ils lui manquent et qu'il est désolé de s'être laissé accaparer l'esprit par son changement de travail, qui n'en méritait pas tant. Il ajoute qu'il les aime. Et puis il envoie le message.

Il serait peut-être temps de confier à ses enfants la réalité du couple formé par leurs parents. D'une certaine manière, ils le savent, ils ne sont pas idiots. Mais Charles ne leur en a jamais parlé ouvertement. Il n'a pas encore osé jouer cartes sur table, par manque de courage. Pour la première fois, il se dit que c'est un peu facile de différer sans cesse la discussion, au motif que ses enfants ont déjà tout compris.

Tout à l'heure, il s'est demandé s'il devenait plus tolérant parce qu'il vieillissait. Si les années lui apportent un peu de sagesse, alors le deal est honnête. Barbara a eu raison de lui poser la question. Bien sûr qu'il a besoin d'être consolé, même s'il persiste à penser qu'il ne le mérite pas. Un énorme besoin, même. Consolé par la terre entière, si c'est possible.

50

Barbara a besoin de faire le point. Si elle courait le Tour de France – Dieu l'en garde – ce serait le relais étape. Et pour y arriver, elle va avoir aussi besoin d'un bain chaud. Sels de bain au jasmin, bougies, musique relaxante... la totale ! L'appart est dans un bordel monstre, tout part à vau-l'eau et elle aussi, elle veut y aller, à l'eau. C'est le seul truc qui l'apaise quand elle ne sait plus où elle en est.

Pendant que l'eau chaude coule, diluant les sels dans une odeur merveilleuse, Barbara enfile son peignoir de bain et s'installe à sa coiffeuse. Elle pousse les flacons d'un revers de main qui a aussi le mérite de nettoyer la poussière accumulée. Elle pose une feuille de papier, un verre de merlot et un Bic quatre couleurs. C'est l'heure du bilan, qui tourne dans sa tête comme une litanie.

Je n'ai jamais senti que ma mère m'aimait. Elle est bipolaire, je l'ignorais. Mon appartement est dans un état pitoyable. Je n'ai plus d'amant depuis un paquet de semaines. Pas de manque pour autant.

Je n'ai jamais senti que ma mère m'aimait. Je ne lis plus, c'est un crève-cœur. J'ai retrouvé Suzanne. Elle m'a aimée, elle m'aime encore. Ses crêpes sont toujours aussi bonnes. Ninon est une sacrée nana.

Je n'ai jamais senti que ma mère m'aimait. Jamais senti non plus que je l'aimais. Si elle mourait demain, il est probable que ça ne me ferait rien. Elle adore encore et toujours les romans à l'eau de rose, ça ne lui a pas passé avec le temps, quel gag ! Lise est gentille, mais parfois, elle envoie des phrases cash, sans détour. Je ne peux pas lui en vouloir, je suis pareille.

Je n'ai jamais senti que ma mère m'aimait. Charles apprécie que les femmes portent des jolies chaussures. J'aurais peut-être été heureuse avec Émilien. Ou peut-être pas. Ma mère n'a pas été à la hauteur de mes espérances, quelle qu'en soit la cause. Barbara, la chanteuse, c'est souvent épatant.

Je n'ai jamais senti que ma mère m'aimait. Jusque-là, j'y ai survécu, et j'envisage de poursuivre sur ma lancée. Charles et son épouse, c'est compliqué. J'ai tenu le choc à la fac. Je suis fatiguée. Vivement les vacances. Mon père a disparu de la circulation et n'y reviendra pas.

Je n'ai jamais senti que ma mère m'aimait. Jamais senti non plus que je l'aimais. Je ne lis plus.

Les vapeurs d'eau chaude font boucler ses cheveux sur sa nuque, tandis qu'elle s'accorde une gorgée de vin et se relit. Ah, tiens, pour la lecture en berne, elle l'a déjà noté. Est-ce à dire qu'elle aurait fait le tour, alors ? Ah non, au temps pour elle.

J'ai peur. Je suis triste. En colère. Heureuse aussi. Pliée de rire, parfois. Je m'en fous. C'est mélangé, bizarre. Je suis seule. Sans cesse. Tout le temps. Je suis seule. Je suis seule.

Je. Suis. Seule.

SEULE.

Ces mots lui sautent au visage. Cette formule a bercé son enfance et son adolescence. Barbara se la répétait comme un mantra pour se donner de la force. Je suis seule, donc je dois m'en sortir seule. Sa main reste suspendue un instant au-dessus de la feuille. Elle s'aperçoit qu'elle tremble.

La buée a recouvert les miroirs. Tant mieux, se dit Barbara, elle n'aurait pas voulu voir l'expression de son visage. Elle vide son verre d'un trait et ferme le robinet.

Elle ne s'était plus sentie seule depuis qu'elle est prof à la fac. C'est subjectif, évidemment. On peut *être* seule et ne pas *se sentir* seule, ou l'inverse. Ce sentiment de vide en dedans, qui creuse des galeries impossibles à colmater, et par lesquelles son propre sang charrie un froid glacial à la moindre occasion. Cette impression pénible d'être mal isolée, d'être un bâtiment mal foutu ouvert à la moindre intempérie jusqu'au plus profond du cœur et du corps, Barbara ne l'avait plus ressentie depuis longtemps, et elle la retrouve depuis qu'elle traîne à l'EHPAD des Genêts.

Alors c'est ça, ce qui la touche, qui l'atteint, qui estompe ses contours, depuis le retour de Rose dans son existence. Ce truc qu'elle n'était pas encore arrivée à définir, c'est le retour de la complainte, du *je suis seule* tellement combattu. Il aura suffi d'un rien pour qu'il se dresse devant elle et la mette à genoux. Elle pensait en être beaucoup plus loin dans son existence. S'est-elle trompée à ce point sur son évolution personnelle ?

Elle fait glisser le peignoir et le dépose sur le siège. Elle prend soin de déposer son portable, la feuille, le stylo et le verre de vin à portée, sur un tabouret. Elle entre avec délice dans l'eau brûlante et parfumée et s'allonge pour laisser ses muscles se détendre. Elle aurait besoin d'un sucre saturé de gnôle, de câliner son lapin en peluche jeté par Rose, en douce, un lendemain d'orage, qu'on lui raconte une histoire où tout finit bien, qu'un homme tendre lui frotte le dos et la rejoigne dans la baignoire. Elle n'a que le bain et le vin, au moins cela comblera-t-il les courants d'air froids qui la traversent. Un bain chaud, juste un répit. Elle ferme les yeux et tente de garder la tête vide quelques instants. Un SMS la tire de son repos.

Vous avez raison, j'ai besoin d'être consolé. Mais il faudra que j'accepte l'idée que j'y ai droit.

Peut-être l'accepterons-nous en parallèle ? Passez une bonne soirée, Barbara.

Barbara relit plusieurs fois le message de Charles. Elle a bien compris dès la première lecture, mais elle le relit, presque malgré elle. Ses oreilles bourdonnent. Elle croit entendre d'abord Ninon, au loin – je peux cesser de ne compter que sur moi. Et puis il y a Lise. Elle lui demande de laisser une chance à ses tentatives, de ne pas tout verrouiller. Barbara relit encore le SMS de Charles. Quelque chose cherche à l'atteindre, elle le sent. Le clapotis de l'eau qui s'égoutte de ses cheveux forme une mélodie apaisante, comme dans une grotte humide où elle se serait égarée. Et soudain, elle entend distinctement – Tu n'es pas seule.

Je ne suis pas seule. Je ne suis pas seule. Je ne suis pas seule.

Une vague intérieure la soulève – *Pas seule*. Elle l'a cru, pourtant, mais non, bien sûr que non ! Elle a eu peur d'un fantôme issu du passé. Rien à voir avec sa réalité actuelle. Barbara relit le SMS de Charles, encore une fois. Accepter, chacun de son côté, mais dans le sillage de l'autre, d'être consolé ? Un seul mot suffira.

Chiche, lui envoie-t-elle en réponse.

Et là, dans son bain en train de refroidir, enfin rassurée, enfin rassemblée, enfin colmatée, les jambes repliées contre sa poitrine et les bras passés autour, Barbara se laisse aller. Elle pleure et elle rit, en même temps.

51

Mme Carista est morte cette semaine. C'est une raison suffisante pour que ce dimanche Lise aille marcher en forêt. La météo annonce un temps incertain. Peu importe. Lise se moque que les éléments soient cléments ou non. Prévenants ou menaçants, elle a besoin d'eux, et d'un shoot de nature. Il lui faut sa dose. Point. *Un, deux, trois, nous irons au bois*, chante une petite voix de gamine, peut-être la sienne d'il y a vingt-cinq ans, ou peut-être une autre, dans sa tête. C'est ça, petite fille, je vais au bois, tu as tout compris, pense Lise.

Après un rapide petit déjeuner, elle enfile un jean qui ne craint rien, un tee-shirt confortable et un pull. Elle le choisit léger, elle sait que la marche lui donnera vite trop chaud, de toute manière. Elle lace ses chaussures de randonnée, puis glisse sa gourde d'eau, quelques barres de céréales et son K-way, au cas où, dans un petit sac à dos. La tentation est forte de laisser son téléphone portable chez elle. Elle a besoin d'être vraiment seule, aujourd'hui. L'idée même qu'elle pourrait être dérangée lui est insupportable. Mais Lise convient aussi que si elle devait avoir un imprévu, un accrochage en voiture ou une cheville qui se tord dans un trou de lièvre, ne pas avoir son portable avec elle serait stupide. Plus personne de sa génération, elle pas plus que les autres, n'a de stratégie pour se débrouiller sans aide en cas de problème. Elle se résout donc à le glisser parmi ses affaires, mais elle prend la peine de l'éteindre avant. Il sera toujours temps de le rallumer si nécessaire.

Trente minutes plus tard, sa voiture laissée sur une aire déserte, Lise s'engage sur un petit sentier bordé de fougères et de ronces. Il ne fait pas chaud, mais il fait déjà bon. Au-dessus de sa tête, elle distingue à peine le ciel, tant le feuillage des arbres est épais sur cette partie du chemin. Lise reconnaît des chênes, des marronniers, un ou deux noisetiers. Il y a aussi d'autres essences qu'elle n'identifie pas. Elle n'est pas spécialiste, tant s'en faut. Elle se contente d'aimer la force et la beauté paisibles des arbres. Leur nom lui importe peu.

Lise marche vite. Trop vite. Le sous-bois n'a pas encore évaporé l'eau emmagasinée lors de la grosse pluie du milieu de semaine. La terre est noire. Elle colle aux chaussures. L'air est lourd, humide, saturé d'odeurs d'humus. En cet instant et en ce lieu, le printemps a d'étranges allures d'automne, la moiteur en plus. Comme si la forêt avait décidé d'égarer les sens de Lise

– pas dur, en ce moment, elle se sent tellement fragile qu'elle laisse facilement vaciller ses repères.

Imperceptiblement, Lise ralentit son pas. La lourdeur de l'air la freine, en pesant sur ses épaules comme pour l'ancrer au sol. Ce n'est pas si mal. Chaque pas s'inscrit profondément dans son corps, elle ressent la contraction et le relâchement de ses muscles, l'effort puis le soulagement. Son cœur se calme, sa respiration s'amplifie.

Au fur et à mesure que sa promenade devient plus tranquille, Lise relève la tête. Quand on marche vite, en forêt, il faut regarder ses pieds, pour éviter de les prendre dans une racine ou une branche morte et de se blesser en chutant. En ralentissant, le risque est moins grand de trébucher salement, alors on peut se risquer à admirer les alentours. Il y a une quantité réjouissante de jeunes branches, de pousses de fougères, de feuilles toutes tendres sur les arbustes inconnus. Lise réalise soudain qu'elle est cernée de chants d'oiseaux et de vrombissements d'insectes. Ils accompagnent le bruissement des feuilles bercées par le léger souffle de vent, qui caresse aussi les joues de Lise. Elle n'avait pas prêté attention à tous ces détails jusque-là. Il y a de la vie partout, songe-t-elle. Une vie indisciplinée et vigoureuse, libre au-delà de tout. C'est bien le printemps, aucun doute. Un printemps puissant et prometteur, comme tout printemps qui se respecte. D'ailleurs, comme un écho à cette pensée, un rayon de soleil filtre au milieu de la grisaille et des feuillages.

Comme c'est beau, ici, murmure Lise pour elle-même. Elle s'arrête. Regarde, écoute, respire. Tend ses bras à l'horizontale, à la manière d'un Christ en croix, les paumes tournées vers le ciel. Tourne sur elle-même, doucement, pour embrasser tout ce qui l'entoure. Elle répète les mêmes mots, un peu plus fort, une fois, deux fois, et puis elle les crie – *Comme c'est beau, ici !* Le hurlement déclenche en elle un séisme incontrôlé. Un torrent de larmes la submerge d'un coup. Elle s'étreint avec force. Lise ne lutte pas contre ses pleurs. Elle sait qu'il faut les évacuer. Mme Carista est morte. Et même si elle n'avait pas de forte accroche avec elle, c'est une incursion de la mort dans sa vie à elle. Ce n'est pas neutre.

Devant Lise, un peu sur sa gauche, il y a un immense et large chêne. Quel âge a-t-il, ce vénérable ? Impossible à savoir, mais vu son envergure, au moins cent ans. Assez, en tout cas, pour être largement plus averti sur les mystères de la vie que ne l'est Lise. Elle enjambe quelques orties pour l'atteindre, et l'enlace. Ses bras déployés couvrent à peine la moitié de la largeur du tronc majestueux. Elle pose sa joue contre l'écorce rugueuse, se serre fort contre lui, et ferme les yeux. Petit à petit, le grand arbre apaise ses larmes, lui transmet un peu de sa sérénité et de sa sagesse. Lise reste longtemps blottie contre lui, sans pouvoir dire exactement combien de temps. Elle en a perdu la notion. Quand elle s'en écarte, elle sait que la tempête est derrière elle. Que son chagrin et sa tension ont été absorbés par l'écosystème de la forêt, si doué pour le recyclage. Qu'en fera-t-il ? À lui de voir. Puisque tout est superbe, dans ce lieu, le chagrin de Lise se transformera nécessairement en beauté. Et cette idée finit de la rasséréner.

Pendant encore un long moment, Lise marche au milieu des arbres, les sens aux aguets. Maintenant qu'elle a fait le vide de chagrin et de tension, elle se remplit. De bonne énergie, de joli, de vivant. Quand elle rejoint sa voiture, elle réalise qu'il est plus de dix-sept heures, qu'elle n'a pas déjeuné, et qu'elle s'en fiche. Elle se sent juste bien.

52

Barbara attend Ninon devant un Perrier tranche. Elle lui a donné rendez-vous dans un petit café qu'elle aime bien, pas très loin de la fac. Il n'est pas dans le périmètre habituel, ni dans l'ambiance des étudiants. C'est un café pour vieux intellos, avait prétendu une fois une collègue en se moquant. Il y a de la moquette murale bordeaux parfaitement démodée, des fauteuils en cuir craquelé et des tables de bistro en bois qui ont déjà bien vécu. Le patron y diffuse des disques de blues ou de gospel. Tout le contraire des cafés *lounge* à la mode. Vieille intello ? Parfait, c'est tout moi ! avait décrété Barbara. Rien que pour cette raison, elle y était revenue, et elle avait fini par s'y trouver vraiment bien.

Barbara n'a plus cette peur viscérale, qui poussait à l'intérieur de ses chairs comme un chardon géant, rendant sa vie si douloureuse. Une peur paralysante qu'elle n'avait même pas identifiée. Maintenant, Barbara éprouve juste une peur normale. En réalité, elle ignore si la peur est un élément normal ou non, mais c'est un sentiment partagé par le commun des mortels, alors c'est la formule qui lui vient. Sa frousse a repris une forme acceptable. Et compte tenu de son bagage d'effroi de départ, ce constat est bien suffisant pour elle.

Elle a arrêté deux grandes décisions, en sortant du bain et en se séchant.

La première, c'est de prendre rendez-vous avec un psychiatre. Pas pour une consultation, juste pour poser des questions et recueillir des informations. Un psychiatre qui connaîtra bien le sujet de la bipolarité. Qui pourra lui répondre de manière factuelle. Qui l'aidera à sortir de ses attentes et de son indécision. Elle a des questions à poser, autant s'adresser à un spécialiste. S'il pouvait en plus la rassurer sur ses perceptions de gamine, lui amener sur un plateau un petit schéma bien simple et bien carré, ce serait parfait. Ce dernier point sera sans doute moins simple. Mais elle garde cet espoir caché en elle, on a ses faiblesses.

Reste à trouver le psychiatre, mais Barbara n'est pas inquiète. Charles devrait pouvoir l'aiguiller.

La seconde décision, c'est d'emmener à l'EHPAD *La Tournée d'automne* de Jacques Poulin. Elle aime ce livre, qui offre en préambule ces deux phrases d'Hemingway qui résument la vie de Barbara : *Dieu soit remercié pour les livres. Tous les livres*. Rose aime les histoires d'amour ?

Fort bien. Alors, au moins qu'elles soient portées par une langue poétique et tendre, et qu'elles se déroulent dans un cadre naturel époustouflant, non mais ! En revanche, parce qu'elle chérit ce livre, Barbara n'est pas sûre de pouvoir ni vouloir prendre le risque de le lire à Rose. Ses réactions sont trop inattendues. Mais, puisqu'elle a enfin compris qu'elle n'était plus seule – plus comme autrefois – elle peut imaginer, sans que ça lui fasse violence, de demander à Lise de le lire à sa place. Elle verra bien.

Avant de mettre ses résolutions en pratique, Barbara voulait cependant parler à Ninon.

La jeune femme entre dans le café, vêtue d'un jean slim noir, de baskets rouges, et d'une tunique à fleurs jaunes. Elle scrute l'intérieur de la salle pour repérer Barbara, qui se lève afin de signaler sa présence. Ninon la rejoint. Ses longs cheveux roux sont retenus par un large foulard assorti à sa tunique qui lui sert de bandeau. Trois jolis bracelets de pacotille au poignet gauche, une large bague à la main droite. La fantaisie de l'étudiante s'affine avec un goût parfait aux yeux de Barbara. Ninon se sera révélée cette année, se dit-elle avec un plaisir non dissimulé.

Pour la première fois, les deux femmes s'embrassent. C'est Ninon qui enclenche le mouvement, et Barbara la suit. Cela lui paraît naturel. Ninon s'assoit en face d'elle, pose son tote-bag sur une chaise à proximité. Elle remarque le Perrier à moitié plein de Barbara et hèle le serveur sans attendre pour lui commander un thé à la menthe. Barbara jurerait que Ninon a saisi le regard épaté et gourmand qu'il lui a lancé quand elle est arrivée. Dans un café pour *vieux intellos*, une jeune femme comme Ninon est un cadeau du ciel. Barbara jurerait aussi que la jeune femme est fort aise de ce regard, et qu'il est possible qu'elle revienne jouer avec, plus tard, en l'absence de sa prof. Peut-être Ninon commence-t-elle à prendre vraiment conscience de son magnétisme.

Pourtant, c'est elle qui complimente Barbara en premier.

— Vous êtes belle, madame Albin.

Barbara est plus que surprise. Elle ne s'est même pas apprêtée aujourd'hui. Ce que l'on renvoie peut donc être indépendant des efforts consentis pour se mettre en valeur. Sa prise de conscience de la veille lui aurait-elle rendu un peu de sa superbe ? En tout cas, l'éloge tranquille de Ninon est bon à savourer. Petite bulle de douceur inattendue. Barbara réprime la réaction spontanée de rejet qui lui était venue.

— C'est très gentil, Ninon. Vous me touchez, répond-elle en se disant qu'elle progresse.

Le serveur apporte le thé, non sans couler un regard évocateur à Ninon. Les deux femmes choisissent de l'ignorer.

— Vous avancez comme vous voulez dans vos révisions ? demande Barbara.

Ninon touille le thé dans lequel elle vient de glisser un sucre.

— Il me semble, oui. Il est hors de question que je ne valide pas mon année. Ceci dit, pour la première fois de ma vie, je me fiche de finir dans les cinq premiers.

Barbara réplique sans réfléchir :

— Je vous félicite, Ninon.

Et c'est sincère. Peu importe le classement, Ninon ne fait pas moins d'efforts cette année. Elle les répartit juste d'une autre manière. Une partie pour le travail estudiantin, une autre pour le travail d'acceptation de qui elle est et de la vie qu'elle a. Se découvrir et s'accepter en vérité, faire de son mieux et savourer, quel sacré boulot ! Ninon paraît le prendre à bras-le-corps. Et son implication mérite des félicitations tout autant, voire plus, qu'une année universitaire réussie haut la main.

Bientôt, Ninon sortira de l'univers de Barbara. Dans trois semaines, les examens seront finis, les étudiants déserteront la fac, et Ninon n'approfondira plus la littérature l'année prochaine. Elle retournera aux maths, mais aura, comme elle le souhaitait, une vision plus large du *savoir*. Elle deviendra une prof épatante, Barbara en est persuadée.

Ninon restera une étoile filante dans la vie de Barbara. Néanmoins, leurs échanges hors cadre impliquent de clore, avant de se quitter, la conversation qu'elles ont entamée. Ninon boit une gorgée de son thé et repose sa tasse.

— Je crois bien que je n'ai plus peur, avance Barbara. En tout cas, plus de manière démesurée, comme lors de notre dernière conversation.

— C'est marrant, répond Ninon en souriant, il doit y avoir un alignement de planètes. Pour moi aussi, la peur est retombée.

— Je suis heureuse de l'entendre, Ninon.

— Et moi de pouvoir le dire ! J'en suis arrivée à la conclusion qu'il fallait que j'ose. Même si, d'une certaine façon, je rate des marches dans ma tentative d'émancipation, je ne retournerai pas à la case départ. Il y aura des richesses à ramasser sur ce chemin et des enseignements à tirer de mes expériences, c'est sûr. On ne revient jamais en arrière, de toute façon ?

Décidément, Ninon comprend et analyse les réalités de la vie avec plus de pertinence et de vivacité que moi, pense Barbara. Pourtant, il y a un message qu'elle souhaite lui transmettre, puisque l'étudiante semble lui porter de l'estime.

— Non, en effet, je crois qu'on ne recule jamais, même si on en a parfois l'impression. Chaque expérience recèle des trésors, y compris celles qui s'avèrent difficiles. Celles-là peut-être plus encore que les autres. Foncez, Ninon, continuez de vous déployer. Vous avez une envergure peu banale.

Ninon secoue la tête, un peu gênée.

— Si, si, je vous assure, insiste Barbara. N'ayez pas peur d'avancer. Si vous tombez, vous vous relèverez. Un chemin se réajuste selon ce qu'on a appris de la chute ou de la réussite. Le pire, c'est le surplace. L'immobilisme, c'est la mort. Vous pouvez avoir confiance en vous,

Ninon, vous êtes équipée pour interpréter la partition de votre vie.

Barbara a changé d'avis, depuis sa visite chez Suzanne et depuis son bain chaud. Elle a réalisé que, venant d'une personne qui compte, les encouragements à croire aux forces et à l'instinct qu'on porte en soi ont de l'importance. Si Barbara avait eu ce soutien, elle ne se serait peut-être pas enfermée dans l'idée qu'elle était revenue à la case *je suis seule*, alors que c'était faux.

Elle caresse l'espoir – tant pis s'il confine à la prétention – que ses mots serviront de garde-fou à Ninon, un jour de doute ou de fragilité extrême. Que peut-être, ce jour-là, en plus d'avoir le réflexe d'en parler à quelqu'un, comme elle l'évoquait lors de leur échange en Ouzbékistan tropical, elle repensera à Barbara. Une évocation protectrice.

— Je vais essayer, plaisante Ninon.

Elle observe sa tasse un moment avant de reprendre avec plus de sérieux.

— Je vais essayer d'agir comme vous. Oser avancer, en tenant compte d'où je viens et en acceptant mes faiblesses. Ne pas renoncer même quand ça tangue fort. Accepter la peur, parce que c'est de cette manière qu'on l'affaiblit. Donner le meilleur de moi, y compris pour m'aimer telle que je suis. Et puis, si c'est possible, apprendre à rayonner autant que vous.

Dans la tête de Barbara, c'est l'étonnement qui pointe. C'est d'elle dont il est question, là ?

Vraiment ? Dans les yeux de Ninon, on dirait que Barbara est un genre de maître zen, experte en sérénité et en acceptation. Ou alors une super-héroïne qui surmonte toutes les épreuves avec panache. Il y a une erreur dans l'analyse, non ? Barbara a, pour sa part, le sentiment de s'arc-bouter sans cesse et d'appréhender le monde de façon violente. Elle a cette opinion depuis si longtemps qu'elle peine à la remettre en question. Mais comme tout à l'heure, elle réprime la tentation du rejet. Elle va faire l'effort de recevoir les mots de Ninon sans les interpréter ni les invalider. Elle ira jusqu'à reconnaître, à défaut d'être totalement en accord avec la tirade, qu'elle a fait de son mieux avec ce qu'elle était dans la vie qui est la sienne.

Ninon tripote la grosse bague à son doigt en attendant la réponse de Barbara.

— C'est un bon programme, se contente-t-elle d'approuver.

Le reste de leur conversation porte sur les cours et les examens, l'essentiel ayant été dit. Lorsque Ninon se lève pour prendre congé, elles s'embrassent, intensément conscientes l'une et l'autre qu'elles ne se reverront probablement pas.

— Merci, Ninon, termine Barbara en lui serrant le bras.

— Merci, madame. Pour tout.

53

Éliane est assise sur le canapé du salon, comme à peu près tous les soirs lorsque Charles rentre de l'EHPAD. Elle lit un gros roman dont il ne distingue pas le titre. Avait-elle déjà cet air pincé, avant qu'il n'arrive ou lui est-il exclusivement réservé ? Elle lui adresse un regard suivi d'un bref bonjour pendant qu'il se dirige vers le canapé.

Il s'assoit en face d'elle et la fixe. Est-ce son regard à lui ou le temps qui l'a rendue laide ? La rigueur de ses traits semble s'être gravée dans ses chairs d'une manière définitive. Si elle tentait de lui sourire, elle échouerait et garderait cet air sévère, il en a la certitude. Un air figé de vieille bique, une laideur sans doute irréversible, comme l'état de leur relation. C'est trop tard pour tout, entre nous, se dit-il.

Il la fixe, incapable de détacher son regard de la chevelure teinte, du collier de perles sur le tailleur crème, des longues mains manucurées qui tiennent le livre avec fermeté, qui ne tremblent pas, qui ne caressent plus. Et ce soir, la mascarade lui est insupportable.

Plus de vingt ans qu'il compose, et là, c'est intolérable.

Le silence est d'une épaisseur sans commune mesure avec ce qu'ils ont connu jusque-là, sans doute parce que Charles reste rivé sur la silhouette d'Éliane. Il la fixe, impassible, durant de longues minutes.

Au bout d'un moment, parce qu'elle se sent épiée, Éliane interrompt sa lecture. Elle relève la tête et le fixe à son tour. Ils restent ainsi, face à face, dans une immobilité qui finit par la gêner. Charles exulterait s'il n'était si appliqué à demeurer figé. Ainsi donc, elle peut encore être dérangée par quelque chose venant de lui. Ça le toucherait presque.

— Tu veux bien cesser de me dévisager de la sorte, je te prie ? C'est très désagréable, lui assène-t-elle d'un ton sec.

Non, il ne veut pas. Elle a lâché la première. Mince victoire, mais victoire quand même.

— On devrait retourner à la piscine, tous les deux, comme avant. C'étaient des bons moments. Tu t'en souviens ?

Charles est conscient qu'il va se prendre un râteau.

— Tu as bu ou quoi ?

Éliane a un rictus étrange dont Charles ignore s'il exprime l'inquiétude ou le mépris. Le visage de son épouse devient mobile, d'une manière inhabituelle. Charles se lève, sans cesser de la dévisager, et vient s'asseoir à côté d'elle. Elle a un petit mouvement de recul et pose le livre à côté d'elle.

— Je préférerais que tu restes assis en face de moi. Je n'aime pas tellement tes manières, ce soir.

Maintenant il s'en fiche, de ses ordres et de ses comportements autoritaires. A-t-il décelé de la peur dans sa voix ? Si seulement Éliane avait prononcé quelques mots gentils, ils l'auraient peut-être arrêté. Mais elle a oublié ce genre de tonalité, envers lui.

Sans cesser de la fixer, ses yeux plongés dans les siens, Charles se rapproche et met ses mains autour du cou de sa femme. Et il serre, aussi fort que possible. Il serre. Éliane a beau s'agripper pour desserrer l'étreinte, elle n'a pas le temps de réaliser ce qui arrive qu'elle suffoque déjà. Le roman tombe par terre avec un bruit sourd.

Les ongles d'Éliane s'enfoncent dans la peau de Charles, réflexe le plus courant en cas d'étranglement. Charles observe son visage convulsé sous l'effort avec un intérêt grandissant. Sombre idiote, pense-t-il. Il suffirait qu'elle lui attrape les couilles, il serait moins fier. Mais elle n'est plus capable d'avoir une idée ou une intention. Se rappelle-t-elle seulement qu'il a des couilles ? Est-ce qu'on peut penser à ce genre de choses, quand on manque d'oxygène et que la vie s'enfuit doucement ? Elle n'avait jamais dû imaginer une situation pareille. Eh oui, ce pauvre imbécile de Charles. Tu te croyais intouchable, Éliane ? lui demande-t-il à mi-voix. Pas moyen de s'en sortir, pas moyen de lui échapper cette fois ! Il ne cesse de la regarder, encore et encore. Que c'est bon, de lire la détresse et la supplication dans ses yeux. Et maintenant, cette peur panique.

Enfin, le retour d'un peu de ressenti entre eux. Il serre son cou à le broyer, ce cou maigre, cette peau froide. Les yeux d'Éliane commencent à s'injecter de sang, ses lèvres à bleuir. La pression sur ses avant-bras se relâche, les ongles d'Éliane emportent un peu de la peau de Charles avec eux. Un spasme l'agite, il serre encore.

Sur la table basse, son portable vibre. Un SMS vient de s'afficher. Charles ouvre les yeux. Éliane n'a pas bronché, le nez dans son livre.

Attention, Charles, le challenge est lancé. Aujourd'hui, je viens d'accepter d'être un peu consolée par une étudiante formidable. C'est une sensation bizarre, mais pas désagréable, pour être honnête. Bizarre est le terme juste, oui. Je me suis même un peu consolée toute seule. Enfin, je crois, je manque d'expérience. Ne prenez pas trop de retard, de votre côté, je ne vous accorderai aucune indulgence. Je suis une compétitrice affûtée.

Le SMS de Barbara intervient juste à temps. Il trouvait ça agréable, plaisant et jouissif d'imaginer étrangler Éliane. Il va falloir qu'il se surveille.

54

Barbara se regarde dans la glace de la salle de bains, chez Suzanne.

Partie. Elle est partie. D'y penser suffit à chambouler son rythme cardiaque, en lui laissant un goût indéfinissable dans la bouche. Partie, se dit-elle encore, et ça lui file la chair de poule. La colère gronde en elle. Elle est à la fois fière de son choix et furieuse contre sa mère. Déchirée de tristesse, aussi. Elle se ressent volcan.

Depuis qu'elle a échoué chez sa tante, elle se réveille la nuit, avec l'envie de taper contre les murs, d'aller courir pendant des heures ou, parfois, de pleurer comme un nourrisson. Elle a faim comme jamais. En même temps qu'un fond de nausée perpétuel. Elle est épuisée, et pourtant une énergie délirante coule dans ses veines. Tantôt, pour la porter haut dans cette aventure nouvelle. Tantôt, pour nourrir sa rage ou ses regrets. Elle est Indiana Jones, ou bien Godzilla, ou bien une héroïne de tragédie grecque. C'est grisant. C'est flippant. Les deux en même temps. Est-ce qu'elle est folle ? Est-ce qu'elle devient comme sa mère ?

Elle a une sale tête. Décalquée. On dirait une junkie. D'ailleurs, elle tremble.

Comment a-t-elle pu être aussi conne ? Elle ne le supporte pas. Elle y a cru encore une fois. Elle l'a même appelée maman, l'autre, là ! Pute pute pute. On ne traite pas sa fille de pute, merde ! Le film repasse sans cesse, la scène se rejoue. Elle refuse de s'effacer. Barbara voudrait la vomir. L'expulser hors d'elle.

Elle ne saura jamais quel était le cadeau de ses dix-huit ans. Elle n'y retournera pas. Croix de bois croix de fer. Sa mère peut crever. Elle ne foutra plus jamais les pieds chez cette folle.

Elle a rarement été aussi sûre de quelque chose.

55

C'est un jour sans rendez-vous, un jour d'improvisation, un jour où Barbara passe au pied levé. Elle n'a même pas prévenu Charles. Elle tente de rejoindre la rive des vivants, en agissant comme tout le monde. Elle imagine qu'une vie standard passe par ce genre de détail : on visite sa vieille mère à la maison de retraite, comme ça, quand l'idée surgit. Les représentations que Barbara a d'une vie banale sont approximatives, mais il faudra qu'elle s'en contente.

Elle se dirige vers l'accueil, *La Tournée d'automne* sous le bras. Elle le tient avec tendresse, c'est un roman qui compte beaucoup pour elle. Avec une histoire d'amour qui pourrait plaire à Rose. Et puis au moins, l'écriture est belle.

— Bonjour, dit-elle à l'hôtesse, j'aurais aimé savoir où je pouvais trouver Lise.

— Lise ? lui répond la secrétaire, interdite.

— Pardon, ce n'est pas évident si on n'est pas branché sur mon cerveau, convient Barbara en riant. Oui, Lise, qui est aide-soignante ici, je souhaiterais lui parler. Je suis la fille de Rose Albin, une de vos résidentes.

— Ah oui, Lise, notre Lise, bien sûr. Excusez-moi, je n'y étais pas. Attendez, j'appelle la cadre, je ne connais pas les plannings.

Pendant qu'elle passe son coup de fil, Barbara feuillette son livre et tombe sur une phrase qui lui saute aux yeux. *Elle mit ses mains autour des siennes pour les réchauffer, puis les retira quand la serveuse vint prendre les commandes.* Le reste du texte est comme flou. C'est vrai, elle ne lit plus. Barbara frissonne. Elle aurait presque envie d'un chocolat chaud, maintenant.

— Je suis désolée, lui dit la secrétaire, Lise n'est pas là aujourd'hui. Elle est en repos.

— Ah. Très bien, je vous remercie.

Barbara n'avait pas envisagé cette possibilité. C'est pourtant vrai que les gens ont une vie en dehors du travail et qu'ils ne l'attendent pas. C'est fou, tout de même, elle a réellement cru que Lise serait là. Sans l'ombre d'un doute, comme si elle faisait partie des meubles. Elle est naïve, un peu stupide ou juste très égocentrée ? Barbara ressort du bureau sans avoir tranché. Il lui reste à décider comment s'adapter à cet imprévu.

Repartir comme elle est venue aurait un goût de défaite. Barbara ne veut plus de ce genre de saveur dans l'immédiat. Elle décide donc de se rendre dans la chambre de Rose. Découverte du jour : son cœur ne se met pas à jouer des percussions, ses jambes ne se transforment pas en guimauve, sa respiration ne s'affole pas. Elle n'a même pas une goutte de sueur sur son front ! Barbara peut désormais parcourir le trajet de l'accueil à la chambre sans s'effondrer.

Elle se félicite d'être parvenue à ce résultat. Certes, cela lui aura demandé de traverser un sacré marasme. Mais au regard du désamour rugueux qui sévit entre sa mère et elle, cela ne lui a pas pris autant de temps qu'elle aurait pu le craindre. D'où lui vient cette mansuétude, aujourd'hui ? Mystère. Mais ce n'est pas si mal, un peu d'indulgence envers soi-même, Barbara la savoure avec plaisir. Consolation, chapitre deux ? Peut-être.

Lui revient la voix de la chanteuse. Car oui, elle a continué de découvrir son homonyme. Certaines chansons l'ont cueillie au cœur comme elle ne l'avait pas été depuis longtemps.

Elle fut longue la route,
Mais je l'ai faite la route.

C'est drôle que ces deux phrases se rappellent à elle maintenant. Un extrait de *Ma plus belle histoire d'amour* au moment où elle rend visite à sa mère et où elle pense à leurs relations, c'est au mieux de l'humour noir de haut niveau. Au pire, c'est de très mauvais goût. Elle cherche si Rose lui a chanté des chansons, quand elle était petite. Elle n'arrive pas à s'en souvenir.

Comme lors de ses visites précédentes, Barbara reste un instant devant la porte de la chambre. Elle se compose un visage, respire un grand coup, frappe et entre sans attendre de réponse. Pourquoi patienter si ce que l'on attend a toutes les chances de ne jamais venir ? Barbara a déjà assez espéré en vain de Rose. Son amour, par exemple. Elle n'attend plus. En refermant la porte, elle réalise que c'est vrai, bien au-delà de cet instant. Vertige de la libération, cette formule est bien réelle : Barbara n'attend plus Rose.

— Bonjour, dit-elle à la petite silhouette assise sur son fauteuil.

Rose tourne la tête sans répondre. Barbara essaie de discerner dans le regard de sa mère sur quelle planète elle a élu domicile ce jour-là. À quelle distance est-elle ?

Entre les mains inertes de Rose, la petite peluche panda que Barbara avait repérée semble abandonnée. Barbara se demande si elle est vraiment en visite ou si elle va se contenter de passer en coup de vent, comme les autres fois. Jusqu'ici, elle n'a concédé qu'une présence furtive à Rose. Il faut être respectueux des mots, une visite, une vraie, c'est plus appliqué.

Rose agite ses pieds dans ses pantoufles carmin, sans lâcher Barbara des yeux.

— Il vient d'où, ce panda ? interroge Barbara.

C'est une entrée en matière comme une autre.

— Ma sœur qui me l'a offert. Il y a longtemps. Quand nos parents sont morts.

Barbara ne s'attendait pas à une aussi longue réponse, faisant allusion à autant de détails de la vie de Rose. Elle n'y était pas préparée, elle en a le souffle coupé. Rose lui a-t-elle jamais autant parlé d'elle ? Est-ce que c'est le mot « panda » qui a activé la vieille femme ? Peu importe, au fond. Même si elle a prononcé ces mots sur un ton monocorde, le plus important, c'est qu'elle réponde.

— C'est bien le genre de Suzanne, cette gentille attention.

Rose penche la tête sur le côté en l'observant.

— Suzanne ? articule-t-elle. C'est toi ?

Allons bon, pense Barbara.

— Non, moi c'est Barbara, pas Suzanne.

Mais Rose ne tient pas compte de la réponse.

— Ça fait longtemps, Suzanne ! Quel plaisir ! La gamine va bien ?

Une vague de chaleur désagréable submerge Barbara. C'est quoi ce gag ?

— La gamine, c'est moi, répète-t-elle. Et je vais… comme je peux. Je viens d'apprendre, pour ta bipolarité.

Barbara marque une pause. Est-ce qu'elle est bien en train de discuter avec Rose, qui la prend pour Suzanne ? Elle va se réveiller de ce mauvais rêve, non ? Rose se renfrogne.

— C'est toi qui lui as raconté ? J'avais dit non.

— Non, Suzanne ne m'a rien révélé, c'est le Dr Bodier qui me l'a appris.

— J'avais dit non, dit Rose avec plus de véhémence.

Elle agite ses doigts sur la peluche et frotte lentement ses semelles contre le sol, l'une après l'autre. Non, non, non, murmure-t-elle encore.

— De toute façon, reprend Barbara, il fallait bien que je le sache à un moment ou un autre, tu ne crois pas ? Tout ce temps sans rien m'expliquer, putain, c'est monstrueux de m'avoir caché ça.

— Pas le dire, Suzanne, pas le dire.

Rose lève un index menaçant en s'adressant au panda.

— Tout a été si incompréhensible entre nous, quand j'étais môme. Tu aurais dû m'en parler !

Barbara ne peut s'empêcher d'être amère en prononçant ces derniers mots.

— On va pas encore discuter. Où sont les parents, Suzanne ? Pourquoi vous me laissez ici, je ne suis pas folle, je suis inquiète. Tant mieux pour vous.

Rose semble au comble de l'agitation, sa voix est étonnamment claire lorsqu'elle ajoute :

— Il ne faut rien raconter à la gamine. Problèmes d'adulte.

Barbara ne sait comment sortir Rose de sa boucle mentale. Elle n'a pas de souvenirs de ses grands-parents qui se sont tués en voiture, sur la route des vacances, l'été de ses trois ans. Son grand-père aimait conduire vite, paraît-il. L'histoire n'a pas précisé si c'était parce qu'il était conscient des risques qu'il prenait, ou juste parce qu'il était prévoyant de nature, qu'il avait souscrit les assurances-vie généreuses qui permettraient à Rose et Barbara de vivre dans un certain confort par la suite.

Rose tire sur sa robe et s'agite sur son fauteuil. Il ne doit plus lui arriver souvent de parler autant, ni de brasser des sujets aussi pénibles. Quant à Barbara, *exit* le bel aplomb et le corps impassible, elle transpire désormais comme si elle se réveillait d'un cauchemar. Sa relation avec sa mère sera-t-elle absurde jusqu'au bout ? Elle décide pourtant de poursuivre. Pas sûre qu'une seconde occasion se présente de demander des explications à *Rose qui s'évapore*.

— Pourquoi tu ne m'as jamais câlinée, Rose ? s'entend-elle risquer.

— Tu m'agaces, Suzanne. Les câlins, c'est toujours avec toi, de toute façon. Elle a choisi, la gamine. Pas de câlins pour moi, non, pas pour moi. Le bébé hurle, la gamine pleure.

Rose marque une pause et triture sa manche comme si elle s'était perdue dans ses propres pensées.

— Infernal, infernal ! Elle dort jamais ou quoi ?

Et puis, d'une voix plaintive, soudain :

— Épuisée. Ils ont dit que je suis folle, mais non, mais non, épuisée. C'est pas pareil. Je veux dormir. Infernale, la gamine.

Barbara étouffe, elle ouvre la fenêtre pour respirer. Quand elle se retourne, le visage de Rose est si désemparé qu'elle est tentée d'avoir un peu de compassion. La laisser tranquille. Mais elle a besoin de savoir, et c'est maintenant ou jamais, Barbara en est consciente. Alors elle insiste, tant pis, elle a aussi sa détresse à prendre en compte.

— Rose, reprend-elle en se mettant en face d'elle, j'ai toujours cru que le problème, entre nous deux, c'était moi. Tu comprends ?

— Ah, mais oui, marmonne Rose d'un air absent.

— Tu affirmais que tu étais joyeuse, *avant*. Mais avant quoi ? Tu pensais *avant la maladie*, et moi je pensais *avant moi*. Tu réalises ? C'est impossible de grandir normalement en composant avec cette responsabilité.

Barbara entend le ton de procureur qu'elle prend pour parler à Rose, mais elle n'a aucune prise là-dessus.

— Infernale, la gamine. J'ai tout fait pour elle, moi. Jamais manqué de rien.

— Manqué de rien ? s'étrangle Barbara. Mais putain, maman, j'ai manqué de tendresse à en crever, oui ! J'ai manqué de sécurité, d'affection, d'amour. Merde !

Un vertige saisit Barbara, elle est obligée de prendre appui sur le fauteuil. Sa main frôle l'épaule de Rose. C'est quoi, ce *maman* qui lui a échappé ? Va-t-elle se faire traiter de pute en retour ? D'un coup, Barbara a la trouille.

Rose aussi a pris un air apeuré comme si elle craignait de recevoir une claque. Elle regarde Barbara en coin, tout en triturant sa peluche. Sa tête dodeline d'inquiétude.

— Je m'en suis beaucoup voulu, petite, je pensais que j'étais une enfant décevante, nulle, pour que tu ne m'aimes pas. Et quand j'ai admis que je n'avais pas à m'excuser d'être née, que je n'avais rien demandé à personne, je n'ai pu que… que te haïr, de me traiter si mal, de me témoigner aussi peu d'affection, de ne pas être une mère, pour moi, même *a minima*.

— Pas facile la gamine, renchérit Rose.

Rose est en train de s'échapper, Barbara en a conscience.

— Tu n'étais pas facile comme mère non plus, hein, riposte-t-elle. Je t'en foutrais, du *pas facile*.

Barbara essaie de se calmer avant de poursuivre. Rose se met à bâiller et cela oblige sa fille à précipiter la suite. Elle a encore une question.

— Tu n'as jamais essayé de recontacter mon père ? Pourquoi est-il parti ?

Rose hausse les épaules.

— Pfiut, parti, parti. Le salaud. Toute seule avec la gamine. Il a eu peur de la folle. Pas folle, fatiguée, oh, si fatiguée. Le psychiatre.

Rose hausse les épaules une nouvelle fois. Elle se balance d'avant en arrière, maintenant, pour conjurer l'angoisse. Et c'est vrai qu'elle a l'air fatiguée, elle bâille encore une fois. La conversation surréaliste va s'achever sans que Barbara ait obtenu ce qu'elle était venue chercher.

Elle repense aux mots de Ninon. Peut-être qu'elle n'a pas tort. Peut-être qu'il y a du courage, dans les familles traversées par la maladie mentale. Peut-être que Rose, Suzanne et elle ont été, chacune à leur manière, courageuses. C'est très étrange comme pensée, se dit-elle.

Soudain, Barbara n'a plus de mots, plus de questions, plus d'énergie. Une torpeur douce-amère s'empare d'elle. Rose ferme les yeux et s'appuie contre le dossier de velours usé. Elles sont assises l'une près de l'autre. Il y a quelque chose d'étrangement familier dans cette situation. Cela permet à Barbara de reprendre ses esprits peu à peu. Elle attrape *La Tournée d'automne,* l'ouvre au hasard et se décide à lire à voix haute elle-même, sans l'intermédiaire de Lise :

— « *Il la fit basculer doucement sur le côté et posa ses lèvres dans le creux qu'elle avait entre le cou et la naissance de l'épaule. Elle fit entendre une sorte de ronronnement. Avec des gestes très lents, il l'embrassa et lui caressa le cou et la poitrine. Elle lui rendit chacune de ses caresses et, par petites étapes, en prenant bien soin l'un de l'autre, ils glissèrent sur la pente du plaisir avec la plus douce des voluptés et sous la protection de tous les romans d'amour qui les entouraient.* »

Rose regarde Barbara avec un sourire béat, elle a cessé de se balancer. Lorsque leurs yeux se croisent, Rose émet un petit ricanement émoustillé. Barbara ne peut s'empêcher de rire à son tour. Elle reprend sa lecture.

Encore sonnée par l'étrange échange avec Rose – et incapable d'en penser quoi que ce soit dans l'immédiat –, c'est en tournant la page pour continuer la lecture que Barbara le réalise : elle vient enfin de se remettre à lire.

56

— Bonjour, Georges. Vous allez bien ? demande Lise.

Georges a sa tête des mauvais jours. Elle l'a repéré d'emblée en entrant dans sa chambre.

— Et vous osez me poser cette question ? grommelle-t-il.

Lise se sent rougir. Elle traverse la pièce pour aller ouvrir les volets. Qu'a-t-elle oublié de spécial ? Un examen médical, un tournoi de belote ? D'habitude elle est au taquet sur ce genre de sujet. Là, elle ne voit pas. Il n'y avait pas de match, hier, elle en est sûre.

— Bah oui, j'ose. J'ai raté quoi ?

Georges s'anime en lui répondant :

— Ils ont limogé l'entraîneur, bon sang ! Les défaites s'enchaînent, le staff est aux fraises, plus rien ne va.

Lise ne peut retenir un petit rire. Elle est soulagée de ne rien avoir zappé d'important. Tout en préparant le fauteuil pour pouvoir lever Georges, elle répond d'un ton taquin :

— Ah non, Georges, là vous en faites trop pour moi. Déjà que j'ai du mal à suivre les scores du championnat, si en plus il faut que j'écoute les bruits de couloir...

Georges lève les yeux au ciel. S'intéresser à l'Olympique de Marseille est le minimum syndical, il l'a déjà dit, bon sang ! Lise se tient au courant des scores des matchs, et s'oblige à regarder quelques belles actions. Le replay est un outil fantastique pour prendre connaissance des meilleurs extraits sans avoir à supporter le match entier. Cela lui procure un sujet de conversation avec Georges, mais de là à suivre les transferts de joueurs et les aléas des entraîneurs, c'est trop pour elle.

On frappe à la porte, Véronique entre. Lise est frappée par sa pâleur et ses lèvres pincées.

— Lise, j'ai besoin d'aide, tu peux venir s'il te plaît ? Tout de suite, si possible.

Georges est tout juste assis dans son fauteuil, leur conversation, pas vraiment terminée. Lise aurait aimé l'installer mieux pour le petit déjeuner. Mais vu le ton de sa collègue, aucun doute, la demande est urgente.

Elle prévient Georges qu'elle repassera dès qu'elle peut. Elle n'est même pas sûre que ça sera possible. Rendre visite deux fois au même résident dans une matinée, c'est du luxe, en EHPAD. Même si on a été interrompu. Lise le salue rapidement et sort dans le couloir. Véronique l'attend en face de la porte. Elle triture nerveusement la poche de sa blouse et regarde devant elle, absorbée dans ses pensées.

— Que se passe-t-il ? demande Lise, irritée malgré elle de voir Véronique sursauter.

— On a un lève-malade en maintenance, et M. Duflot n'est pas dans un bon jour. Tu peux m'aider à le transférer de son lit au fauteuil ? J'ai peur que, sinon, il fasse encore des acrobaties.

Lise lâche un soupir d'agacement. Déjà que les dotations en personnel sont tendues, si en plus il faut se passer du matériel adéquat, le boulot à l'EHPAD va vraiment devenir pénible.

— OK, on y va, dit-elle.

M. Duflot occupe la chambre du bout du couloir, au même étage que Georges. Il fait partie des résidents difficiles. Il est rarement satisfait. Les repas sont fades, les soins sont trop lents ou trop rapides mais ne vont jamais au bon rythme, les animations sont stupides et les locaux sinistres. Heureusement que M. Duflot n'est pas d'une génération qui laisse des avis Internet à tout va, sinon l'EHPAD des Genêts serait sans aucun doute rhabillé pour un bon paquet d'hivers.

Pour autant, M. Duflot n'est pas un sprinteur-râleur, c'est plutôt un ronchon coureur de fond. Pas d'éclats de voix, juste une mauvaise humeur tenace. Quand elle est en forme, Lise compose assez bien avec les manières du vieux monsieur. En anticipant ses protestations, elle arrive parfois à prendre de court la récitation grincheuse et même, à arracher un sourire au résident. Mais quand M. Duflot est dans un mauvais jour, que tout l'horripile encore plus que d'habitude, il est capable de se mettre en danger. Une fois déjà, il a lourdement chuté dans la douche, parce qu'il trouvait la toilette bâclée, à l'eau trop froide, et qu'il a voulu faire à sa façon. À la clé, une double fracture du bras et du poignet. Depuis, l'équipe est prudente. D'autres accidents ont été évités de justesse.

Un lève-malade en maintenance, c'est le contexte parfait pour un accident avec M. Duflot. Lui demander d'attendre un peu – le temps que l'autre lève-malade, ou qu'un collègue, se libère – c'est la porte ouverte à ce qu'il veuille procéder par lui-même, alors qu'il en est désormais incapable. Véronique avait raison, il vaut mieux anticiper et le transférer rapidement. Lise ne peut s'empêcher de penser que sa collègue aurait pu effectuer le geste toute seule, à l'ancienne. Ce patient a encore de la force dans les jambes, il peut aider, même s'il n'a plus l'équilibre nécessaire pour se maintenir debout. Mais enfin, si elle ne se sentait pas sûre… Elle a sans doute eu raison.

En arrivant dans la chambre, Lise constate qu'effectivement il fallait agir vite ce matin. M. Duflot s'est rapproché du bord de son lit. Rien de dangereux pour le moment, mais ça pourrait le devenir si on attendait trop. Lise et Véronique échangent un regard. Lise est brièvement touchée par la lassitude qu'elle décèle dans les yeux de sa collègue. Une sorte de stupeur ou d'accablement qui jette un voile sur ses prunelles. Tacitement, elles conviennent de ne pas commenter, pour ne pas soulever le couvercle des revendications.

— Bonjour, M. Duflot ! lance Lise sur un ton joyeux. Véronique vous a dit que l'on avait un lève-malade en panne. Nous allons donc procéder à l'ancienne, je viens l'aider.

— C'est pas trop tôt, lâche-t-il en réponse, sans rendre le bonjour.

Véronique redresse le dos du lit médicalisé. Lorsque M. Duflot est quasiment en position assise, elle le fait tourner d'un quart de tour, pour l'asseoir au bord du lit et dégager ses jambes, Lise reste de l'autre côté, pour le stabiliser.

— Vous êtes prêt ? demande Véronique d'une voix qui trahit sa fatigue.

Le vieux monsieur hoche la tête. Alors, dans une chorégraphie mille fois reproduite, les deux femmes le soulèvent en le tenant par les bras, fermement mais avec une infinie délicatesse, et accompagnent les petits pas qu'il fait pour tourner sur lui-même, et se mettre dos au fauteuil. À ce moment-là, sous l'œil attentif et sous la vigilance de Véronique, Lise reprend seule la manœuvre, en soutenant le vieux monsieur sous les bras, comme si elle voulait le serrer contre elle. Et puis elle utilise son propre poids pour contrebalancer celui du vieil homme, et accompagner sa mise au fauteuil sans qu'il ne s'affale brusquement. Voilà, c'est fait.

Lise et Véronique échangent un dernier regard. Rien à signaler, la situation est sous contrôle.

— Merci, Lise, dit Véronique avec un sourire de gratitude.

— Je t'en prie. Je vous laisse. Bonne journée, M. Duflot.

Le vieux monsieur esquisse un signe de la main. Lise le laisse avec Véronique, et retourne à son programme à elle.

57

Charles est fébrile. D'habitude, quand il voit ses enfants pour le déjeuner, il est joyeux, léger, ravi. Aujourd'hui, il y a tout ça, bien sûr, mais autre chose, aussi. Il va leur parler. Il s'étonne lui-même que ça soit devenu, en quelques jours, un besoin si impérieux, une urgence quasi vitale, alors qu'il a toujours contourné le problème jusque-là. Son fantasme d'assassinat de l'autre soir l'a réveillé de sa léthargie.

Hier, il a reçu un SMS de Barbara.

Consolation, deuxième partie : reçue à l'examen. Du moins je crois. Je suis allée voir Rose et nous avons eu ensemble une discussion qui tenait de la vrille spatio-temporelle. Je ne sais pas quoi en penser, mais je me suis remise à lire. C'est un signe. Et de votre côté, ça donne quoi ?

Pour la première fois depuis le début de leurs échanges, il est resté sec. Aucune réponse ne lui est venue, rien. Pas de blague ni de bon mot. Alors il a différé sa réponse, en espérant qu'il aurait un peu plus de mordant ce soir, après le déjeuner avec Louise et Paul.

C'est lui qui est arrivé en premier, comme souvent. Cela fait partie du rituel : il réserve la table, il arrive en premier, et il règle l'addition. Il s'est souvent demandé si c'était une façon de se dédouaner, d'acheter la paix à travers des actes faciles. Il est mal à l'aise avec l'idée de ne pas être franc envers ses enfants, même s'il n'a pas réussi à faire autrement jusque-là. Est-ce qu'il joue un rôle de patriarche omnipotent ? Louise et Paul ont l'âge d'être traités sur un pied d'égalité avec lui. C'est vrai qu'ils ne proposent jamais de réserver – on te laisse gérer, papa. Il a quand même bien le droit d'inviter ses enfants au resto, non ? Inventer des problèmes dans une situation qui semble convenir à tout le monde, c'est le rôle que joue Éliane. Ce n'est pas le sien.

Il s'est installé à la table qu'on lui a réservée. C'est un restaurant thaïlandais dont on lui a dit le plus grand bien, récemment. Il n'a pas encore testé, ils découvriront ensemble. Ses enfants apprécient la bonne cuisine asiatique.

Midi et quart, Charles est en avance. Louise a prévenu qu'elle ne serait pas là avant treize heures, mais qu'elle aurait du temps, après. Il s'en fout, il avait envie d'être là et de les attendre en s'imprégnant du lieu. Comme pour un rendez-vous amoureux.

Il commande une bouteille de champagne au serveur qui lui propose un apéritif. Il la fait mettre au frais dans un seau, sans l'entamer.

Ce n'est pas tous les jours que l'on prend le risque de passer pour un minable auprès de ses enfants. Cela se fête.

Autour de Charles, c'est un chassé-croisé de noir et de rouge. Comment s'appelait-elle, déjà, cette chanteuse des années 1980 à la coiffure improbable, et qui chantait *En rouge et noir* ? Charles ne parvient pas à retrouver son nom, mais c'est à elle qu'il pense en observant la salle du restaurant. Ces couleurs sont à la mode en décoration, pense-t-il, ce n'est pas très original. D'ailleurs, l'intérieur de ce restaurant n'est pas très original, c'est exactement l'expression qui convient. Des tables noires, des chaises noires à l'assise de velours rouge, de belles tentures rouges aussi, accrochées au mur. Le lieu est joli, mais assez passe-partout. Propre, accueillant, moderne, mais sans réelle personnalité. En revanche, vu la richesse des parfums qui s'échappent de la cuisine, et qui parviennent jusqu'à Charles, il y a fort à parier que la banalité se limite à l'ameublement et à la décoration. Dans les assiettes, Charles a bon espoir que l'originalité le dispute à la finesse.

Paul et Louise arrivent ensemble, et dès qu'il les aperçoit, Charles se lève pour les accueillir. Il n'a pas vu le temps passer. Il a pensé à ce qu'il allait leur dire, aux réactions possibles. Il a envisagé plusieurs scénarios pour cette conversation. Il a conscience qu'elle ne se passera sans doute en rien comme il l'avait projeté, mais peu importe. Ce petit échauffement lui permet de se sentir prêt. Pour le reste, il devra improviser.

Il embrasse Paul et Louise, et chacun prend place autour de la table. C'est fou comme les deux se ressemblent, malgré leurs trois ans d'écart, et leurs sexes opposés. Ils ont les mêmes traits, la même façon de sourire, ou de froncer les sourcils, et surtout, ils dégagent la même énergie volontaire. Louise a changé de coupe et de couleur de cheveux – une habitude, chez elle. Cette fois-ci ils sont mi-longs, ondulés et blonds. Avec sa robe noire plutôt chic, ça apporte un peu de légèreté, et ça lui va drôlement bien. Paul, lui, est toujours vêtu de son éternel jean-chemise, et met un point d'honneur à ne pas changer de coiffure. Peu importe. La constance lui va drôlement bien aussi. À chaque fois qu'il les voit, Charles les trouve beaux. Après tout, ça fait partie de ses privilèges de père, d'être béat d'admiration, non ?

Charles sert le champagne pendant que Louise échange un regard étonné avec son frère. Paul émet un petit sifflement discret.

— Champagne ? Eh ben ! On fête quoi ?

Charles tend sa coupe pour trinquer avec eux. On démarre aussi sec, se dit-il.

— Fêter n'est sans doute pas le bon terme. Mais j'ai enfin décidé de parler à cœur ouvert avec vous de…

Et merde, il achoppe ! C'était bien la peine de répéter pendant trois quarts d'heure. C'est

Louise qui termine pour lui la phrase qu'il a laissée en suspens.

— … de maman et toi ?

— Voilà, approuve-t-il en buvant une gorgée. Je n'ai pas l'illusion de vous apprendre quoi que ce soit, mais il est temps qu'on en discute ensemble, si vous êtes prêts de votre côté.

— Moi, ça me va, poursuit Paul dans un sourire.

— Pareil, fait Louise avec un petit hochement de tête.

Charles boit une autre gorgée, leur attitude le rassure.

— Tu remarqueras qu'on a été patients, ajoute Paul d'un ton vif.

— C'est quand même énorme, enchaîne Louise. La semaine dernière, c'est maman qui nous a annoncé sa mise au point.

— Votre mère ? manque de s'étrangler Charles.

— Oui, continue Louise. On se retrouve pour goûter dans un salon de thé, assez souvent, comme on déjeune avec toi. Et elle nous a prévenus que jeudi prochain, à cette occasion, elle nous *parlerait de nos parents*. Les deux à la suite, il doit y avoir un truc avec l'horoscope !

Éliane, une mise au point ? Des goûters au salon de thé ? Première nouvelle ! Les enfants voient leur mère sans lui et il n'en savait rien. Mais peu importe. Si le fond de l'air est à l'honnêteté, tant mieux. Il y voit un encouragement.

— Éliane et moi, c'est parti en sucette depuis longtemps. Disons-le comme ça. On s'est imposé mutuellement des choses qu'on aurait mieux fait de s'épargner. Ma part est grande dans cette histoire, je ne cherche pas à me dédouaner.

— Bref, vous vous bousillez la vie l'un l'autre depuis longtemps, conclut Louise. C'est pas dommage que vous soyez capables de vous en rendre compte et de nous en parler enfin.

Charles est surpris par le contraste entre la dureté du propos, et le ton badin sur lequel il a été prononcé. Il a les deux pieds dans l'impro, comme prévu. Mais ça aurait été dommage d'avoir tant repoussé cette discussion, pour la mener sans spontanéité.

— Se bousiller la vie, comme tu y vas…

Louise l'interrompt, de manière un peu plus véhémente.

— Papa, Paul et moi, on attend depuis des années le moment où vous nous parlerez. Plusieurs fois, on s'est demandé si c'était à nous de vous tendre la perche. Mais on s'y est refusés jusqu'à maintenant. Alors oui, c'est pas dommage que vous vous y mettiez et les deux en même temps, c'est la cerise sur le gâteau.

Elle ferme les yeux un instant, comme pour contrôler le flot de ses émotions, et poursuit :

— Mais si on y est, on y est. Et il faut dire les choses comme elles sont. Avec toi, maman est odieuse. Et avec elle, tu es fuyant. Et plus on avance dans le temps, pire c'est. Vous avez l'air malin, tous les deux.

— Franchement, intervient Paul, Louise a raison, je ne vois pas comment on peut nuancer la situation.

— Et puis on est grands, c'est bon, là, renchérit Louise.

Charles capitule. Oui, leurs enfants sont grands, pas la peine de tergiverser.

— C'est exact, ma chérie. J'aurais dû partir, il y a déjà longtemps. Ou alors, prendre nos problèmes de couple à bras-le-corps. On aurait peut-être pu inverser la tendance, avec votre mère.

— On ne va pas refaire le passé, temporise Paul.

— Non, admet Charles. Je n'ai pas trouvé le courage de m'en aller. Pas davantage une manière honnête de rester.

Le serveur leur amène des amuse-bouche et les cartes. Cela suspend la conversation pendant qu'ils font leur choix. C'est Paul qui reprend, sur un ton moqueur, peut-être aussi un peu amer, pense Charles.

— Donc, tu as attendu toutes ces années pour nous parler, en gros, et c'est pour nous débiter des fadaises pareilles ? Ben flûte. J'aurais pensé que tu aurais eu le temps de nous pondre une réflexion un peu plus élaborée, d'avoir de la nouvelle croustillante en bandoulière, pour prix de notre patience.

Charles est si surpris que Paul se radoucit un peu.

— Réponds juste à deux questions, papa. À partir de quel moment précis maman t'a-t-elle fait du chantage concernant notre garde ? Et pourquoi l'as-tu laissée faire ?

Charles baisse les yeux, le sang bat dans ses tempes. Heureusement qu'il est assis, parce que son corps montre des signes d'affolement. Attention, terrain glissant et douloureux en vue. C'est comme s'il vivait là un condensé de toutes les émotions ressenties pendant toutes ces années maltraitantes.

Putain. Il a pensé *maltraitantes* ? Merde, ce n'est pas à ce point, quand même, il ne faut pas pousser.

— Pourquoi tu parles de chantage, Paul ?

— Oh, je t'en prie, maugrée Louise d'un ton agacé avant de s'interrompre.

Paul lui adresse un mince sourire.

— Peut-être parce que maman évoque une *pétasse*, de temps en temps. Alors, tu vas nous corriger si on se trompe, mais avec Louise, on en est arrivés à une conclusion. Si tu as aimé maman pendant longtemps, il y a quand même eu quelqu'un d'autre dans ta vie.

— Elle s'appelait Charlotte, murmure Charles en fermant brièvement les yeux. Et elle n'avait rien d'une pétasse, vraiment pas.

— On s'est dit que si tu es resté, complète Louise, c'est parce que maman t'a menacé de prendre notre garde exclusive et de t'empêcher de nous voir si tu partais avec cette autre femme.

— Et quand maman a compris que ça marchait, de manière plus ou moins inconsciente, elle a basculé en mode acariâtre.

— En effet, reconnaît Charles, et au lieu de monter au créneau pour tenter d'arrêter la machine infernale, j'ai pratiqué l'évitement.

— Merci le boulot *siiiiiii* prenant, singe Paul.

— Vous n'avez pas cherché à vous extraire de cette emprise mutuelle ? demande Louise, plus conciliante.

— Non, concède Charles, on a chacun poussé nos défauts à la con, impossible de se rejoindre. Et il n'y a plus eu de jours heureux dans notre couple.

— Ni dans la famille, tranche Paul.

Charles prend un mini-toast pour se donner une contenance. Il n'y a pas grand-chose à ajouter. Mais l'acuité de ses enfants le blesse, et il y était mal préparé. Pour la première fois, il redoute de passer pour un vieux con aux yeux de ses petits devenus grands.

— Le seul moyen pour se sortir de ça, poursuit-il, c'était de se faire aider par un psy. Mais à l'époque, ça n'était pas comme aujourd'hui. Et puis on avait de l'orgueil, moi le grand professeur et elle la femme de… On n'aurait pas pris le risque d'être jugés, je le crains. Ce qui se passe en famille…

— … reste en famille, ajoute Louise.

Paul se tait. L'état des lieux est terminé. Le serveur passe prendre leur commande et les abandonne à un silence épais que Charles se met en devoir de rompre.

— Vous avez raison sur toute la ligne. Ce qui est fou, c'est que l'histoire est même sans doute plus claire pour vous que pour moi.

Il boit une nouvelle gorgée de champagne et le trouve acide. Il lui avait semblé excellent jusque-là.

— Moi, continue-t-il, comme un con, j'ai eu l'impression de mener ma barque. Mais depuis la fin de mon contrat à l'hôpital, je m'aperçois que je me suis contenté de pratiquer l'évitement et de brasser de l'air.

— On s'est beaucoup questionnés, papa, intervient Louise. On a mis du temps à reconstituer le puzzle des non-dits. On s'est demandé ce que l'on devait faire. Quand tu sais qu'une situation n'est pas cool du tout, tu agis au risque que ça renforce le truc si tu t'y prends mal ? Ou bien tu te tais, en espérant que les deux crétins qui l'entretiennent finissent par régler les problèmes sans y mettre un temps fou ? Ben je peux te dire, c'est compliqué de choisir quoi faire. Surtout quand les deux crétins sont tes parents.

Pas cool du tout, doux euphémisme qui plaît à Charles, dans son amour des contournements et des ellipses. Paul récupère la main.

— Tout grand professeur Bodier que tu sois, ajoute Paul, tu t'es foutu petit à petit dans une situation maltraitante, maman idem, et vous y êtes restés.

Et vlan. Direct du droit dans la mâchoire. Ce mot, qui déjà l'a effleuré tout à l'heure… Charles parvient juste à articuler :

— On ne peut quand même pas parler de maltraitance.

— C'est plus le moment de se défiler, le tacle Paul. C'est pas reluisant, mais il faut que tu l'admettes, papa. Tu es un sacré mec, brillant et sensible. Mais tu n'es pas Dieu le père, tu n'es pas infaillible, fin du sketch. Ce n'est pas si grave, personne d'autre ne l'est.

Louise dessine des arabesques invisibles du bout du doigt sur la nappe. Elle abonde dans le sens de son frère.

— Il faut dire les choses, papa. Sinon, cette conversation, c'est juste pour prendre la pose, et ça ne sert à rien. Nous, on l'attend depuis suffisamment longtemps pour ne pas nous en tenir à un petit truc mignon juste histoire d'avoir l'air.

Charles a les larmes aux yeux. Il ignore si c'est de soulagement ou de détresse, incapable d'analyser ce qu'il ressent. Le serveur amène les entrées. Ça sent divinement bon. Tous les trois prennent le temps de profiter des parfums qui s'élèvent des assiettes.

Louise reprend.

— On t'aime, papa, comme tu es, et comme a été ta vie. Et on aime maman aussi. Mais, pour dire les choses franchement, vous nous faites chier dans les grandes largeurs. Maman sait être exaspérante. Toi, tu es capable d'être un véritable courant d'air.

Charles plonge son visage dans sa serviette. La digue a cédé, d'un coup. Il ne peut pas retenir le flot. Il pleure comme un con. Il sent la main de Louise, puis celle de Paul, se poser sur ses bras en guise de réconfort, ce qui relance ses sanglots. Dieu comme il les aime, ses gosses ! Depuis le jour de leur naissance. Éliane n'avait pas le droit de le menacer, pas le droit d'envisager de le priver d'eux. Mais avait-il agi avec loyauté en la trompant, puis en se conduisant comme un lâche, en refusant d'affronter sa colère, en restant dans l'évitement ? Comment ont-ils réussi à devenir si grands, si beaux, unis par une telle complicité, avec deux parents complètement timbrés ?

Il leur dit à quel point il éprouve du respect et de l'admiration pour eux, en pleurant de plus belle, ce qui finit par faire rire Paul. Alors, il s'y met à son tour, suivi par Louise, et ça fait un beau mélange de rires et de larmes pour assaisonner les bouchées à la vapeur qui attendent d'être dévorées. Il s'imagine avec un entonnoir sur la tête, comme un personnage de BD. Il ferait un fou gentil, pas un fou furieux. Merde alors. Quelle foutue vie bizarre il aura eue, quand même.

58

Attablée devant son petit déjeuner, Lise déclenche l'enregistreur de son téléphone portable.

— Prendre des cours de chant, dicte-t-elle.

Elle aimerait bien apprendre à chanter. Elle n'a pas une voix remarquable, un sens du rythme sans doute discutable, mais elle est juste. Pourtant, elle n'ose pas chanter, y compris quand elle est seule chez elle. Elle aimerait ça, elle en est sûre. Jusque-là, elle n'est pas passée à l'action. Maintenant que c'est enregistré, elle va y réfléchir sérieusement.

Elle met son mug dans le lave-vaisselle, passe un coup d'éponge sur la table et se dépêche d'enfiler sa veste. Juste avant de sortir, elle appuie de nouveau sur l'application et ajoute :

— Jouer au billard.

Ça, c'est pour l'ambiance film américain, se dit-elle en dévalant l'escalier. Décidément, voilà un matin plein d'envies. C'est bon signe, la journée devrait être constructive. Le trajet entre son domicile et l'EHPAD lui paraît court et elle arrive aux Genêts plutôt guillerette. Le temps est clément, en cette fin mai, et pas encore trop chaud. Elle adore le printemps, c'est sa saison préférée.

Elle salue la secrétaire de l'accueil avec un joyeux signe de la main et se rend à la salle des transmissions. Éric s'y trouve, avec sa tête des mauvais jours. Le sourire de Lise se fige.

— Salut. Il y a un problème ? demande-t-elle.

— Salut, souffle Éric. Véronique et Mélissa sont absentes aujourd'hui. La direction a été prévenue il y a moins d'une heure. Pour le moment, pas de remplaçantes sur les rangs, ils cherchent… du moins c'est ce qu'ils prétendent.

Il marque une pause.

— Ça va être Beyrouth, ajoute-t-il d'un air sombre.

Il est encore tôt. Trop pour les emmerdes, non ? songe Lise. Être du matin, ça signifie assurer les levers, le petit déj' et les toilettes pour tous les résidents. Déjà, à effectif complet, c'est sportif, compte tenu des taux d'encadrement. Alors, avec deux personnes en moins, c'est tout bonnement irréalisable. Ce n'est même pas que les soins seront moins minutieux, ou qu'il faudra aller un peu plus vite, non. C'est juste im-pos-si-ble.

— Et merde, lâche Lise.

C'était pourtant une journée qui avait bien commencé. Mais là, tout d'un coup, elle devient insurmontable. Un genre d'Everest à gravir sous tempête de neige. Lise a bien conscience que ça n'est pas rationnel, du personnel absent, ça arrive, mais là elle panique. Peut-être justement parce qu'elle était sur une tonalité « tout va bien », ce matin, et que le grand écart, sans échauffement, est trop violent.

— Elle fait chier, quand même, Véronique, ajoute-t-elle d'un ton cinglant.

Lise s'entend jurer à voix haute, ce qui n'est pas dans ses habitudes. Véronique, la grande gagnante au jeu des absences répétées. Véronique, qui donne à ses collègues l'impression de s'arrêter dès qu'il pleut, qu'elle casse un verre, ou qu'il y a une tache sur son pantalon préféré. Véro-la-pas-fiable.

La réponse d'Éric est comme un bloc compact de colère froide.

— Non, ce n'est pas Véronique qui fait chier. Si elle a besoin de s'arrêter, elle s'arrête, c'est normal. On a encore un minimum de droits dans le monde du travail, restons civilisés. Cela ne durera pas, mais ne hâtons pas notre propre chute. Ce qui fait chier, Lise, c'est que les équipes soient tellement à flux tendu que le moindre imprévu devient un cataclysme. Ce n'est pas la faute de Véronique. Si elle était mieux traitée par le système, elle s'arrêterait peut-être moins. Ne lui mettons pas ça sur le dos, tu veux bien ?

Éric s'est levé et il prend Lise par les épaules, sans sourire, en insistant :

— OK ?

Lise reconnaît d'autant plus l'importance du geste et le poids des mots qu'ils viennent d'un homme dont la réserve est légendaire. Elle sent le respect et le soutien qu'il accorde à ses collègues, elle comprise. Et bien sûr, il a raison.

Mais putain, Véronique est quand même pénible.

Éric reprend, en mode efficace et pragmatique.

— Allez, il faut qu'on y aille, maintenant. On se débrouillera au mieux, point. Ce n'est pas à nous, ni à notre déontologie, d'avoir honte. C'est aux crétins super-diplômés que revient cet honneur. Ils prennent des décisions iniques, qu'ils les assument. Pas sûr, d'ailleurs, qu'ils aient encore les moyens d'en prendre d'autres.

Éric donne une claque, douce et dynamique à la fois, dans le dos de Lise. Le signal du départ. Ils sortent ensemble du bureau.

Oui, mais Véronique est quand même un boulet.

La sensation de panique qui a saisi Lise à l'annonce de ce qu'allait être la matinée ne l'a pas quittée. En attendant l'ascenseur, elle ravale ses larmes. Il lui faut toute la concentration et tous les exercices de respiration de ses cours de yoga pour y parvenir. Une fois dans la cabine, profitant de ce qu'elle y est seule, Lise commence à se frotter les mains très fort. Elle s'accroche à son rituel comme à la seule bouée qui soit à sa disposition. Mais c'est la première fois qu'elle en a besoin avant même de commencer sa journée auprès des résidents, et ça n'est pas une bonne nouvelle.

59

Barbara ne verra personne à sa permanence, ce mardi, les étudiants passent leurs examens. La fac ne bruisse pas de son bourdonnement habituel, c'est toujours une ambiance solennelle qui règne en fin d'année scolaire.

Il fait beau, mais encore doux. Les grandes chaleurs restent à venir, et Barbara n'est pas pressée. Autant elle aime le soleil, autant la chaleur, elle s'en passe volontiers.

Elle est quand même venue tenir sa permanence, par principe, et aussi parce qu'elle va profiter de ce répit pour ranger son bureau. La pièce a souffert des derniers mois écoulés, même si elle a un peu mieux tenu son rang que l'appartement. Définitivement, ça sera le métier de Barbara qui aura le mieux résisté au tumulte.

Elle commence à peine à trier ses papiers quand elle reçoit un SMS.

Bond de géant question consolation. Quelques baffes au passage, mais il fallait ça, sans doute.

Gare à vos fesses, la compétition est high level. Il reste des crêpes ?

Barbara part d'un fou rire, toute seule dans son bureau. *Gare à vos fesses*, non mais qu'est-ce que c'est que cette formule ?! Il y a de l'euphorie dans le SMS de Charles, c'est communicatif. Barbara se sent galvanisée.

Vous rêvez, mon cher, il n'y en a plus depuis longtemps. On n'avait pas parlé d'un deuxième cheesecake ? Vous êtes libre à midi ?

Barbara s'étonne elle-même. Non parce qu'elle serait incapable de proposer un rendez-vous – il ferait beau voir – mais parce qu'avec Charles, elle s'est contentée de suivre, jusque-là. Elle a renvoyé la balle, bien sûr, mais elle n'était pas à l'initiative de l'échange. La plupart du temps, c'était Charles au service. Et ça convenait à Barbara.

On se retrouve au resto ou à mon bureau ?

Je suis brave, je passe vous prendre à 12 h 30. Soyez propre et prêt.

Elle va finir par s'y sentir bien, à l'EHPAD, à force de le fréquenter. Une pointe d'ironie s'est glissée dans la pensée de Barbara. Il faut croire que, même dans l'adversité, elle a un art certain pour le décalage humoristique.

Elle reprend aussitôt son rangement avec une ardeur redoublée. Mais au bout d'une demi-heure, les mains pleines de poussière, elle en a sa claque. Décidément, cette période n'aura pas été placée sous le sceau du ménage efficace. Son appartement est sorti de la zone rouge, sans être encore présentable pour autant. Et la matinée à peine entamée au bureau, Barbara ne rêve que de sortir marcher dans les rues, puis prendre un café dans son troquet pour vieux intellos. Et puis zut. En rêver ne suffit pas. Elle prend un livre dans son sac, plus par habitude qu'autre chose, car depuis sa lecture à Rose, elle n'a pas osé refaire de tentative. Et si d'aventure ça ne marchait pas ? Si d'aventure elle ne pouvait plus lire que pour Rose ? Ce serait comme une certaine idée de l'enfer.

Barbara s'installe à la même table qu'avec Ninon, lors de leur dernier rendez-vous. Elle commande un café allongé, et suggère au serveur de ne pas mettre de sucre dans la soucoupe, pour éviter le gâchis. Elle a posé le livre sur la table.

Prévert, *Paroles*.

Elle l'a choisi, parce que ce sont des textes courts. Parce qu'il y a la rythmique de la poésie. Elle a pensé que ça serait plus facile. Parce qu'elle en connaît certains presque par cœur, aussi. Sa mémoire aidera. Et enfin, enfin, parce qu'elle aime Prévert, et qu'à de nombreuses reprises, déjà, il a été pour elle un complice apaisant. Alors puisque la période est à la consolation, puisque ce midi, elle va rendre des comptes à ce sujet au bon Dr Bodier, Prévert était le choix le plus évident.

Barbara sirote son café, sans toucher au livre. Temps d'observation et d'apprivoisement. Et puis, sans préavis et sans précautions, elle empoigne l'ouvrage. Elle va directement au texte qu'elle souhaite lire. Celui qu'elle brûle plus que tout de parvenir à lire.

Rappelle-toi Barbara
Il pleuvait sans cesse sur Brest ce jour-là

Les mots résonnent en elle, les phrases vibrent. Une explosion qui l'illumine en dedans et retentit autour d'elle dans une flambée de joie.

Je dis tu à tous ceux qui s'aiment
Même si je ne les connais pas

Elle a lu. L'euphorie lui donne un vertige. Elle lit avec avidité, prise tout entière dans un tremblement intime – muscles, artères, tendons, os. *Elle a lu.* Elle arrive à la fin du poème, tellement vivante, et enchaîne aussitôt sur « La grasse matinée », pour être bien sûre. Pour pouvoir affirmer sereinement que tout est rentré dans l'ordre, que ça n'est pas un simple coup de chance, ou de hasard. *Elle a lu.* Pour se rassurer.

Il est terrible
le petit bruit de l'œuf dur cassé sur un comptoir d'étain

Pas de problème. Barbara referme le livre. *Elle a lu.*

La seule raison que Barbara ait jamais trouvée de remercier sa mère, c'est de lui avoir donné un prénom qui s'incarne dans l'œuvre de Prévert. Elle a toujours pensé que c'était un hasard, n'imaginant pas sa mère lire Prévert. L'écriture est trop belle pour la mettre sous des yeux si rudes. Du coup, c'est comme si la beauté avait fait une bonne blague, en se servant de Rose malgré elle pour arriver jusqu'à Barbara. Un formidable pied de nez. Si elle parvient à relire *Rappelle-toi Barbara*, alors après elle le déluge, la vie mérite d'être vécue. Consolation, épisode trois.

Elle décide de filer à l'EHPAD, vide sa tasse, range le livre dans son sac et sort sans regarder l'heure. Quoi que Charles ait à lui raconter, elle aussi a de la matière pour se mesurer dans leur compétition *high level*.

Elle arrive donc en avance. Il est onze heures quarante cinq, et elle va traîner non loin du couloir qui mène au réfectoire dans l'espoir d'y croiser Lise. De fait, il ne se passe pas dix minutes avant qu'elle l'aperçoive, quittant seule le réfectoire. Barbara lui adresse un petit signe de la main. Lise y répond et se dirige vers elle. Barbara la rejoint à mi-chemin.

— Bonjour, Barbara. On m'a transmis que vous m'aviez cherchée, l'autre jour.

Barbara est frappée par le visage de Lise, tendu et fatigué. Elle ne l'a jamais vue ainsi, auparavant.

— Bonjour, Lise, lui répond-elle en lui serrant la main. Oui, c'est vrai, je vous ai demandée, mais il n'y avait rien d'important. Vous allez bien ? Vous avez l'air épuisée.

— Je le suis, répond Lise avec effort. Nous avons deux collègues absentes ce matin, la matinée a été chargée. Mais nous avons du renfort depuis onze heures. À part ça, je vais bien.

Elle n'en a pas l'air, pourtant. Barbara perçoit un léger voile dans la voix de Lise.

— Je ne vous embête pas longtemps, lui dit-elle. Je voulais juste vous remercier. J'ai choisi une pépite littéraire pour Rose. Comme vous n'étiez pas là, je lui en ai moi-même lu un passage. Je n'arrivais plus à lire depuis des mois, et c'était douloureux. Là, c'est revenu. Alors, merci.

Le sourire qui illumine le visage de Lise semble dissiper la tension dans son corps.

— Oh, mais je n'y suis pour rien, c'est vous qui avez tout fait ! Je suis tellement heureuse pour vous et pour Rose. Merci de cette belle nouvelle ! J'espère que ça lui a plu.

— Je crois bien, oui. En tout cas, Lise, vous êtes formidable et généreuse.

— Oh, je vous en prie…

— Laissez-moi finir, l'interrompt Barbara. Acceptez mes remerciements, s'il vous plaît. Je n'aurais jamais eu l'idée de chercher un roman que j'aime pour Rose et de le lui lire. Sans compter que j'exècre les harlequinades qu'elle affectionne, et que ça aurait facilement tendance à décourager chez moi toute velléité de lui proposer une autre littérature. Pourtant, grâce à votre suggestion, il s'est passé quelque chose d'inattendu. Alors, oui, un grand merci.

Lise a toujours ce sourire radieux. Elle prend la main de Barbara entre les siennes.

— Merci, Barbara. Vous sentez ? J'ai les mains chaudes. Depuis ce matin, j'ai les mains gelées, je n'arrive pas à les réchauffer, trop la course, trop d'angoisse. Et là, paf, en une minute, grâce à vous, c'est bon. Ça circule. J'ai chaud. Merci.

Elle ne lâche pas la main de Barbara et poursuit après une hésitation.

— Ce n'est peut-être pas malin de vous confier ça... J'ai bien compris que c'était compliqué entre Rose et vous... Mais elle me parle de vous, vous savez, depuis qu'elle est ici. Elle parlait de vous avant de se mettre à autant divaguer. Elle n'a jamais donné de détails, ni évoqué ses sentiments, ce n'est pas son genre, mais...

Les oreilles de Barbara bourdonnent. Rose parle d'elle ?

— ... quand elle vous appelle, elle répète *Barbapapa,* puisque c'est la douceur de cette friandise qui lui a inspiré votre prénom. Et à part sa sœur, Suzanne, elle n'a jamais mentionné personne d'autre que vous.

Le visage interloqué de Barbara plonge Lise dans la confusion.

— Bon, je dois absolument y aller, on a pris du retard sur le planning. Je pensais que vous aimeriez le savoir. À bientôt, dit-elle en s'éloignant.

Barbara garde la sensation de la chaleur des mains de Lise sur la sienne. Ses oreilles bourdonnent toujours. Lise et ses déclarations imparables... Alors comme ça, Rose cite son prénom, elle raconte même pourquoi elle l'a choisi, à une inconnue. Tandis qu'à elle, elle ne lui a servi que des *la gamine*. Et son *Barbare*, lancé à la première visite, c'est pas une gourmandise de fête foraine, ça ! Même Suzanne n'est pas au courant pour cette histoire de Barbapapa.

Lorsque Barbara racontera tout ça à Charles, entre le beau récit de la réaction de ses enfants à lui, l'onctuosité du cheesecake – toujours aussi bon –, et ses avancées à elle avec Rose, Suzanne, Ninon, et Prévert, il confirmera que la matinée à l'EHPAD a été plus que rude. Il notera de remonter l'anecdote des mains froides à la direction. Et il affirmera que citer un prénom et en expliquer l'origine, quand on a les particularités cognitives de Rose, ce n'est pas rien. Vraiment.

60

Elle n'a jamais bien dormi, cette gamine. Toujours des réveils nocturnes. Des insomnies. Des cauchemars. Tout le temps. Tout le temps. Tout le temps. Pas de trêve. Toujours. Sans relâche. Comme un siège militaire.

Barbara dormait mal. Alors elle réveillait sa mère. Qu'est-ce qu'elle y peut, Rose ? Une mère, c'est pas un somnifère. Longtemps, Rose s'est levée la nuit, plusieurs fois d'affilée certains soirs. Elle a tout essayé, les caresses, les histoires, les chansons, les engueulades.

Rien n'y a fait. Barbara dormait mal. Cette gamine a toujours été sur le qui-vive. On dirait qu'elle n'était pas fichue de se laisser aller. C'était épuisant.

Rose est épuisée. Tout le temps. Quand elle l'est trop, elle lutte moins bien contre la douleur invisible qui lui broie l'estomac sans prévenir. Alors elle ne se lève plus. Tant pis pour le sommeil de Barbara.

Elle est grande, elle se débrouillera.

61

En posant ses clés de voiture dans l'entrée, Charles se remémore la fin du repas qu'il a passé avec ses enfants, la veille. Il prend le temps de suspendre sa veste pour retarder le moment d'entrer dans le salon et de retrouver Éliane.

Ils avaient presque terminé leur repas quand Charles avait trouvé le courage de leur demander :

— Il aurait mieux valu que je quitte votre mère ? Vous auriez préféré ? Je suis resté en me disant que c'était mieux pour vous d'avoir vos deux parents sous le même toit. C'était peut-être un évitement, qu'est-ce que j'en sais. Je voulais votre bonheur et j'ai l'impression de vous avoir rendus malheureux.

— C'est plus compliqué que ça, papa, lui avait répondu Louise. J'ai grandi en n'étant jamais sûre de ce qui m'attendait, avec maman. Il y avait des moments géniaux, bien plus fous et incroyables qu'avec toi. Souvent quand tu étais absent. Et d'autres moins compréhensibles et plus flippants. Souvent quand tu étais à la maison. À côté de ça, j'ai toujours été sûre que je pouvais compter sur vous deux. Ton humeur était plus constante que la sienne, mais tu n'étais pas souvent là. Je me souviens aussi que tu te la fermais devant elle, même si elle était injuste de manière flagrante. Malheureuse ? Je ne crois pas, c'était comme ça, voilà tout. Vous nous aimiez, ça se sentait. Je ne sais pas comment ça aurait été, si tu étais parti. Alors je ne peux pas avoir de préférence à ce sujet. Je suis allée chez le psy pendant deux ans, ça m'a permis de remettre un peu les choses d'équerre pour avancer. Maintenant, je me sens bien.

Charles se redresse et entre dans le salon. Éliane est en train de lire, un nouveau roman, lui semble-t-il, il ne reconnaît pas la couverture. Ils se saluent comme à l'accoutumée et elle replonge aussitôt dans ses pages.

Charles avait avalé sa salive. La réponse de Louise était plutôt encourageante. Il l'avait remerciée avant de se tourner vers Paul.

— Moi, c'est moins simple, j'en ai peur, avait commencé son fils d'un air sévère. J'ai accumulé beaucoup de colère, gamin. Louise n'est pas d'accord, mais je trouve que maman a été plus rude avec moi qu'avec elle. Peut-être parce que j'étais un garçon et qu'elle te voyait à travers moi. Bon, c'est une hypothèse. Toi, tu te défilais tout le temps face à elle. Cela ne constitue pas un très bon modèle de mec, pour le balancer crûment. Quand j'ai rencontré ma femme, toute cette colère m'a explosé à la figure. J'en ai bavé. Heureusement qu'elle est assez intelligente pour avoir capté que le problème ne venait pas d'elle, ni de notre relation. Je vois toujours un thérapeute, je suis moins rapide que Louise. Sans ça, je pense que je n'aurais pas été capable d'avoir une vie de couple. Pardon pour la critique, papa, mais j'ai manqué d'un exemple convaincant. Je songe d'ailleurs à t'envoyer la facture de mes séances de thérapie et elle est conséquente !

À ce moment, Paul avait souri pour alléger son propos.

Charles se dirige vers la desserte où sont rangées les bouteilles d'apéritif.

— Je vais me servir un bourbon, Éliane, tu veux quelque chose ? demande-t-il d'une voix neutre.

Si elle est surprise, sa femme n'en laisse rien paraître. Elle secoue la tête pour refuser la proposition. Il se verse une généreuse rasade dans un large verre carré en cristal et en goûte une gorgée, debout, tandis qu'Éliane lui tourne le dos, bien droite sur son canapé.

— Mais je vais bien, au bout du compte, avait poursuivi Paul. Et va savoir, peut-être que si vous aviez divorcé, on aurait adoré… Comment s'appelait-elle ?

— Charlotte, avait répondu Charles en secouant la torpeur qui l'avait envahi en les écoutant.

— Peut-être qu'on aurait adoré Charlotte et que maman aurait rencontré un mec super. Ou peut-être que les choses auraient été affreuses. On n'en saura jamais rien. Alors le jeu des *si*… Bof.

— Oui, et puis nous ne sommes pas entièrement définis par nos parents, hein ! avait renchérit Louise. Nous avons aussi notre caractère, notre propre voie et nos expériences. Bref. Et toi, papa ? Tu aurais été plus heureux si tu étais parti ?

Alors, il leur avait raconté Charlotte, ses bottines à talons, la simplicité lumineuse d'une relation fluide. Puis il avait évoqué le bonheur de les avoir vus grandir, les gaufres au sucre des kermesses, les devoirs du dimanche, l'apprentissage du vélo et les vacances à la mer. L'immense joie du quotidien avec eux. Rentrer le soir en sachant qu'il dormirait sous le même toit que ses petits, qu'il passerait les embrasser dans leur sommeil, et qu'il remonterait la couverture sur leur épaule. Un divorce l'aurait privé de tout ça.

— Aurais-je été plus ou moins heureux ? Qui sait ? En revanche, j'aurais dû me battre, soit pour partir, soit pour arranger les choses avec Éliane. Je suis resté au milieu, je n'ai pas mené ce combat.

Au bout d'un court instant, il avait ajouté :

— Je vous demande pardon.

Charles vient prendre place en face d'Éliane. Elle repousse une mèche blonde derrière son oreille sans paraître lui prêter attention. Il réalise que la conversation qui le hante a débloqué sa mémoire sensible. À une époque, tu as aimé maman, avait dit Paul. C'était évidemment le cas, même si plus rien de cette époque-là n'est arrivé à l'émouvoir depuis toutes ces années. Jusqu'à ce soir. Ce soir, il frissonne en repensant à cette balade géniale en cabriolet de location, un été sur la Gineste, entre Marseille et Cassis. Il rit en se rappelant une sauce tomate cramée, archi salée et immangeable qui, déjà à l'époque, les avait rendus hilares. Ils avaient même écrit ensemble un article pour le livre des records. Il se souvient encore du titre : « La pire sauce tomate du monde depuis l'avènement de l'homme ». Il se sent sourire malgré lui en revoyant Éliane le jour de leur mariage, dans cette robe parfaite, chaussée de ses petits escarpins à bride de cheville qu'il lui avait suggéré d'acheter. Éliane ne savait déjà pas choisir ses chaussures, ça aurait dû lui mettre la puce à l'oreille. Au lieu de quoi, il avait trouvé ça charmant. Qu'il avait été bête. Qu'ils étaient naïfs, à l'époque ! Il se rappelle aussi combien Éliane avait été là, présente, aidante, si aimante, après le suicide d'Isabelle.

Le dessert était arrivé sur la table quand Paul avait fini par demander :

— Et maintenant, papa ? Pourquoi tu restes ?

Il exprimait avec cette question le crève-cœur qu'étaient pour eux deux les déjeuners familiaux, leur douleur de voir leur père sans réaction, suscitant avec cette attitude encore plus de méchanceté de la part de leur mère. Charles avait compris que Paul et Louise ne voulaient pas les juger, mais qu'ils souffraient d'observer leurs parents engoncés dans une relation mortifère. Charles s'était dit qu'il leur devait la stricte vérité.

— Je reste par habitude, par facilité et par lâcheté. Rien de neuf sous le soleil.

Louise avait cligné des yeux, pour ne pas pleurer, puis son naturel positif avait repris le dessus, et elle s'était écriée :

— Maman s'est inscrite à un cours de danses de salon !

Il avait été surpris. Il s'était habitué à l'imaginer dans le canapé, toujours en train de lire. Il en venait à oublier qu'elle avait une vie en dehors de leur tête-à-tête du soir et qu'elle ne végétait pas là toute la journée, à l'attendre.

Oui, il l'avait aimée et il avait été aimé d'elle. Ils avaient été heureux ensemble. Que s'était-il passé ? L'heure n'est plus à ce genre de question, se dit-il en buvant une gorgée de bourbon. Non, il ne l'aime plus. N'est plus aimé. Ils ne sont plus heureux. Pourquoi s'est-il répété pendant des années que c'était compliqué ? C'est aussi simple que ce oui et ce non juxtaposés.

Et peut-être que ces deux constats, enfin possibles de manière concomitante, sans que l'un n'éclipse l'autre, marquent la fin d'un cycle. La boucle serait bouclée.

— Éliane ?

Elle ne lève pas le nez de son livre, mais il voit qu'elle est attentive, le regard immobile.

— Éliane, je vais partir. Je vais te quitter, annonce Charles d'une voix douce.

Il s'en tient à ces quelques mots. Il n'y a rien à ajouter. Rien qu'Éliane ne sache déjà, en tout cas. Leur naufrage, et leur incapacité à l'empêcher, elle l'a vécu tout autant que lui. C'est le moment qu'elle choisit pour le regarder enfin et lui sourire.

Il trouve que c'est un beau sourire.

62

Barbara est retournée voir Rose à trois reprises. Chaque fois, Rose lui a demandé qui elle était. Et elle n'a pas semblé la reconnaître ou n'a rien manifesté de particulier, quand Barbara lui a répondu :

— Je suis ta fille.

Les trois fois, Barbara lui a proposé une lecture d'environ vingt minutes, et puis elle est repartie. Ces visites ne lui ont pas été douloureuses. Mais elle n'irait pas jusqu'à dire qu'elle les a appréciées.

Barbara a lu *La Tournée d'automne*. Elle a relu Prévert et elle a bouquiné un magazine en diagonale, au bureau de tabac. Elle a retrouvé la lecture, sa vieille compagne de route, et elle semble tenir bon. Répéter en boucle qu'elle en est soulagée est très en dessous de la réalité.

Elle repense souvent au dernier échange qu'elle a eu avec Rose. Le seul qui ait été possible, si troublant et étrange. Tellement insatisfaisant, aussi. Barbara parlait à Rose, Rose parlait à Suzanne. Même le *maman*, prononcé par inadvertance – vraiment ? – n'a rien déclenché. Barbara a bien parlé à Rose, mais Rose n'a pas parlé à Barbara.

Aujourd'hui encore, il y a de l'impossible entre elles deux. Un impossible gigantesque. Aujourd'hui encore, Rose et Barbara se ratent quand elles essaient de se rencontrer. Il est peut-être temps d'en prendre *vraiment* acte. C'est la conclusion qui s'impose petit à petit à Barbara.

Elle a réalisé, à la fin du deuxième déjeuner qu'ils ont pris ensemble, que Charles ne lui reparlait plus de tutelle, obligations légales, et autres joyeusetés administratives. C'était pourtant le sens de sa prise de contact initiale. Depuis, il n'en avait plus été question. Quand elle l'a interrogé sur ce point, il est resté évasif. Il s'est contenté d'un :

— Je sais où vous trouver.

Barbara n'a plus pensé à l'héritage de sa mère depuis un moment. Et elle peut dire que l'argent de Rose l'intéresse assez peu, désormais, même si elle n'en est pas rendue à envisager de lui tourner le dos quand le temps sera venu – restons sérieux trois minutes !

Barbara a demandé à Charles si la maladie psychiatrique changeait quelque chose aux procédures de mise sous tutelle, aux démarches à entreprendre et aux formulaires.

— Doit-on remplir le B-53-Z plutôt que le C-69-X, dans le cas d'un parent bipolaire plutôt qu'Alzheimer ?

Il l'ignorait. Elle en a profité pour lui glisser, mine de rien :

— Est-ce que la maladie psychiatrique change quelque chose à mon enfance ? Doit-on détester sa mère dans les grandes largeurs ou doit-on faire profil bas en ayant un peu honte de soi, voire ne plus la détester, si elle est bipolaire plutôt que méchante ? Mais est-elle bipolaire PLUTÔT QUE méchante, ou bipolaire ET méchante ? Ou bien est-ce moi qui ai toujours tout mal interprété ?

Charles a répondu qu'il était neurologue tendance gériatre, et que ces questionnements étaient trop philosophiques pour ses compétences. Ils ont ri tous les deux, puis ils ont pris un second café.

Barbara entre dans le cabinet du Dr Hirbon. La salle d'attente est accueillante bien que la décoration soit un peu vieillotte. D'une certaine manière, elle aime cette ambiance, ça lui rappelle la maison de Suzanne. Charles avait suggéré qu'elle rencontre le spécialiste qui suit Rose, mais elle a dit qu'il ne fallait pas pousser non plus, qu'elle venait à l'EHPAD, qu'elle faisait la lecture à Rose, c'était déjà beaucoup. Pour les renseignements, un terrain neutre lui paraissait plus acceptable. Alors Charles lui avait donné les coordonnées de ce psychiatre qu'il connaît un peu, et qui a bonne réputation.

Barbara l'a appelé sans tarder. Parfois les choses décident d'aller vite et bien : elle est tombée sur le Dr Hirbon lui-même, lui a expliqué son cas en précisant qu'elle appelait de la part du Dr Bodier. Et elle a obtenu ce rendez-vous, à 19 h 30.

Le Dr Hirbon est plus jeune que le style de sa salle d'attente le laisse supposer. Il invite Barbara à entrer. Elle n'a même pas eu le temps de feuilleter un vieux numéro de *Géo*. Le bureau est épuré et plus contemporain, aussi bien dans le mobilier que dans la décoration. Barbara lui dit que la transition est étonnante entre la salle d'attente baroque et son bureau très actuel. On a l'impression de changer d'époque et de lieu.

— La salle d'attente est partagée avec un autre praticien, précise le Dr Hirbon. Cela implique quelques concessions.

Barbara devine, à la pointe d'ironie dans le ton qu'il emploie, qu'il n'adore pas – doux euphémisme – le style imposé par son confrère. Elle s'installe sur une chaise à l'assise confortable, mélange de bois et de métal. Barbara est à la fois tendue et soulagée d'être là.

— Alors, que puis-je pour vous ? demande le Dr Hirbon, devant son silence.

L'entrée en matière est du plus bel effet au rayon platitude, mais cela sert de déclic à Barbara. Enfin, les mots affluent. Pendant un temps qui lui semble infini, elle déroule son enfance, sa mère, sa colère. Elle passe des anecdotes aux généralités, des faits aux sentiments.

Elle mélange les époques, les personnes, les lieux. Barbara raconte.

Rose, Suzanne, le non-père, la fugue, les poings serrés. Les gouffres émotionnels, les larmes. Celles que l'on refoule, et celles qu'on laisse couler. Celles qu'on transforme en rudesse pour ne pas s'y noyer. Les mots, les attitudes de Rose. Lames de rasoir et poignards. Les absences aux spectacles de fin d'année et le doudou jeté aux ordures. La solitude et l'angoisse, accrochées au fond du ventre, comme des tumeurs qui détournent une partie de l'énergie vitale à leur profit. La rupture. Barbara raconte.

La vie d'aujourd'hui qu'elle croyait sereine. Et puis l'impression d'être de nouveau jetée dans une mare sans fond, visqueuse, qui cherche à l'engloutir. La difficulté à maintenir la tête hors de l'eau, le constat accablant que rien, sans doute, n'était réellement dépassé. L'étrange dialogue avec Rose, l'autre jour. Le *maman* qui lui a échappé, qu'elle ne revendique pas. La rencontre impossible, aujourd'hui encore. Barbara raconte.

Et puis soudain, elle s'arrête, saisie. Elle se tait. Ce n'est pas du tout pour raconter sa vie qu'elle est venue. Elle est là pour poser des questions précises, techniques. Elle veut comprendre la pathologie de sa mère et ses conséquences pour elle. Pas déballer l'argenterie.

Le Dr Hirbon l'écoute avec attention, sans l'interrompre. Il semble accepter l'idée que la logorrhée pourrait reprendre, et au cas où, il lui laisse une chance. Mais Barbara en a fini. Alors, il se penche, pose ses avant-bras sur le bureau et demande :

— Au fond, votre seule et unique interrogation, c'est de savoir si l'attitude de votre mère à votre égard peut être expliquée par sa maladie ? J'ai l'impression que vous me posez la même question que les juges aux experts des tribunaux : peut-on la juger responsable ? Et par là même : peut-on la juger, tout court ? J'ai bien compris votre requête ?

Barbara ne s'était pas formulé les choses ainsi. Le Dr Hirbon a un sacré esprit de synthèse. Mais oui, bien sûr que oui, c'est la question qui résume toutes les autres. Barbara doit-elle réécrire son enfance et ses ressentis, doit-elle envisager sa mère avec une autre grille de lecture ?

— Alors la réponse est claire, mais elle ne va pas vous avancer à grand-chose : je n'en sais rien. Et je défie quiconque, parmi mes confrères, de vous en apporter une plus précise. Être bipolaire n'aide pas la parentalité, c'est certain, parce que cette maladie n'est aidante en aucun domaine. Mais je connais des parents bipolaires très chouettes avec leurs enfants, et très fréquentables. Ils forcent mon respect.

Barbara se rappelle les mots de Ninon – *Je me dis parfois que c'est courageux de vivre avec ça*. Elle les partage avec le Dr Hirbon qui acquiesce.

— Votre étudiante a raison. La maladie mentale n'est pas bien vue dans nos sociétés.

Pourtant il faut un sacré courage pour l'affronter au quotidien, pour lui tenir tête ou composer avec elle, pour aller son chemin. J'ai une franche admiration pour bon nombre de mes patients. Leur stigmatisation est difficile à comprendre, quand on les connaît comme moi. La normalité est une vaste question, mais elle ne devrait pas être une excuse pour montrer du doigt les porteurs de troubles psychiatriques. Quel que soit le degré de leur pathologie.

Le Dr Hirbon confirme donc que Ninon est une fille bien. Barbara le savait déjà. Elle bloque sur une autre partie du discours.

— Docteur, vous dites connaître de nombreux parents bipolaires qui aiment leurs enfants, et les élèvent bien, mais est-ce que vous en connaissez qui sont affreux avec leurs mômes ?

La gorge de Barbara se contracte en posant la question. Elle aussi cherche sa normalité. La forme de la question fait sourire le psychiatre, c'était le but. Elle a besoin de détendre l'atmosphère.

— Non, je n'en connais pas. Je vais jouer cartes sur table avec vous, je pense que c'est ce que vous attendez de moi. Je n'ai croisé aucun patient me racontant des faits similaires à ceux que vous avez évoqués. Mais mon expérience et ma pratique ne sont représentatives que d'elles-mêmes, et ma capacité à répondre de manière objective à votre question en est un peu faussée.

Barbara est tendue sous l'effort qu'elle s'impose pour écouter.

— D'une part, votre mère n'a probablement jamais raconté à son psychiatre qu'elle vous maltraitait. En avait-elle conscience ? Elle n'aurait pas utilisé les mêmes mots que vous, quoi qu'il en soit. Il est probable que certains des parents que je reçois procèdent comme elle.

Barbara acquiesce d'un signe de tête.

— D'autre part, poursuit-il en croisant ses doigts, quand je reçois des adultes, qui se sont sentis malheureux enfants, je ne connais pas les parents. Je ne suis pas en mesure de poser un diagnostic pour affirmer s'ils ont une pathologie ou pas. Il y a un problème de mise en adéquation entre les deux situations, pour pouvoir répondre à votre question. Il faudrait être le psychiatre à la fois des parents, et des enfants devenus grands. Et hormis dans des cas assez rares de thérapies familiales, que je ne pratique pas moi-même, c'est quasiment inexistant comme situation.

Barbara passe sa main sur sa nuque, geste machinal pour tenter de réguler sa tension.

— Ceci étant posé, il y a quand même des éléments qui me semblent saillants dans ce que vous m'avez transmis. Comme le disait votre tante Suzanne, l'annonce du diagnostic, et la fuite de votre père qui s'en est suivie, peuvent avoir abîmé quelque chose chez votre maman. Ce n'est pas forcément la maladie en tant que telle, mais la peur qu'elle en a eue, ou la représentation qu'elle s'en est faite. Ce moment de fragilité profonde, couplé au fait que vous étiez un bébé qui pleurait beaucoup, peuvent avoir suffi à vriller ses perceptions si Rose n'a pas été soutenue, ou n'a pas accepté de l'être.

Il paraît hésiter, puis termine :

— Dernier détail, il ne faut pas exclure que Rose puisse avoir été mal soignée et mal accompagnée. J'adore mon job, mais je ne rédigerais pas un hommage à la psychiatrie, d'une manière globale. Chez nous comme ailleurs, il y a de mauvais éléments, hélas.

Barbara ne peut s'empêcher de rétorquer :

— Bref, on ne sait rien sur rien, en quelque sorte ?

Il prend un air concentré.

— On sait que ce diagnostic lui a fichu un coup. On sait aussi que Rose et vous n'avez pas réussi à construire une relation filiale sereine et tendre. On peut affirmer, enfin, que vous n'êtes pour rien dans son attitude à votre égard. Un enfant n'est jamais responsable des maltraitances qu'on lui inflige.

Le médecin appuie sur cette dernière phrase et lui laisse le temps de faire son chemin dans l'esprit de Barbara.

— On pourrait nuancer ce qui concerne vos décisions d'adulte, comme couper les ponts. Là, pour le coup, vous avez choisi activement, même si vous avez sans doute eu le sentiment de ne pas avoir d'autres solutions. Disons que vous n'*aviez* pas les moyens d'une autre option à ce moment-là et que, par la suite, vous ne vous êtes pas *donné* les moyens d'y remédier.

Mais en tant qu'enfant, vous n'étiez pas responsable. Même en imaginant que votre maman ait été mieux traitante que dans votre perception, à cette période de votre vie, vous auriez alors eu besoin d'aide pour réajuster votre ressenti, pour comprendre les origines de ce sentiment. Et cette aide ne vous a pas été proposée. Même s'il est difficile de savoir exactement laquelle, il y a donc eu une défaillance des adultes envers vous. Pour le reste, on ne saura jamais quelle maman Rose aurait été pour vous sans cette maladie. Et on ne saura pas davantage l'effet que ce diagnostic aurait eu s'il avait été posé à un autre moment que celui de votre naissance, et si votre père était resté.

Barbara emmagasine ces informations et tente de les retenir de sorte à pouvoir les retrouver quand ce sera nécessaire. Elle se rend compte qu'elle avait besoin d'entendre que la petite Barbara n'est pas responsable des événements qu'elle a vécus. Elle a réussi à s'en persuader au fil du temps, mais ça lui a pris des années et cette conviction reste fragile. S'entendre confirmer par un médecin que c'est incontestable est de première importance à ses yeux.

— Je peux vous poser une question à mon tour ? demande soudain le Dr Hirbon.

Barbara lui fait signe que oui, même si, pour être franche, elle n'est pas très sûre d'avoir envie qu'un psychiatre lui pose des questions.

— Qu'est-ce que ça changerait, pour vous, de savoir exactement quelle partie de l'attitude de votre mère est imputable à elle-même, et quelle part revient à sa maladie ?

La question est bonne, évidemment.

— Je ne sais pas. Du soulagement, peut-être ?

— Madame Albin… Ce que vous avez vécu, et la façon dont vous l'avez vécu, ça a existé. Vos ressentis sont légitimes, quelles qu'en soient les causes d'origine. Que l'on trouve, ou pas, des circonstances atténuantes à Rose. Que l'on imagine, ou pas, que vous avez alimenté son moulin sans vous en rendre compte. Que l'on admette, ou pas, que vous auriez pu proposer un cadre thérapeutique à votre souffrance, une fois adulte. Ce n'est pas une dialectique des bons et des méchants.

Vos ressentis sont légitimes. Docteur Hirbon, se dit Barbara, je vous aime beaucoup.

L'entretien se clôt sur un dernier commentaire.

— D'une façon ou d'une autre, que ce soit grâce à Rose ou en réaction contre elle, vous menez votre vie. C'est ça qui est important et ce n'est pas rien.

En sortant, Barbara tente de remercier le Dr Hirbon, à la hauteur de ce qu'elle a reçu. Mais elle est surtout concentrée sur tout ce qui la brasse au-dedans et se sent maladroite pour exprimer sa gratitude. Ils se serrent la main, celle du docteur est chaude et ferme.

Elle quitte le cabinet à plus de vingt-deux heures.

63

C'est un constat douloureux que celui de Lise. Ce matin, elle n'a pas envie d'aller distraire Simone de sa douleur. Ni d'aller commenter les résultats du foot avec Georges. Ni d'aller faire la lecture à Rose. Juste ça, pas envie, un gouffre sous ses pieds.

C'était étrange de croiser Barbara juste devant le réfectoire, l'autre jour, à la fin de cette matinée si compliquée. Lise l'a presque vécu comme une apparition. Elle était concentrée, occupée à tenir le choc, à contenir la panique qui l'avait saisie à son arrivée, en apprenant les absences de ses collègues. Elle avait presque oublié que le monde extérieur continuait de tourner. Et Barbara était apparue, souriante. Elle lui avait confié qu'elle avait lu un extrait de roman à Rose. Elle l'avait remerciée, en insistant.

Depuis, Lise a l'impression d'être une plante desséchée attendant qu'on daigne l'arroser. Elle repense à Barbara, parce que c'est la dernière fois que la sève a circulé en elle. Elle s'est sentie irriguée et nourrie, alors que, avec l'annonce d'Éric, elle avait découvert ses limites. C'est à partir de là qu'elle a commencé à se savoir aride et épuisée.

Ce bref échange avec Barbara restera précieux pour elle. Lise a eu la sensation que ce serait le dernier vrai beau moment qu'elle vivrait à l'EHPAD. Et quand son intuition se manifeste, d'une manière générale, elle l'écoute. Il serait excessif d'affirmer qu'elle ne se trompe jamais, mais il faut reconnaître que c'est peu fréquent. Et là, son intuition lui dit que quelque chose a pris fin, bien plus vite qu'elle ne l'aurait cru.

Il n'empêche. On ne lui retirera pas de l'esprit que ses petits tours de magie, les petits instants volés au temps, pour blaguer avec Simone, parler foot avec Georges, ou lire des romances à Rose, ont un sens. Celui du respect de la vie, d'abord, tant qu'elle est là. Des vies fragiles et dérisoires, peut-être, mais que l'on n'a pas à mépriser ni à compresser avec les budgets. Celui de l'espace ouvert à une maman, ensuite. Afin qu'elle ait le temps de prononcer le nom de sa fille avant que sa mémoire ne s'envole. Lise souffre que ce sens soit devenu trop compliqué à préserver, même pour elle.

Elle prépare une tasse de café en espérant se requinquer. Elle attrape son portable et actionne le dictaphone.

— Envies fantaisistes pour rêver les jours de brouillard. Devenir Merlin l'Enchanteur.

Parce que, quand même, quelques pouvoirs magiques dans ce monde de brutes, ça ne serait pas du luxe. En posant le téléphone près d'elle, Lise comprend qu'elle amorce son dernier virage à l'EHPAD. Elle n'y tiendra plus très longtemps, c'est clair désormais. En avoir pris conscience rendra les dysfonctionnements de l'établissement plus supportables, quand ils surviendront, le temps qu'elle tiendra. Elle ne veut plus traverser d'aussi sombres matinées. Elle partira. Ce n'est pas si douloureux comme pensée. Mais elle ne peut se défaire d'un sentiment de gâchis. Immense. Elle n'aurait pas pensé qu'il viendrait si vite.

64

En sortant de chez lui, un petit sac de voyage à la main, Charles sait comment il doit agir. Il commence par effectuer deux courses précises, en prenant à chaque fois son temps pour choisir. Puis il se dirige vers l'EHPAD, il est presque midi.

En se rendant chez Suzanne, Barbara sait où elle en est et les conséquences qui en découlent. Sur la route, elle trouve que tout est beau. De mémoire, elle n'a jamais connu pareille communion. Le paysage défile sous le bleu du ciel et une chanson de Barbara-la-chanteuse passe à la radio. Barbara se réjouit des instants à venir, qu'elle va partager avec Suzanne. Tout est si beau, elle en pleure de joie.

Elle a reçu une lettre de Ninon qui lui annonce avoir réussi ses examens. Barbara n'avait pas de doute à ce sujet. *J'envie vos futurs élèves d'avoir encore la possibilité de se tenir devant les portes que vous nous invitez à ouvrir*, lui a-t-elle écrit.

Et aussi, *j'espère vous ressembler un peu*. Elle en a été touchée. Cela lui a rappelé la révélation de Lise sur l'origine du choix de son prénom. *Barbapapa*. Touchant, aussi. Mais pas suffisant au regard du dialogue impossible entre elle et Rose. On ne réécrit pas l'histoire. Celle d'une enfance tendre n'existera jamais pour la petite Barbara, quelles qu'en aient été les causes. Il va falloir l'accepter et reprendre le fil de son existence. Elle a déjà usé assez d'énergie pour avancer *avec* cette douleur. Maintenant, elle souhaite réussir à poursuivre sa route *sans*. Le monde est beau tel qu'il est, y compris pour elle. Il n'y a rien à pardonner.

Lors de sa dernière visite à Rose, celle-ci n'est pas sortie une seule fois de son absence. Barbara lisait dans le vide. C'est à ce moment-là que c'est devenu évident. Elle ne retournerait plus la voir. Pas pour la fuir, mais parce qu'elle n'a plus rien à faire dans sa chambre. Elle l'a observée qui s'endormait sur le fauteuil de velours marron, ses pantoufles carmin sagement alignées. Elle a été tentée de l'embrasser à la racine des cheveux, mais elle y a renoncé. Elle s'est contentée de murmurer – *au revoir*. En sortant de la chambre, elle a informé l'administration de l'EHPAD qu'elle assumerait la tutelle et les paperasses qui vont avec, le moment venu. Et elle est partie, le cœur presque léger, sans se retourner.

Dans son bureau, Charles s'installe confortablement pour rédiger sa lettre de démission. Il remercie Solange pour sa présence et son travail. Elle a les yeux un peu trop brillants, mais elle lui recommande de ne pas faire de commentaires. Il ramasse le peu d'objets personnels qu'il a dans son bureau et il sort.

Il va remettre sa lettre à la directrice. Elle hausse les épaules, en lâchant que c'est la journée qui veut ça. Lise vient de démissionner, elle aussi. Charles précise qu'il part le soir même, sans réaliser son préavis. Qu'elle se débrouille, ce n'est pas négociable. La directrice lui demande s'il accepterait de refaire sa lettre pour mettre la pression sur les tutelles. Il pourrait arguer qu'il en a assez des décisions budgétaires iniques et des conséquences que cela entraîne sur le personnel et les résidents. Comme c'est effectivement le cas, même si cela ne motive pas son départ, Charles lui rédige une nouvelle lettre. Ça n'aura que peu d'effet, lui avoue-t-elle, mais tout ce qui va dans ce sens est à prendre.

Dans sa voiture, Charles regarde son petit sac de voyage. Il contient un minimum d'affaires personnelles, juste ce qu'il faut pour quelques jours. Ensuite, il rachètera. À côté, quelques pelotes de laine moutarde, un assortiment d'aiguilles et un catalogue *Démarrer le tricot*. Le moment de s'y mettre est donc venu. C'était sa première course. Il vérifie dans sa poche de costume, le billet d'avion pour Rome et la réservation pour l'hébergement. C'était sa seconde course. Il a choisi un hôtel avec piscine, il en profitera pour recommencer à nager.

En quittant le parking, il se dit : *Ce soir je m'envole pour Rome*. Il se sent heureux et terrifié à la fois. Il a prévenu ses enfants, bien sûr. Louise a répondu : *Mange plein de glaces pour moi !* Et Paul : *Il était temps ! Enjoy ! Pardon, mais je ne connais pas l'équivalent en italien.* Leur approbation lui a mis les larmes aux yeux. Il en avait besoin, même s'il n'avait pas de doutes. Il a prévenu Barbara, qui a répondu : *Bon voyage !*

Dans l'avion, il a prévu d'écrire à Charlotte pour lui présenter des excuses, lui exprimer tous les regrets qui l'ont étouffé depuis leur séparation. Il avisera plus tard s'il envoie la lettre ou non. Il n'est même pas sûr de trouver son adresse actuelle.

Plus tard, il écrira aussi à Éliane. Avant cela, il faut qu'il cherche les mots pour nommer le gâchis. Ils se doivent de tenter une conclusion honnête, après ces années de cache-cache. Il a prévu de lui verser une pension, il n'y a pas de raisons que son confort à elle pâtisse de leur débâcle commune. Il reviendra quand le moment sera venu – il n'a pas fixé de date – et il prendra un petit appartement dans lequel il cuisinera de nouveau des pizzas maison.

Barbara se dit qu'elle devait sans doute passer par toutes les étapes vécues ces derniers mois, par l'impression d'être encore prisonnière, pour découvrir qu'elle ne l'était plus ; par le sentiment d'être seule à en crever, comme autrefois, pour comprendre qu'elle ne le serait plus.

D'une certaine manière – une manière étrange et qui lui ressemble bien – il fallait que Rose revienne dans la vie de Barbara, pour la quitter vraiment. C'est l'acte le plus maternel que Rose aura réussi, libérer sa fille, comme si elle la mettait au monde une seconde fois.

Dans la voiture, Barbara chante.

Est-ce la main de Dieu
Est-ce la main de diable
Qui, un jour, s'unissant
Ont fait ce matin-là ?

Charles est en avance à l'aéroport. Il s'assoit. En repensant à ces derniers mois, il met ses écouteurs et sélectionne dans la playlist de son téléphone une chanson de Barbara qui lui semble particulièrement adaptée à son état d'esprit.

Est-ce l'un, est-ce l'autre ?
Vraiment, je ne sais pas
Mais, pour tant de beauté
Merci, et chapeau bas.

Remerciements

Confidence : environ 3 512 fois par mois, je me dis « Tiens, ça, c'est une idée intéressante pour écrire ». Et environ 3 511 fois par mois, j'oublie l'idée aussi sec qu'elle m'est venue, parce que non, elle n'était pas intéressante pour écrire, en fait. Un grand merci, donc, à Juliette, qui a raconté un jour (qui commence à être lointain), sur un groupe Facebook fort sympathique, une anecdote rigolatoire qui a abouti à ce roman (moins rigolatoire). Bien évidemment, le travail et la subjectivité de l'écriture sont passés par là, depuis. De cette anecdote, il ne reste plus grand-chose dans le texte. Mais l'étincelle initiale, sans conteste, je la dois à Juliette. Merci à toi.

Un merci profond et joyeux à Françoise Beau qui, de sa place de psychiatre, a assuré une certaine cohérence médicale à ce roman, en répondant à mes questions avec patience et bienveillance. Si toutefois de l'invraissemblance devait être détectée dans ce roman, que chacun sache que c'est ma responsabilité de romancière qui brode, et non la sienne ! Et puis un autre merci parce que travailler avec toi, au quotidien, pendant plusieurs années, aura été un privilège et un plaisir rare. Mais c'est une autre histoire.

Un grand merci à Isabelle et Lydie, libraires passionnées et passionnantes, pour leur lecture porteuse et enthousiaste du manuscrit initial. Quand j'ai reçu leur avis sur le texte, pendant quelques heures, je me suis sentie la reine du monde (et après, comme de juste, je suis allée tondre la pelouse pour calmer mes envolées lyriques – ça a bien marché, merci).

Au rayon des premières lectures, merci à Marc, Gilles et Vincent. Chacun à votre manière, avec des regards complémentaires, vous avez soutenu ce texte au début de sa vie. Et c'était important.

Il se murmure souvent que le monde éditorial est un monde sans pitié, où règne le chacun pour soi. Merci aux Manu's (les célèbres, au moins dans mon cerveau) d'avoir fait mentir cet adage en me tendant la perche qui me ferait rencontrer l'éditrice de ce roman. Et merci à d'autres (Nathalie, Charlotte, Patrick) qui ont tenté des mises en relation avec d'autres éditeurs. Sentir que l'on n'est pas seule sur le chemin est précieux.

Stéphanie, à nous ! Quelle rencontre ! Depuis que je suis publiée (ceci est tout de même mon 6e livre), je répète à qui veut bien l'entendre que je souhaite des éditeurs qui me font travailler le texte, qui posent dessus un vrai regard, qui me poussent à l'améliorer. Merci pour ta patience, ton engagement, l'énergie que tu mets à accompagner les auteurs et les moyens que tu déploies pour les emmener toujours plus haut (Vers l'infini et au-delà – #team Buzz l'Éclair). Un immense merci aussi à Frédérique, qui a transformé ce duo en trio, de main de maître et avec autant d'ambition que de respect pour le texte.

Enfin, il me reste à remercier tous ces lecteurs qui m'accompagnent depuis quelques années, et peut-être encore plus depuis la publication de mon premier roman. Je suis aussi impatiente que j'ai la trouille, pour tout dire, de vous confier ce deuxième roman. J'ai l'immense espoir de vous recroiser et de continuer à partager de belles choses avec vous. Puisse cet espoir se réaliser.

Composition et mise en pages
Nord Compo à Villeneuve-d'Ascq

Dépôt légal : août 2021
Imprimé en France
par CPI Brodard et Taupin
N° d' impression : 3043577
Cet ouvrage est imprimé
sur du papier bouffant Novel 56 g,
papier issu de forêts gérées durablement.